KB132374

법정의
마녀

박 춘 상

1987년 서울에서 태어나 한성대학교를 졸업했다. 마음에 깊이 남는 일본 소설을 소개하기 위해 노력하고 있다. 옮긴 책으로는 모리 히로시의 『모든 것이 F가 된다』, 『웃지 않는 수학자』를 비롯하여 『날개 달린 어둠』, 『허구추리 강철인간 나나세』, 『에콜 드 파리 살인사건』 등이 있다.

HOUTEI NO MAJO
by TAKAGI Akimitsu

Copyright©1965 TAKAGI Akiko
All rights reserved.
Originally published in Japan.
Korean translation rights arranged with TAKAGI Akiko, Japan
through THE SAKAI AGENCY and SHINWON AGENCY CO.

이 책의 한국어판 저작권은 신원 에이전시를 통해
TAKAGI Akiko와 독점 계약한 '엘릭시르, (주)문학동네'에 있습니다.
저작권법에 의하여 한국 내에서 보호를 받는 저작물이므로 무단 전재와 무단 복제를 금합니다.

이 도서의 국립중앙도서관 출판예정도서목록(CIP)은 서지정보유통지원시스템 홈페이지(http://seoji.nl.go.kr)와
국가자료공동목록시스템(http://www.nl.go.kr/kolisnet)에서 이용하실 수 있습니다.
CIP제어번호 : CIP2017013834

法廷の
魔女

법정의
마녀

다카기 아키미쓰

박춘상 옮김

일본의 페리 메이슨

엘릭시르

/

法廷の
魔女

기묘한 의뢰인

001
☆☆☆

　의뢰인은 분명히 겁에 질려 있었다. 햐쿠타니 센이치로도 처음에는 어디 정신이 이상한가, 하고 여겼을 정도였다.

　물론 변호사 사무실로 상담을 청하러 오는 사람들은 크든 작든 마음에 고민을 품고 있다. 더욱이 센이치로는 형사사건 전문 변호사라 부를 만큼 민사소송은 거의 맡지 않기에 의뢰인의 수준이 그리 높다고 할 수 없었다. 유치장이나 구치소에 갇혀 있는 피고인을 대신해 의뢰를 하러 찾아오는 가족들 역시 범죄를 저지를 만한 고약한 환경에서 살아온 탓에 인상이 좋다고 할 수 없었다.

의뢰하러 온 가족들이 범죄와 아무런 관계가 없다 해도 식구들 중에 범죄 용의자가 나왔다는 것만으로도 얼굴에는 자연히 근심과 침통함이 드러난다.

변호사 일을 오래하다 보면 사건을 의뢰하러 찾아온 가족의 얼굴만 봐도 이건 사기군, 저건 살인이군, 하고 무슨 범죄인지까지 꿰뚫어 볼 수 있다고 하는데, 꼭 엉터리 소리라고 치부할 수만은 없으리라.

하지만 자신을 가와세 유조라고 밝힌 남자는 얼굴만 봐서는 무엇을 의뢰하러 온 것인지 전혀 짐작할 수 없었다. 나이는 쉰대여섯쯤으로 보이는데, 몸에 걸친 양복은 영국제로 보이는 상품上品 옷감으로 만든 것이었다. 손목에는 월섬사社의 것으로 보이는 고급 금시계가 번쩍인다. 이마가 묘하게 거뭇거뭇한 것이 낯빛은 그리 좋아 보이지 않았지만 회사 사장다운 풍격을 충분히 갖추고 있었다.

가와세 산업 주식회사 대표이사 겸 사장

명함에 적힌 직함만으로는 무슨 사업을 하는지 알 수 없었다.

"어떤 사업을 하십니까?"

센이치로가 물어봤다.

"상사商社를 경영하는데 주로 취급하는 상품은 직물류요. 자본금은 천만 엔이고, 연간 거래액은 십억 엔을 조금 웃돌까요."

이 정도면 어엿한 회사라고 볼 수 있을 것이다. 대기업이라고는 할 수 없어도 사원을 스무 명쯤 거느리고 있으리라. 더욱이 본사가 구舊 마루노우치 빌딩 7층에 있는 걸 보니 그럭저럭 잘나가는 모양이다.

"어떤 용건으로 저를 찾아오셨는지요?"

찾아온 손님에게 으레 하는 질문이었다. 그런데 대답을 하려 입을 연 순간부터 상대방의 상태가 이상해졌다.

"난 살해될지도 모르오. 선생에게 내가 죽은 후의 뒤처리를 맡기고 싶소만."

"뭐라고요?"

센이치로는 눈을 번쩍 떴다. 죽음이 다가왔음을 깨달은 사람이 유언장을 작성하고자 변호사를 찾는 건 결코 드문 일이 아니다. 하지만 살인 피해자가 될지도 모른다며 상담을 청하다니 이상한 이야기다.

"그건 조금, 불온한 말씀이시군요. 귀하를 증오할 만한 사람이 누군지 짚이는 데라도 있으신지요?"

"그야 오랜 세월 사업을 꾸리다 보면 이해관계 때문에 대립하는 사람이 당연히 나오기 마련이오. 주변에서는 날 계산적이고 냉혹한 인간이라 하더군. 그러니 증오하는 사람이 없다고는 할 수 없겠소만, 날 죽이려고 마음먹은 사람이 누군지 이름까지는 거론하기 어렵소."

"그렇다면 그토록 불안해하시는 근거가 무엇입니까?"

"그건 말하기 조금 껄끄럽소. 딱히 날 죽이겠다는 협박장이 날 아온 것도 아니니 말이오. 그저 마음에 걸리는 부분이 몇 가지 있다는 겁니다. 지금 마음속에서 들끓는 술렁임, 이런 예감은 지금껏 쭉 적중해왔으니까."

"살아오면서 살해될지도 모른다는 기분을 느낀 건 이번이 처음이시겠지요."

"몇 번인가 있었소."

"뭐라고요? 귀하께서는 이렇게 버젓이 살아 계시지 않습니까?"

"살해될지도 모른다는 예감보다는 죽음의 예감이라고 하는 편이 맞을지도 모르겠소만."

가와세 유조는 뭐라 형언할 수 없는 심각한 얼굴로 말을 이었다.

"예를 들어 전쟁중에 말이오. 난 중국 화베이에 있었소. 대규모 회전會戰은 없었지만 소규모 토벌 작전이나 작은 충돌은 비일비재했지. 얼마나 자주 겪었는지 헤아릴 수도 없소. 근데 신기하게도 위험한 일이 벌어지기 두어 날 전에 이상한 예감이 드는 거요. 희한하다고 여기는 사이에 반드시 무슨 일을 당하지. 한번은 총알이 철모를 비스듬히 뚫고 머리를 스친 적이 있었는데, 그게 머리에 제대로 박혔다면 그 자리에서 죽었을 거요. 하지만 전쟁터는 신기한 일이 곧잘 벌어지는 곳이오. 총알이 철모 안쪽, 다시 말해 머리 바깥쪽을 비껴간 덕분에 가벼운 찰과상으로 끝났지. 지금은 머리가 벗어져 잘 보이는데, 여기 당시 상처가 남아 있지 않소?"

유조가 머리 왼쪽을 가리켰다. 그가 가리킨 부근에 화상 자국 같은 희미한 흉터가 남아 있었다.

"총알이 왼쪽 허벅지에 박혔을 때도 그랬소. 다행히도 처치를 잘해 절름발이 신세는 면했지만 총알이 조금만 옆에 박혔더라면 목숨을 잃었을지도 모르오."

"뭐, 전쟁중에는 누구든 끊임없이 목숨의 위협을 느낍니다. 더욱이 최전선에 나가면 목숨은 오직 운 하나, 상식적으로 이해할 수 없는 요행에 따라 좌지우지되니 저 역시 뭐라 할 수 없지만, 설마 이렇게 평화로운 시대까지……."

"그뿐만이 아니라오. 예전에 전일본공수 항공기가 이즈 앞바다에 추락한 사고가 있었는데 기억나시오? 난 그때, 그 항공기를 타려고 표까지 끊어놨습니다. 근데 가슴의 술렁임이 너무 심해져 취소했더니 그런 사고가 벌어졌지요."

센이치로는 한숨을 내쉬었다. 그는 스스로를 운명론자라 칭할 만큼 예지 능력에도 어느 정도 일가견이 있었다. 아직 서른도 채 되지 않은 사람이 유별나게 관상학 같은 걸 왜 배우느냐는 말을 주변 사람에게 들은 적도 있다. 그런 센이치로조차 이 얘기에는 이해할 수 없는 부분이 많았다.

"그래서 그 술렁임이 최근 들어 부쩍 심해졌다는 거군요?"

"그렇소. 상태를 보아 하니 앞으로 한 달이 지나기 전에 무슨 사건이 터질 거요. 더구나 며칠 전에 집에서 키우던 고양이가 두 마리나 죽은 것도 마음에 걸리고. 수의사 선생 말로는 독 때문에 죽었다고 하던데."

"독을 고양이에게? 누가 독을 손에 넣어 시험해보고자 우선 고양이에게 먹였다는 말씀입니까? 고양이는 의외로 게걸스러운 동물입니다. 이를테면 옆집에 숨어들어 이리저리 헤매다가 우연히 쥐약이 든 먹이를 입에 대서 죽었을지도 모르지 않습니까?"

"나 또한 그런 생각을 안 해본 게 아니라오. 근데 수의사 선생 말로는 쥐약에 흔히 쓰이는 독이 아니라, 청산 계열 독이라더군. 쥐를 잡는 데 청산가리를 쓴다는 이야기는 들은 적이 없소."

"말씀을 들으니 그것도 그렇군요."

센이치로는 이마에 손을 대며 적당히 말장구를 쳤다. 하지만 유조는 더욱 심각한 얼굴로 말을 이었다.

"그래서 말이오, 선생. 이건 조금 이상하게 들릴지도 모르겠는데, 예컨대 살인 의혹이 있는 사건이 벌어지더라도 의사와 잘 사바사바하면 부검이 이루어지지 않는 일도 있지 않소. 화장을 해버리면 사인이고 뭐고 똑똑히 밝혀낼 수 없을 테지."

"분명 말씀대롭니다. 그런 걱정이 있으시다면 우선 의사와 상담을 해보시는 게 어떻겠습니까? 물론 의사들 중에 돈을 받고 진단서를 위조해주는 위인이 없다고는 할 수 없겠지만, 그건 특수한 경우겠지요. 주치의가 올곧은 사람이라면 돌아가신 직후에 곧장 달려올 테고, 이상한 징후가 발견되면 부검하기 전에 사망진단서가 나오지 않게끔 힘을 쓸 겁니다."

"하지만 선생, 나처럼 사장으로서 기업을 경영하며 지위와 재산을 일궈놓으면 남은 사람들은 체면이나 신용 같은 것에 신경을 쓰게 마련이라오. 가족도 회사도 되도록 소란을 일으키려 하지 않을 거라는 걸 잘 압니다. 더욱이 다른 사람을 죽이려 한 인간이라면 가능한 한 최선의 기회와 방법을 골라 혐의가 자신에게 향하는 것을 피하려고 할 테지요."

"그렇다면 귀하께서는 가족들 중 누군가가 귀하를 죽일지도 모른다는 일말의 의심이라도 품고 있다는 말씀이십니까?"

"지금은 뭐라 말할 수 없소. 다만 나는 여러 가능성을 고려해야 한다고 생각할 뿐이오. 난 복수심이 강한 남자요. 내가 살해당했는데 범인을 이 세상에 설치게 놔둘 수야 없지."

가와세 유조의 눈이 활활 타올랐다. 얼음 속에서 불이 타오르는 듯한 눈빛에서 이상한 집념이 비쳤다. 저 인상을 보니 여태껏 일뿐만 아니라 사적으로도 꽤나 많은 사람들을 울리며 살아왔겠구나, 라는 생각이 들었다.

"알겠습니다. 그래서 구체적으로 제가 어떤 문제를 도와드리면 되겠는지요?"

"여러모로 생각을 해본바 선생이 내 고문 변호사가 돼줬으면 싶은데……. 아니, 회사 문제는 아무 간섭할 필요 없소. 설사 일이 벌어지더라도 민사사건이니 그땐 후지코시 부인과 상담하면 될 테니 말이오. 선생에게는 내가 살해된 다음 뒤처리를 맡아준다는 유일한 조건을 걸어 개인 고문으로 삼고 싶소."

이 업계에서 회사 고문 변호사는 확실한 돈줄이긴 하다. 계약만 맺어놓으면 사건이 없더라도 정해진 수익이 꼬박꼬박 들어오니 말이다. 하지만 이번 건은 보통의 경우와 얘기가 조금 다르다.

"뒤처리라 하시면, 예를 들어 유산상속과 분배 같은 문제도 포함되어 있는 겁니까?"

"아니, 그 문제는 요전에 세상을 떠난 후지코시 선생에게 부탁해서 공증인 입회하에 정식으로 유언장을 작성해놓았으니 내가 죽더라도 법적 분쟁이 일어날 일은 거의 없을 거요. 그때 선생에게 줄 사례금도 유언장에 써넣는 게 좋을 듯한데, 계약금으로 이십만 엔, 매달 보수로 삼만 엔, 내가 죽었을 때 조사비로 삼십만 엔, 범인을 잡아 기소했을 때 사례금으로 오십만 엔, 이 조건이면 어떻소?"

002
☆☆☆

"페리, 묘한 곳에서 묘한 돈이 들어왔어. 계약금 이십만 엔, 매달 보수로 삼만 엔을 준다네. 당신에게도 십만 엔을 줄 테니까 옷이라도 사 입어."

가와세 유조가 돌아가자 센이치로는 아내 아키코를 불러 앞에 십만 엔어치 지폐를 늘어놓았다.

아키코는 가부토 정에서도 지장智將이라 불리는 투자 상담가 오히라 신고의 딸이다. 그 피를 물려받은 덕분인지 여자인데도 승부사 기질이 다분하다. 투기 시장에 손을 댈 만큼 대단한 여장부다.

결혼한 뒤로 센이치로는 단둘이 있을 때면 아내를 페리péri라 부른다. 프랑스어로 요정, 선녀라는 의미인데, 아키코에게는 어린애처럼 천진난만한 구석이 있는 동시에 때때로 남자가 따르지 못할 신기한 직감력이 있기 때문이다.

그런 아키코이니 십만이나 이십만 엔쯤에 놀랄 리가 없다. 다만 조금 수상쩍다는 듯 고개를 갸웃거리며 말했다.

"매달 정해진 금액을 받는다는 소리는 고문 변호사를 맡았나 보군요."

"그렇게 됐어."

"근데 방금 왔다 간 저 남자, 회사 사장이라고 했죠? 평범한 회사라면 형사사건에 얽힐 일은 거의 없어요. 상담을 하러 왔다면 십중팔구 민사사건이 아닐까 싶은데……."

"당연히 그 점은 나도 다짐을 받아뒀어. 민사사건 재판은 전혀 성미에 맞지 않으니까. 근데 그 남자가 이상한 말을 해서 말이야. 얼마 뒤에 살해될 것 같은 기분이 자꾸만 든다, 그래서 죽은 뒤의 뒤처리를 지금 부탁해둔다, 그 외에는 아무것도 할 필요가 없다는군."

"뭐라고요!"

아키코의 커다란 두 눈이 마치 불처럼 타올랐다.

"여보, 얘기해줘요. 무슨 얘기인지 몽땅 얘기해봐요."

"그럴 참이었어."

센이치로는 가와세 유조의 이야기를 천천히 풀어서 들려줬다.

"여기 봉투가 하나 있어. 이건 그가 죽었다는 소식을 들었을 때 개봉한다는 조건으로 받은 거야."

"안에 뭐가 들었죠?"

"부검 의뢰서가 들어 있다더군. 그거 말고도 중요한 서류가 몇 통인가 들어 있다던가. 내가 할 일 중의 하나는 그가 죽었을 때 가족 누가 반대하든, 임직원들이 뭐라 하든, 고인의 의지를 받들어 유해를 부검하게끔 절차를 밟는 거야."

아키코도 몸을 부르르 떨었다.

"기묘한 집념의 소유자네요. 복수심이 보통 사람의 몇 곱절은 되겠어요. 그건 그렇다 쳐도 누군가에게 살해될지도 모른다는 공포심이 마음에 들러붙어 떨치지 못하나 보네요."

"나도 그렇게 생각했어. 맨 처음에는 일이 바쁜 나머지 노이로 제에 걸린 게 아닐까, 하고 말이야. 변호사가 아닌 신경정신과 의사에게 상담을 받아보는 편이 좋지 않을까 싶긴 했는데."

"애완용 고양이가 두 마리나 독살당한 게 사실이라면 걱정도 기우만은 아닌 것 같아요. 노이로제로 치부할 수는 없겠어요."

아키코는 탁자 위에서 길고 나긋한 손가락을 깍지 끼며 말을 이었다.

"저기, 여보. 저쪽 가족이 어떤 사람들인지 듣기는 한 거죠?"

"물론, 확인해뒀지. 이번 주 일요일에 나를 자택으로 초대할 거래. 그때 가족 모두에게 나를 고문 변호사라 소개할 거야. 무슨 일을 맡겼는지는 비밀로 해두겠지만."

"그 남자는 자신을 살해할 가능성이 가장 높은 건 가족이라고 생각하나 보네요."

아키코는 입술을 살짝 깨물고 생각에 빠졌다.

"상식에 반하는 생각이지만 가족 구성을 들은 순간 나도 그럴 만하다 납득이 가더군. 살인까지는 아니더라도 집안에 불화가 꽤 있는 듯해. 만약 그가 죽는다면 소란이 벌어져도 이상하지 않겠더라고."

"구성이 어떤데요?"

"우선, 들은 대로 결혼 경력을 말하자면 그는 지금껏 결혼을 세 번이나 했어. 첫 부인은 결핵으로 죽었고, 둘째 부인은 신경쇠약으로 자살했다더군. 지금 부인은 스물일곱 살. 딸이라 해도 이상하지 않을 나이야."

"어지간히 결혼운이 안 따르는 사람이네요. 재물운은 있으나 하늘이 두 가지 복을 다 내려주지는 않나 봐요."

"제 입으로 그러더군. 결혼운이 너무 신경쓰여서 점쟁이에게 상담을 한 적이 있다고 말이야. 그랬더니 손금에 '비아라시바'라는 선이 있어서 여자 두어 명을 죽일 운명이더래. 물론 제 손으로 죽인다는 의미가 아니라 배우자의 운을 먹어치워서 요절하게 만든다는 모양이야."

"당신 손에 그런 괴상한 손금은 없겠죠?"

아무리 총명하더라도 아키코 역시 여자인지라 때론 말 속에 질투의 감정이 섞이곤 한다. 센이치로는 가볍게 웃어넘기고 이야기를 계속했다.

"내 손금은 조만간 보러 가는 걸로 하고 본론으로 돌아갈게. 다음은 자식들인데, 첫째 부인인 유코는 장녀인 세쓰코를 낳았어. 올해 나이가 스물세 살인데 아직 미혼이고 집에 함께 살아."

아키코는 연필과 종이를 꺼내 이름과 관계를 적었다.

"둘째 부인인 도키에는 슬하에 두 명의 자식을 뒀는데, 장남인 고이치는 스물여섯 살이고 독신이야. 마찬가지로 함께 살아."

"둘째 부인의 자식이 나이가 더 많네요?"

"의붓자식은 아냐. 처음에는 첩으로서 그의 자식을 낳았어. 호적상으로는 서자였겠지만, 나중에 정식으로 결혼했으니 자동으로 호적에 올랐을 거야. 이런 경우에는 법적으로 정식으로 결혼해서 생긴 자식과 동등한 것으로 간주돼. 그리고 고이치 밑으로는 스미에라는 열아홉 살짜리 딸이 있어."

"그 딸도 어차피 독신이겠죠?"

"애인에 가까운 친구가 몇 명 있다고 하는데 법적으로는 문제가 되지 않아. 그리고 지금 부인은 아야코라고 해. 결혼한 지 오 년밖에 되지 않았고 아직 아이는 없어."

"전부인의 자식들이 있는데다 나이 차이도 거의 나질 않으니 그 사람도 고생깨나 했겠네요. 아이를 가질 정신이 아니었을지도 몰라요……."

아키코가 동정하듯이 말했다.

"함께 사는 가족은 그게 다예요?"

"자식들 말고 가족이 또 있어. 남자의 형이 전쟁통에 죽었는데 형의 자식을 거둬서 키웠대. 소노코라는 딸인데 나이는 스무 살. 그리고 집안일을 돕는 쇼세이라는 도우미가 있고."

아키코가 연필을 내던지고 한숨을 내쉬었다.

"상당히 복잡기괴한 관계네요. 사연도 이유도 있지만, 이렇게 여자가 한곳에 모여 있으면 그 사이에 미묘한 감정이 쌓일 거예요. 물론 교육을 받은 교양 있는 사람이라면 가급적 감정을 억누르고 겉으로 드러내지 않겠지만, 오히려 억누른 감정이 곪아서 위험한 지경에 이를지도 모르겠어요."

"나도 딱 그렇게 생각했어. 이렇게 복잡한 관계로 뒤엉켜 살아가는 가족들 중 누군가의 마음속에 악마가 깃들기도 쉬울 테니 어떤 사건이 벌어져도 이상하지 않겠지. 그 남자가 살해당하지 않을까 겁을 먹은 것이 어쩌면 당연하다는 생각도 들더라."

센이치로가 눈썹을 찡그리며 말을 이었다.

"문제는 이뿐만이 아냐. 바깥에 여자가 또 있어."

"다시 말해서 주머니 사정도 좋고, 바쁘다고는 하지만 어느 정
도 자기 시간을 자유롭게 쓸 수 있으니 젊은 부인 하나로는 성이 차
지 않아 따로 애인을 만들었다는 말이군요."

"맞아. 긴자에서 샹그릴라라는 바를 운영하는 마담인데, 나이
가 서른둘이고 아이는 없는 모양이야. 이름은 요시나카 기미코라더
군."

"그뿐일까요? 당신에게 말하지 않은 여자가 두셋쯤 더 있는 거
아녜요?"

"있을지도 모르지만 내가 독심술을 쓸 수 있는 건 아니잖아. 이
런 문제에 관여한 이상 일단은 상대방 말을 믿을 수밖에."

센이치로가 쓴웃음을 지었다.

"둘째 부인은 언제 자살했죠? 왜 죽었대요?"

"그게 말이지. 나도 그 이야기를 들었을 때 조금 섬뜩했는데, 사
인은 독毒, 청산 계열 독극물을 마시고 죽었다더군. 칠 년 전 일인
데 아직도 부인이 어떻게 독극물을 구했는지 전혀 밝혀지지 않았다
고 하더라. 하지만 자필 유서를 남겨놓아서 타살 의혹은 불거지지
않았다고 해."

"그 말은 시체 옆에 독이 든 약포지나 병 같은 게 발견되지 않았
다는 소리네요?"

"그렇대. 컵에 남은 주스에서 독이 검출됐을 뿐이야. 유서가 없었다면 의사도 경찰도 타살을 염두에 두었을 테고 그러면 그에 맞춰 수사가 진행되었을 테지."

"지금껏 나온 이야기를 종합해보면 이렇게 되겠군요. 부인은 작은 병에 든 청산가리를 주스에 넣고서 독약 병을 다른 곳에 숨겼다. 그 병은 몇 년 동안 발견되지 않았는데 우연히 누군가가 찾아냈고 잘 듣는지 확인하고자 고양이에게 먹여봤다. 이런 상황도 가정해볼 수 있겠어요."

"그럴 가능성이 크다고 봐."

센이치로도 수긍했다.

"거기까지 생각이 미치니 가와세 씨의 걱정이 근거 없는 허무맹랑한 소리만은 아닌 것 같더라."

003
☆☆☆

센이치로의 마음속에 묘한 불안감이 태풍처럼 일기 시작했다.

사후에 벌어진 일들을 처리해주는 조건으로 고문 변호사를 맡았으니 가와세 유조가 죽을 때까지 가만히 앉아서 매달 수당만 챙기면 그만이다.

하지만 센이치로의 성격이 그걸 용납하지 못했다. 물론 유조가 우려하는 사태가 현실이 될지는 알 수 없다. 사건이 벌어지더라도 사전에 막을 수 있을지는 더더욱 알 수 없다.

그래도 센이치로는 가능한 한 노력을 다하자고 생각했다. 그는 돌아가신 아버지의 주치의였던 하시모토 박사의 말을 떠올렸다.

"어떤 의사든 스물네 시간 환자 곁에 붙어 있을 수는 없지요. 섭생이야 본인에게 맡길 수밖에 없겠지만, 주치의는 보통 의사와 달리 환자의 건강 상태를 끊임없이 신경써야 할 의무가 있습니다. 언제 어떻게 상태가 변하더라도 최선의 방법으로 대응할 수 있게끔 이성적 감정적으로 준비를 해놓지 않으면 안 됩니다."

일요일까지 아직 사흘이 남았다. 그동안 빈둥거리는 것도 뭐해서 센이치로는 일단 후지코시 변호사 댁에 전화를 걸었다.

후지코시 겐자부로는 반년쯤 전에 심장마비로 세상을 떠났다. 부인인 기쿠코 역시 변호사 자격을 가지고 있어서 부부는 원앙 변호사라 불렸다. 겐자부로는 꽤 오랫동안 가와세 산업의 고문 변호사를 맡아왔으니 당연히 가족에 대해서도 아는 바가 있으리라 생각했다.

후지코시 기쿠코는 니혼바시에 있는 사무실에서 만나자고 했다. 바로 채비를 마친 센이치로는 이모아라이자카에 있는 자택 겸 사무실에서 나와 자가용을 타고 니혼바시로 급히 달려갔다.

후지코시 법률사무소는 가부토 정 인근의 목조건물 2층에 있었다. 그다지 넓지는 않지만 깔끔하게 정돈된 기분 좋은 사무실이었다.

벌써 쉰을 눈앞에 둔 후지코시 기쿠코는 볼이 통통한, 온화해 보이는 미인이었다. 하지만 남편을 잃은 요 반년 동안 슬픔과 책임이 마음을 옥죄었던 탓인지 부쩍 나이가 들어 보였다.

"선생, 가와세 씨는 만나보셨는지요? 실은 그쪽에서 형사사건을 잘 아는 변호사 중에 고문을 맡길 만한 적임자가 없는지 추천해 달라고 부탁을 하기에 선생을 추천했습니다. 선생에게 양해를 구하지도 않고 실례를 했지만, 죽은 남편이 선생의 능력에 아주 감탄했거든요. 기회가 있을 때마다 칭찬을 했어요."

"저야말로 영광입니다. 딱히 선생님의 영역을 침범할 생각은 아닙니다."

"아뇨, 전 여자예요. 여자 몸으로 혼자서 언제까지고 이런 일을 계속할 수야 없지요. 아들이 어엿한 변호사가 되면 은퇴할 작정인데 그때까지는 어떻게든 힘내보자는 마음뿐이에요."

기쿠코의 입에서 한숨이 새어 나왔다. 센이치로는 그 말이 본심이구나 싶었다.

"가와세 씨가 상담을 청한 문제는 조금 독특하고 이상하더군요. 혹시 내용을 알고 계십니까?"

"저도 고양이 이야기를 듣고 깜짝 놀랐습니다. 이건 그만저만한 변호사가 다룰 수 있는 사건이 아니라고 여겨 선생의 이름을 거론했습니다."

"그렇다면 선생님께서도 이 작은 사건에서 커다란 범죄의 전조를 느꼈다는 말씀이시군요."

"예. 그 집안은 가족 구성이 아주 복잡하니까요. 예전에는 그렇지 않았는데, 다들 성인이 된 탓인지 집안에서 묘한 분위기가 흐르기 시작하더군요. 저도 그 집을 찾으면 때때로 오싹한 한기를 느끼곤 합니다."

"저도 알 것 같습니다……. 그나저나 칠 년 전에 자살을 했다는 전부인은 왜 죽은 겁니까? 신경쇠약이라 듣기는 했습니다만."

기쿠코의 얼굴에 어두운 그림자가 드리워지기 시작했다.

"그 당시 제 남편도 골치를 썩었습니다. 전부인이 다른 남자와 바람을 피웠다는 사실이 들통난 모양이에요. 전후戰後 일이라 간통죄는 성립하지 않았지만, 그걸 빌미로 이혼 소송을 걸었다면 남자 쪽에 유리했겠지요."

"그게 사실이라면 그렇겠죠. 그래서 돌아가신 선생님께서도 가급적 이 일이 외부에 드러나지 않도록 고심하셨겠군요. 설령 이혼을 할 수밖에 없는 사태가 벌어지더라도 소송이 아닌 합의이혼으로 이끌어가려고 노력하셨을 테고요."

"자세한 사정은 들은 적이 없지만 간간히 들었던 이야기를 모아 보면 그랬겠구나 싶어요."

"전부인은 이 일로 괴로워하다가 자살했다는 겁니까?"

"유서에는 아무런 근거도 없이 의심받으면서는 더이상 살 수 없다는 내용이 담겨 있었다더군요. 그게 사실인지 거짓인지는 알 수 없어요. 여자란 존재는 자살을 할 만큼 막다른 곳에 몰리면 묘한 감정에 사로잡히거든요. 스스로 연극을 하고 있다는 자각조차 없이 능구렁이처럼 연기를 하는 경우도 종종 있고요……."

변호사의 아내로서, 한 사람의 변호사로서 오랜 세월을 보낸 사람답게 인간의 마음에 대한 통찰력도 평범한 여자와 달랐다. 기쿠코의 말에는 뭐라 형언할 수 없는 진한 맛과 깊이가 느껴졌다.

"참고가 될 만한 말씀을 해주셨습니다. 근데 선생님께서 그렇게 말씀하시는 걸 보니 전부인에게 애인이 있었다는 무슨 근거라도 있는 겁니까?"

"나중에 남편에게 들은 이야긴데, 스미에라는 딸이 가와세 씨의 피를 물려받지 않았다는 사실이 밝혀진 모양이에요. 분명 혈액형 검사나 다른 검사를 해서 알아냈겠지요. 하지만 딸은 정식으로 결혼하기 전에 생긴 자식이니 자살과 직접적 관계가 없을지도 모릅니다."

"하나 가와세 씨도 지금은 그 사실을 알고 있겠군요."

"그건 틀림없어요. 자신의 손으로 직접 죽인 것은 아니나 한 여성을 자살로까지 몰고 갔다는 자책감 때문에 가와세 씨는 조용히 자기 자식으로 거둬 키워온 게 아닐까요?"

센이치로는 고개를 끄덕였다. 사람의 마음은 헤아릴 수 없을 만큼 다양한 얼굴을 가지고 있다. 게다가 천만 가지로 변화한다. 같은 사람의 생각과 행동이 때로는 모순되더라도 어쩔 수 없는 일이다.

"그 뒤로 전부인이 사망했을 때도 문제가 있었습니다. 남편은 주치의와 상담을 해서 심장마비로 진단서를 꾸미도록 했지요. 물론 의료법 위반입니다만, 유서도 있어 자살이 확실하니 되도록 불명 예스러운 소문이 세상에 퍼지지 않게끔 고심했을 거예요. 이건 원래 비밀이었는데, 벌써 칠 년이나 지났고 주치의 선생도 이미 세상을 떠나셨으니 가와세 씨도 선생에게 털어놓을 마음이 들었던 거겠죠."

"알겠습니다. 가와세 씨는 자신이 예전에 그런 비상수단을 쓴 적이 있으니 누가 자기에게도 그런 수를 쓰지 않을까 불안해진 거군요."

센이치로의 불안이 더욱 커졌다. 마치 가와세 유조의 불안이 자신의 마음으로 전염된 듯한 기분이 들었다.

"그나저나 탁 털어놓고 여쭤보는 건데, 선생님께서는 가와세 씨 가족 중에 누가 가장 위험하다고 생각하시는지요? 물론 이건 여기서만 나누는 얘기고, 절대로 외부에 누설하지 않겠습니다."

"글쎄요. 어차피 선생도 가족과 만나게 될 텐데 제 감상을 말씀을 드리면 예단豫斷을 하실까 봐 염려가 되네요."

"물론 전 제 나름대로 관찰할 작정입니다만, 그저 참고 의견으로 여쭤보면 안 되겠는지요."

"그렇군요."

기쿠코는 잠시 망설이다가 이윽고 고개를 들더니 천장 구석을 바라보며 말했다.

"지금 부인인 아야코 씨는 경계하도록 하세요. 나쁜 사람이라는 뜻이 아니라 가끔 볼 때마다 오싹해지곤 해서요."

"그건 무슨 뜻입니까?"

"뭐라고 짚어 말씀드리기는 어렵습니다. 부인이 뭔가 이상한 말을 한 것도 아니고요. 여자로서의 직감일 뿐이지만 비밀로 해주셨으면 하네요."

"처음부터 약속드리지 않았습니까."

센이치로는 그렇게 말하고서 담배에 불을 붙였다. 기쿠코도 한숨을 돌리듯이 말을 이었다.

"이건 논리도 아무것도 아녜요. 그저 예전에 남편이 맡았던 살인 사건 피고인을 떠올리며 고개를 갸웃거린 적이 있었습니다. 내연남과 공모해 자기 남편을 죽이고서 시체를 뜰에 묻어버린 살인범이었지요……."

"그 여자와 아야코 부인이 혈연관계라는 말씀입니까?"

"아뇨, 남남인데 우연히 닮은 것뿐이겠죠. 하지만 전 그때 방청석에 앉아 있었기에 그 얼굴을 지금도 생생하게 기억할 수 있어요. 그 여자는 아야코 씨와 정말 닮았어요. 모르는 사람이라면 친자매라 해도 믿을 만큼 말이죠."

센이치로의 몸에 살짝 전율이 일었다.

세상을 떠난 아버지가 자주 이런 말씀을 하셨다. 변호사는 사람을 상대하는 직업인 만큼 관상학을 어느 정도 배울 필요가 있다고.

아버지의 가르침에 따라 센이치로도 어린 시절부터 관상학에 흥미를 가졌다. 닮은 사람은 닮은 인생을 산다. 이것은 어떤 관상학 책이든 실려 있는 기본 지식이었다…….

가와세가의 사람들

001
☆☆☆

일요일 11시, 햐쿠타니 센이치로는 아키코가 모는 차를 타고 세타가야 구區 다이타에 위치한 가와세가※ 저택에 도착했다.

기쿠코 부인을 만나고 온 다음 날, 가와세 유조는 전화를 걸어 햐쿠타니 부부를 일요일 점심 식사에 정식으로 초대했다.

중소기업이라고 해도 한 회사 사장의 자택답게 정원도 넓고 건물도 위엄이 넘쳤다. 하지만 공교롭게도 찌푸린 하늘 때문인지 북유럽 스타일을 도입한 중후한 건물 양식 때문인지 모르겠으나 눈에 보이지 않는 음울한 안개 같은 것이 저택 전체에 자욱이 깔린 느낌이 들었다.

　안내를 받아 널찍한 서양식 응접실에 들어가니 기모노를 입은 가와세 유조가 금방 들어왔다. 기분 탓인지 사흘 만에 낯빛이 완전히 새파랗게 질린 듯했다. 목소리도 어딘가 힘이 빠진 느낌이었다.

　"안색이 안 좋아 보이는데, 어디 편찮으신 겁니까?"

　인사를 마치고 센이치로는 솔직하게 물어봤다.

　가와세 유조는 울상에 가까운 쓸쓸한 웃음을 띠며 대답했다.

　"선생, 저번에 말한 예감이 점점 심하게 들고 있소. 가슴이 술렁거려 밤에는 잠도 제대로 못 이룬다오. 여태껏 이랬던 적은 한 번도 없었건만."

　"뭐, 무슨 말씀인지는 잘 알겠습니다만, 이번에 일을 다 내려놓고 어디 온천에라도 다녀오시는 게 어떻겠습니까? 제가 보기에는 노이로제 증상이 꽤 진행된 게 아닌가 싶군요."

　센이치로가 그렇게 말했을 때 문이 열렸다.

　"그거 보세요. 제가 늘 말씀드리잖아요?"

　젊은 부인이 말하면서 들어왔다.

　"안사람이라오. 이쪽은 햐쿠타니 선생 내외."

　"처음 뵙겠습니다."

　일어나서 인사를 주고받은 뒤에 센이치로는 아야코의 얼굴을 지긋이 바라봤다.

　총명해 보이는 미인이지만 안색은 좋지 않았다. 화장으로 얼굴을 마음대로 바꿀 수 있으니 맨얼굴을 보지 않는 한 확언할 수 없으나 어쩐지 빈혈이 심해 보였다.

눈에도 새빨갛게 핏기가 섰다. 남편과 마찬가지로 불면증에 시달리고 있는지도 모른다.

그런데도 여자는 입가에 묘한 미소를 띠고 있었다. 묘하다고 말한 까닭은 미소가 마음과 일치하는 것처럼 보이지 않았기 때문이다.

저 여성은 아무리 슬퍼도, 아무리 분노가 치솟아도 얼굴에서 미소를 지우지 않을 것이다. 센이치로는 그런 생각이 들었다.

"당신, 엿들은 건가?"

가와세 유조가 눈썹을 찌푸리며 말을 꺼냈다. 아야코는 살짝 고개를 가로저으며 말했다.

"아뇨, 딱히 엿들을 생각은 없었는데 다 들리던걸요?"

"당신은 정말이지 귀가 밝구먼."

"엿들었든 아니든 그건 중요하지 않아요. 그것보다 선생님 내외께서도 방금 당신에게 정양靜養을 권하셨어요. 요즘에 이 사람이 자꾸 이상한 말만 입에 담아서 저도 곤란하던 참이랍니다."

"부인 말씀이 확실히 맞군요."

센이치로는 맞장구를 치면서도 아야코의 얼굴을 계속 관찰했다.

후지코시 기쿠코는 이 여자의 얼굴이 옛날의 그 살인범과 판박이라고 했다. 센이치로도 관상학 지식과 감각을 총동원해 불길한 특징이 없는지 눈을 부릅뜨고 살펴봤지만 이렇다 할 흉상凶相은 찾을 수 없었다.

"선생님? 제 얼굴에 뭐가 묻었나요?"

아야코가 이상하다는 듯 물었다.

"그게, 부인께서 어떤 외국 영화배우와 닮은 것 같아서 고심하며 이름을 떠올리려던 참이었습니다."

센이치로는 당황해하면서도 난처할 뻔한 상황을 능숙하게 넘겼다.

"부인께서 앞에 계신데 그런 말씀을 하면 못쓰죠. 아, 애들이 온 모양이네요."

아야코는 살짝 눈빛을 번뜩이더니 어떤 소리를 들은 듯 말했다.

잠시 뒤 세 명의 자식들이 들어왔다.

외모에서 풍기는 나이를 읽은 센이치로는 소개를 받지 않았는데도 누가 누군지 짐작이 갔다.

장남인 고이치는 닛포 화학이라는 회사의 연구소에 근무하고 있다. 자못 과학자다운 인상의, 말수가 적고 얌전해 보이는 청년이었다. 대학교에서 약학을 전공했다고 하는데 눈에서는 역시나 연구자답게 완고하고 편집증 같은 성격이 드러났다.

장녀인 세쓰코는 요즘 젊은이처럼 성격이 시원시원해 보였다. 드센 기질의 소유자로서 자신이 원하는 것은 모든 관철시키며 살아왔을 것 같다. 남자 같은 매부리코를 보고 센이치로는 관상학 초보 지식으로 꿰뚫어 봤다.

차녀인 스미에는 낯빛이 거뭇하고 체격이 작은데다 미인이라고 는 할 수 없었다. 살짝 올라간 눈꼬리가 여우와 닮은 듯했다. 이런 관상을 가진 사람은 머릿속으로 무슨 생각을 하는지 알 수 없고, 성 격이 음험하다.

"앞으로 햐쿠타니 선생과 가족 같은 인연을 맺기로 했다. 모두 들 알다시피 젊지만 유명한 분이시다. 언젠가 일본에서 한두 손가 락에 꼽힐 만한 대변호사가 되겠지. 너희들도 법률적인 문제를 떠 나 개인적으로도 가르침을 청하도록."

가와세 유조는 소개 끝에 그렇게 덧붙였다. 의례적인 말이니 내 용을 마음에 담을 필요는 없을 것이다. 센이치로는 가족의 태도를 보고 자신에게 고문 변호사를 맡긴 진짜 목적은 유조 이외에 아무 도 모르는 것 같다고 생각했다.

"후지코시 선생님 쪽은 어떻게 되는 겁니까?"

고이치가 장남답게 확인을 했다.

"그건 지금처럼 계속 부탁드릴 거다. 다만 후지코시 씨는 여자 이니 힘이 필요한 사건에서는 아무래도 뒤떨어지지. 햐쿠타니 선생 이 고문을 맡아주신 것도 후지코시 씨가 추천해주신 덕분이다. 그 러니 두 분 사이는 전혀 걱정할 거 없다."

유조는 해명하듯이 말했다. 장남을 한 수 위로 쳐주고 있는 게 아닌가, 라는 생각이 들었다.

"오늘 후지코시 선생님도 오실 거야. 일이 있어서 조금 늦는다고 말씀하셨는데……."

아야코도 옆에서 수습하려는 듯이 말했다.

"아니, 저도 햐쿠타니 선생님을 폄훼하려는 뜻이 아닙니다. 자세한 사정을 듣지 못했기에 후지코시 선생님께 무슨 사정이 생겨 우리 회사 고문을 그만두시나 싶어 여쭤봤을 뿐입니다."

고이치도 겸연쩍다는 듯 변명했다.

한발 늦게 유조의 조카인 소노코가 들어왔다. 기독교 신자인 그녀는 매주 일요일 아침마다 교회 예배에 참석하기에 지금 귀가했다고 했다.

얼굴이 둥근 미인이었다. 하지만 젊은 나이에 종교에 귀의했기 때문인지 말투가 묘하게 딱딱했다. 사회적 지위가 있고 부족함 없는 상류 가정이니 유조의 자식들도 천덕꾸러기 취급을 하지 않고 친형제처럼 잘 대해줄 테지만, 본인은 물에 섞인 기름방울처럼 소외감을 느끼고 있는지도 모른다.

그래서 기독교에 귀의한 게 아닐까, 센이치로는 생각했다.

"점심은 뜰에서 바비큐를 하려고 해요. 선생님께서 뭘 좋아하시는지 여쭤보지 못했는데 고기를 싫어하지는 않으시겠죠?"

아야코가 확인하듯 물었다.

"가리는 거 없이 다 잘 먹긴 합니다만 단무지만은 무슨 영문인지 보는 것조차 싫군요."

센이치로도 웃으며 대답했다.

뒤이어 자신을 유조의 회사 사원이라 밝힌 두 청년이 들어왔다.

훤칠하게 키가 크고 안경을 쓴 노무라 히로시와 몸집이 작고 스포츠맨처럼 보이는 사사키 도쿠이치라는 남자였다.

두 청년 모두 독신이고, 장남이 이렇듯 사업과 그다지 관계없는 길을 걷고 있는 것으로 보아 유조는 이 두 청년을 두 딸과 결혼시켜 사업을 물려줄 작정인지도 모른다. 센이치로는 그런 생각이 들었다.

12시까지 잠시 두서없는 잡담이 이어졌다. 센이치로가 신경을 곤두세울 만한 얘기는 나오지 않았다.

아닌 게 아니라 가족 구성이 복잡했고, 고양이가 독살당하는 기묘한 사건이 벌어진 뒤였지만 이 자리에서는 이상한 징후를 하나도 느낄 수 없었다.

종내에는 센이치로도 가와세 유조의 걱정이 도를 넘은 기우가 아닐까 하고 여기기 시작했을 정도였다.

002
☆☆☆

12시가 조금 안 된 시간에 변호사 후지코시 기쿠코와 저택 인근에서 병원을 운영하는 주치의 모리나가 신스케 박사가 찾아왔다.

"가와세 씨 건강은 어떻습니까?"

뜰로 나와 점심 식사를 준비하는 짧은 시간을 틈타 센이치로는 모리나가 박사에게 물어봤다.

"나이를 생각하면 아주 건강한 축에 속하시지요. 저번에도 나와 함께 대학 병원에 가서 정밀 검사를 받고 왔습니다만."

모리나가 박사는 담배에 천천히 불을 붙이며 말을 이었다.

"혈압도 정상이고 심전도 사진도 아무 이상이 없었습니다. 가와세 씨는 가끔 가슴이 옥죄듯이 괴롭다며 협심증 발작이라도 일어나지 않을까 걱정하십니다만, 의학적으로 그런 징후는 보이지 않았습니다. 심신이 피로한 건 사실이니 과로가 심장에 압박을 줘서 이런 증상이 나타나는 것이다, 나는 그리 생각합니다."

박사는 자기가 퍽 권위 있는 임상의라는 듯이 단언했다.

"그 말씀은 장수하실 수 있다는 뜻입니까?"

"교통사고 같은 일을 당할 수도 있으니 확언할 수야 없지요. 하지만 의학적으로 맹관총상* 영향 때문에 가끔 신경통이 도지는 것 말고는 다른 이상은 찾아볼 수 없습니다. 십 년 뒤, 이십 년 뒤는 또 모릅니다만……."

"알겠습니다. 그렇다면 육체가 아닌 정신 건강은 어떻습니까? 이를테면 노이로제 같은 것도 생각해볼 수 있지 않습니까?"

"그 부분은 제 전문이 아닙니다."

모리나가 박사도 쓴웃음을 지었다.

"뇌파도 검사해봤습니다만, 딱히 간질이나 정신병 징후는 찾을 수 없었습니다. 하지만 사람의 뇌에는 기계적으로 과학적으로 단정지을 수 없는 부분이 있습니다. 난 대뇌의학이나 정신병리학 전문가가 아니니 상세하게 말씀드릴 수는 없습니다만."

"과로 때문에 노이로제나 정신쇠약 같은 상태에 빠진 건 아니라는 말씀이십니까?"

"내가 수면제를 처방해드릴 정도니……. 가끔 이런 조언도 드립니다. 아무리 튼튼한 기계일지라도 종종 세우고서 기름칠을 하거나 점검을 해야 하지요. 사람의 몸은 기계 부품처럼 교환할 수 없으니 쉴 필요가 있다, 가끔은 모든 일을 내려놓고 온천에라도 가시는 게 좋겠다고요."

"그 충고를 따르셨습니까?"

"뭐, 일주일 동안 다녀오겠다고 하셨지만 고작 사흘 다녀오셨을까요?"

모리나가 박사는 다시 쓴웃음을 지었다.

"그래도 아예 가지 않는 것보다야 나은 일이지요. 회사에 문제가 산더미처럼 쌓여 있어 느긋하게 온천을 즐길 수 없다고 말씀하시니 어쩌겠습니까. 나는 의사이고 사업 문제에 관해서는 전혀 조언을 해드릴 수가 없으니."

모리나가 박사는 호소하는 듯한 눈빛으로 센이치로를 쳐다봤다.

"햐쿠타니 선생, 그쪽 문제는 선생께 부탁드립니다. 선생이 고문 변호사로서 수완을 발휘해 가와세 씨의 정신적인 부담을 덜어준다면 노이로제에서도 머지않아 벗어날 겁니다. 의학적 문제는 내가 책임을 지고 맡을 테니까."

주치의도 센이치로가 어째서 고문 변호사를 맡게 됐는지 진상을 모르는 듯하다. 센이치로는 당연하다고 여겼다.

"그러면 둘이서 전력을 다해보지요. 의사와 변호사는 태평할 때부터 친구로 사귀어두라는 격언도 있고, 가와세 씨는 현명하게 그 격언을 따르셨으니."

"앞으로 잘 부탁드리오."

모리나가 박사는 살짝 고개를 숙이고 자리를 떠났다. 그러자 후지코시 기쿠코가 센이치로에게 다가왔다.

"햐쿠타니 선생, 뭔가 낌새를 느끼셨나요?"

이 변호사가 저번에 했던 자신의 발언을 신경쓰는 것도 무리는 아니었다.

"글쎄요……. 지금은 딱히. 이렇게 가족분들과 관계자를 만나보니 풍파 하나 없는 평화로운 가정으로 보입니다."

"그런가요. 선생이 그리 말씀하신다면 제가 잘못 봤을지도 모르겠습니다."

기쿠코는 머뭇거렸다. 그토록 심각한 얘기를 했으니 자기 발언에 구애받는 것도 인지상정이다.

"저는 아야코 부인의 저 미소가 자꾸만 마음에 걸려요. 전에 말씀드렸던 살인범이 저렇게 웃었어요."

"하지만 선생님께서 보신 살인범은 자유의 몸이 아니었을 테지요. 오직 법정에서만 얼굴을 보신 거 아닙니까? 그런데……."

"맞아요. 자신의 죄를 심판하는 법정에서 말이에요. 검사가 사형을 구형하고 끝내 무기징역이 내려졌는데도 그 여자는 미소를 거두지 않았어요. 제 남편도 두렵다는 듯이 이렇게 말했습니다. 저 피고인은 설령 사형 판결이 내려져 교수형이 집행될 때조차 웃을지도 모른다고. 목이 떨어지기 직전인데도 함께 참수형에 처해진 남자를 보고 배짱이 없네 하고 태연하게 비웃었던 다카하시 오덴이라는 독부毒婦도 아마 저런 여자가 아니었을까 하고요."

센이치로의 등줄기에 차가운 오한이 스쳤다. 역시 후지코시 기쿠코는 중요한 부분을 간파할 줄 아는 여자였다.

그때 가까이 다가온 소노코가 두 사람을 향해 말했다.

"선생님, 식사 준비가 끝났습니다. 이쪽으로 오시죠."

평소였다면 입맛을 다실 만한 호화로운 식사였지만, 센이치로는 전혀 맛을 느낄 수 없었다. 맥주를 아무리 목구멍으로 넘겨도 취기가 오르지 않았다.

"고이치 씨는 아직 결혼할 예정이 없으신가요?"

옆에서는 아키코가 고이치를 붙들고 질문을 했다.

"글쎄요, 좀처럼 괜찮은 상대가 보이지 않아서요."

고이치는 냅킨으로 입 주위를 닦으며 쑥스럽게 대답했다.

"눈이 높으신 거 아니에요? 그야 고이치 씨라면 어떤 아가씨와

도 잘 어울리겠지만, 이렇게 아리따운 어머님이랑 여동생들과 함께 살다 보니 자연스레 눈높이도 높아진 거겠지요……."

직업상 사람과 접촉할 기회가 많은 센이치로 내외는 적당한 혼처가 없느냐는 문의를 자주 받는다. 서른밖에 안 됐는데 중매를 서는 건 이른 감이 있지만, 센이치로는 젊은 변호사에게 자리를 마련해주거나 선배 아들을 소개시켜주는 등 매파 역할을 여러 번 맡은 경험이 있었다.

지금도 여러 장의 신부 사진을 받아놓았다. 그래서 센이치로는 아키코의 질문을 개의치 않았는데, 고이치의 대답은 상당히 신랄했다.

"제 어머니가 훨씬 아름답더군요."

그 자리에 있던 모든 사람의 낯빛이 변했다.

친어머니를 향한 사모의 정은 인간으로서 누구든 품고 있는 공통된 감정이다. 하지만 계모 앞에서, 오늘 처음으로 얼굴을 마주한 사람 앞에서 이런 말을 하는 건 지나치다.

아야코는 동요하는 기색을 보이지 않았다. 순간 눈썹이 움찔거린 듯했지만 입가의 미소는 여전했다.

"실은 요전에 나루코 온천에 가서 오니코베라는 헤이케 일족°의 부락 터까지 들어갔는데 말이죠."

거북해진 분위기를 누그러뜨리려는 건지 사사키 도쿠이치가 갑자기 입을 열었다.

"지금도 여관에서 석유램프가 든 행등을 쓰는 걸 보고 깜짝 놀랐습니다. 그나저나 이건 거기서 들은 옛날 얘긴데, 인근에 사는 숯 장이 부자가 고개를 넘어 나루코가 훤히 내려다보이는 곳에 왔답니 다. 아들이 환성을 지르며 '아부지, 일본이 보여요' 하고 말했더니 그 아버지가 대답하기를 '멍청한 소리 마라. 일본은 몇 고개 더 넘 어야 나와' 하고 말했다는군요."

좌중에 웃음이 터져 나왔다. 다만 아야코의 미소는 여전히 그대 로였다…….

얼어붙었던 분위기가 다소 풀어졌다. 그 뒤로 식사가 끝날 때까 지 이런저런 두서없는 잡담이 이어졌다.

"햐쿠타니 선생, 잠시 실례하겠소. 전화를 할 일이 있어서."

가와세 유조는 손목시계를 보며 자리에서 일어났다. 센이치로 도 반사적으로 자신의 손목시계를 봤다. 시곗바늘은 정확히 12시 45분을 가리키고 있었다.

센이치로도 화장실에 갈 요량으로 자리에서 일어났는데, 아키 코가 뒤쫓아와서 귓속말로 물었다.

"여보, 나 뭐 실례한 거 있어요?"

"그런 거 없어. 저쪽이 이상하게 받아들였을 뿐이야."

"부인께 정말 미안하네요. 근데 이런 상황에서도 미소를 잃지 않는 걸 보니 어지간히 수양을 쌓았나 봐요. 난 도저히 흉내도 못 낼 것 같아."

"그래, 그건 이따가 이야기하자."

● **헤이케 일족** _ 무사 계급으로서 최초로 권력을 장악한 일족. 단노우라 전투에서 패배한 뒤 멸망했다.

센이치로는 아직 아내에게 기쿠코의 얘기를 전부 털어놓지 않았다.

003
☆☆☆

센이치로가 화장실에서 돌아오니 모두들 커피를 마시고 있었다. 아야코의 모습은 보이지 않았다. 젊은이들에게 둘러싸인 모리나가 박사는 제법 취기가 오른 듯 발그스름한 얼굴로 방담을 시작했다.

"나치 강제수용소는 하나부터 열까지 죄다 잔혹했지요. 전쟁을 벌이는 나라는 어느 나라든 약간의 잔혹 행위는 덤과도 같았어요. 나는 전쟁 때 하얼빈의 군사과학연구소에 몸을 담았던 적이 있었습니다. 상관의 명령으로 꽤 난폭한 실험을 강제로 실시한 적이 있었지요."

"생체 해부 같은 실험도 했었습니까?"

노무라 히로시가 눈빛을 번뜩이며 물었다.

"그 정도까지는 아닙니다. 전쟁이 벌어지면 외과학은 단번에 발전한다는 역사의 속설이 있지요. 평상시에는 인도적인 측면 때문에 불가능했던 대담한 실험을 과감하게 실시할 수 있으니 말입니다. 뭐, 이건 지금이니까 할 수 있는 얘긴데, 사형에 처해질 중국인 포로를 데려와 돼지 피를 수혈해본 적이 있습니다."

"사람의 몸에 돼지 피를?"

"그렇습니다. 최전선에서 부상자에게 수혈할 피가 제때 도착하지 않았을 때 돼지 피를 대신 쓸 수 없을까? 군인의 소박한 궁금증에서 비롯된 실험이겠지요. 내키지 않았지만 당시 군의관으로서 명령을 거역할 수도 없었고, 실험에서 살아난 자는 사형을 면해주고 무기금고로 감형한다는 내규도 있어서 눈 딱 감고 해봤습니다. 실험은 성공했습니다. 일주일에 두 번씩 200cc 정도의 피를 빼내고 대신에 돼지 피를 넣었지요. 수혈을 받은 당일과 다음날에는 39도의 고열에 시달리며 의식불명에 빠졌지만, 이틀이 지나자 언제 그랬냐는 듯이 일어나더군요. 실험을 열 번이나 실시했는데도 포로가 살아 있는 걸 보고 깜짝 놀랐습니다. 사람의 몸은 정말로 튼튼하구나. 깊이 감탄했지요."

무시무시한 이야기였다. 모두들 한숨을 내쉬었다.

"그 방법을 실제로 적용해본 적이 있었습니까? 돼지 피가 전쟁에서 일본군 부상자의 목숨을 구한 적이 있었습니까?"

"그건 잘 모릅니다. 그로부터 머지않아 난 가와사키 시市 노보리토에 있는 육군 제9연구소로 전속되어 귀국했으니 말입니다. 현재도 동물실험은 끝났는데도 임상 실험으로 좀처럼 넘어가지 못하는 약물과 치료법이 의외로 많습니다. 나도 가끔은 지금이 전시라면 어땠을까 하고 생각하곤 합니다."

"사형수에게 실험을 해보는 건 어떨까요?"

세쓰코가 뜻밖의 말을 꺼냈다.

"이런 실험을 해보고 싶은데 생사는 보증할 수 없다, 하지만 이 실험은 학문의 발전을 위해 아주 중요하다고 사형수를 설득하는 거예요. 그리고 실험을 받고도 죽지 않는다면 사형을 무기징역으로 감형해주겠다고 조건을 걸면 의외로 죽기 아니면 까무러치기로 지원자가 나오지 않겠어요? 저기 햐쿠타니 선생님, 제 생각이 어떤가요?"

센이치로는 후지코시 기쿠코와 얼굴을 마주보며 쓴웃음을 지었다.

"그렇군요. 저는 찬성입니다만 이런 급진적인 사고를 법무성에서 받아들이지 않겠지요."

"자, 그럼 난 슬슬 왕진을 가야 해서 실례하겠습니다."

모리나가 박사가 자리에서 일어나는 순간 도우미가 다가와 뭐라고 속삭였다. 눈썹을 크게 찌푸린 박사는 담배를 버리고 저택 안으로 들어갔다.

"아버지, 어머니는 왜 이리 안 나오실까?"

스미에는 고개를 갸웃거렸다.

1시 5분이었다. 손님을 불러놓고 부부가 이십 분씩이나 자리를 비우는 건 예의에 어긋난다.

"우리는 개의치 마십시오. 중요한 볼일이 있으시겠지요."

"그래도 결례입니다. 제가 가서 보고 오겠습니다."

고이치가 일어나서 저택 안으로 들어갔지만, 그 역시 십 분이 지나도 돌아오지 않았다.

"대체 무슨 일이지?"

후지코시 기쿠코도 눈썹을 찌푸리며 중얼거렸다. 바로 그때 아야코와 모리나가 박사가 함께 뜰로 나왔다.

취기고 뭐고 다 날아가버린 듯이 박사의 얼굴은 새파랗게 질려 있었다. 하지만 아야코의 얼굴에는 미소가 사라지지 않았다.

"햐쿠타니 선생님, 후지코시 선생님. 남편이 갑자기 기분이 좋지 않다는군요. 이렇게 초대까지 해놓고 정말 실례지만, 오늘은 이만 돌아가주시면 안 될는지요? 이 사죄는 나중에 꼭 하겠습니다."

"뭐라고요!"

센이치로는 의자에서 벌떡 일어났다. 격렬한 불안이 전류처럼 온몸을 꿰뚫었다.

"모리나가 선생님, 대체 가와세 씨 상태가 어떻기에?"

"가벼운 뇌출혈 발작입니다. 뭐, 생명에 별 지장은 없을 것 같지만, 의사로서 절대안정이 필요하다고 말씀드릴 수밖에 없습니다."

모리나가 박사는 고개를 숙이고 모기가 앵앵거리는 듯한 작은 목소리로 대답했다.

"예? 선생님께서는 방금 전까지 가와세 씨의 혈압이 정상이라고 말씀하지 않으셨습니까?"

"그게…… 노년기에 접어든 사람은 몸 상태가 금방금방 변합니다. 정밀 검사를 받은 것도 반년쯤 전이었고 그 이후로는…….”

"선생님, 제 앞에서 거짓말은 그만두시죠.”

센이치로가 단호하게 말했다.

"선생님은 제 얼굴 보는 걸 두려워하고 계십니다. 변호사는 상대방의 말이 진실인지 거짓인지 그 자리에서 간파하는 감각이 없다면 하루도 밥을 벌어먹을 수 없는 직업이죠.”

모리나가 박사는 고개를 숙인 채로 대답을 하지 않았다. 센이치로는 아야코를 보며 말했다.

"부인, 돌아가기 전에 잠깐이라도 가와세 씨를 뵙고 싶습니다.”

"하지만 모리나가 선생님이…….”

"그건 개의치 마십시오. 정말 뇌출혈이라면 조용히 물러나겠습니다.”

"다만, 전 안사람으로서…….”

"선생님, 어머니가 뭐라 말하든 신경쓰지 마세요. 제가 안내해 드리죠.”

앞으로 나온 세쓰코가 결심했다는 듯이 외쳤다.

"그럼 부탁드립니다.”

그리 말하며 아야코의 얼굴을 쳐다본 센이치로는 움찔했다. 이 여자의 얼굴에서 아주 잠시 사라졌던 수수께끼의 미소가 다시 떠올랐기 때문이다.

센이치로는 아키코와 함께 세쓰코를 따라 긴 복도를 나아갔다. 두세 걸음 뒤에서 다른 사람들이 무리를 지어 뒤를 따랐다. 복도 막다른 곳에 있는 문에 점점 가까워지자 희미한 흐느낌이 들리기 시작했다.

세쓰코는 인기척도 내지 않고 문을 벌컥 열었다. 커다란 서양식 방이었다. 부부의 침실인 모양인지 방 맞은편에 침대 두 개가 나란히 놓여 있다.

가와세 유조는 기모노 차림 그대로 가까운 침대 위에 엎어져 있었다.

그리고 입구 근처에 놓인 소파에는 고이치가 깊숙이 몸을 묻고 앉아 두 손으로 얼굴을 가린 채로 울고 있었다.

"아버지!"

센이치로는 비명을 지르며 달려들려는 세쓰코를 붙잡아 막았다. 대신에 자신이 다가가 가와세 유조의 모습을 가만히 관찰했다.

어깨가 전혀 들썩이지 않았다.

호흡이 멎은 듯 보였다.

센이치로는 마음을 굳게 먹고 침대 밖으로 축 처져 있는 오른쪽 손목에 손가락을 대봤지만 맥박은 잡히지 않았다.

"돌아가신 것 같군요."

센이치로는 모리나가 박사를 돌아보며 날카롭게 따졌다.

"모리나가 선생님, 이래도 가와세 씨가 의학적으로 살아 있다고 할 수 있는 겁니까?"

"드릴 말씀이 없습니다. 선생을 속일 생각은 추호도 없었습니다 만……."

모리나가 박사가 앞으로 다가왔다.

"부인께서 부탁을 하셨습니다. 되도록 내밀하게 수습하고 싶다고 하시기에."

"내밀하게 수습하고 싶다는 건 무슨 의미입니까? 사람이 죽으면 바로 공표해야 하지 않습니까."

"……."

"만약 첩의 집에서 죽은 거라면 세상의 이목이 있으니 본가로 고인을 모신 뒤 공표하는 건 이해가 됩니다. 근데 자택 안에서 벌어진 일을 내밀하게 수습하고 싶다니 대체 무슨 뜻입니까?"

아야코는 조용히 앞으로 나왔다. 미소는 사라졌지만 눈에는 눈물이 보이지 않았다.

"햐쿠타니 선생님, 이런 상황에는 집안의 명예도 중요해요. 체면을 고려하지 않으면 안 되죠. 전 가와세 유조의 아내로서 맨 먼저 그 생각이 머릿속에 떠올랐습니다."

"지금 무슨 말씀을 하시는지 모르겠군요. 사람에게는 누구나 수명이 있습니다. 설령 평균수명보다 일찍 죽었다고 한들 그게 집안의 명예와 무슨 상관이 있다는 겁니까? 어디가 체면을 구기는 일이라는 겁니까?"

"……."

"선생, 그건 내가 말씀드리지."

모리나가 박사가 한 발자국 앞으로 나왔다.

"가와세 씨 입냄새를 맡아보니 아몬드 냄새가 확 풍기더군요. 분명 청산중독입니다. 그래서……."

"변사 의혹이 있는 사체를 봤을 때, 경찰에 신고부터 하는 게 의사의 의무이지요. 그걸 잊지는 않으셨을 텐데요. 아니면 굳이 의료법을 위반해 죄를 지으시겠다는 겁니까?"

"……."

"햐쿠타니 선생님."

아야코가 다시 입을 열었다.

"방금 제 설명이 부족했던 듯한데, 모리나가 선생님의 말을 듣고 선생님께서도 알아주셨으면 합니다. 남편이 자살했다는 사실이 알려지면 역시 여러모로 악영향이……."

"자살? 부인께서는 대체 무슨 근거로 자살이라 단정하시는 겁니까?"

"……."

"유서라도 발견됐는지요? 그게 없는 한 자살인지 타살인지 판정하는 건 경찰이나 법의학자의 역할 아닙니까?"

"……."

"어쨌든 경찰에 신고하겠습니다. 현장은 훼손하지 않으셨겠지요? 이제부터는 아무도 사체를 건드리지 마십시오."

"선생님! 햐쿠타니 선생님!"

아야코가 피를 토하듯 외쳤다.

"선생님께서는 우리 고문 변호사이십니다. 그러니 우리 가족처럼, 우리의 이익을 최우선으로 고려해주셔야 되는 거 아닌가요!"

"평범한 상황이라면 그렇습니다. 하지만 이 상황은 예외입니다. 가와세 씨는 이런 사건이 언젠가 일어날지 모른다면서 살아생전에 무척이나 걱정하셨습니다."

센이치로는 사람들을 쭉 둘러봤다. 모두 돌이라도 된 것처럼 굳어버렸다.

"그래서 가와세 씨는 저에게 부검 의뢰서까지 맡기신 거겠지요. 저도 지금까지는 설마설마했습니다만, 이렇듯 최악의 상황이 벌어졌으니 저로서는 고인의 유지를 최우선으로 받들 수밖에 없습니다."

"선생님, 제발 그리해주십시오!"

고이치가 의자에서 벌떡 일어나 외쳤다.

"이걸 흐지부지 덮어버리면 아버지께서도 편히 눈을 감지 못하실 테고……."

그때 아야코의 입술이 마치 경련이라도 일어난 듯 꿈틀거렸다. 입가에 그 수수께끼의 미소가 다시 번졌다.

센이치로는 전율했다. 이 미소는 분명 '마녀의 미소'라 부를 만
한 것이었다.

사체를 둘러싸고

001
☆☆☆

고이치가 110번으로 전화를 걸자마자 집안에는 더욱 긴박한 분위기가 흘러넘치기 시작했다.

"현장은 이대로 놔두고 전부 이 방에서 나가주십시오. 경찰 수사에 방해가 돼서는 안 됩니다."

센이치로에게는 명령할 권한이 없었지만, 갑작스런 흉사로 가족 모두 냉정한 판단력을 잃은 탓인지 얌전하게 복도 밖으로 나와 서로 얼굴을 마주보고 있었다.

"햐쿠타니 선생……."

모리나가 박사가 센이치로에게 눈짓을 했다. 그러고는 다른 사람 눈을 피하듯 멀찍이 나가 속삭였다.

"선생, 방금 내 행동을 경찰에 비밀로 해줄 수 없겠습니까?"

"선생님 입장은 충분히 이해가 갑니다. 의사로서 목숨을 구할 수 없겠다는 판단이 섰으니, 주치의로서 집안에 흠집이 갈 만한 짓은 삼가야겠다고 생각할 수 있지요."

"말씀대로 난 이 집안하고 가족과도 같은 사이지요. 정에 얽매인 것도 사람으로서……."

"그런 말씀을 대놓고 하시는군요. 선생님은 부인의 부탁을 받았다고 하셨는데, 고이치 씨는 이에 반대하지 않던가요?"

"아무 말도 하지 않았습니다. 충격이 큰 나머지 어찌하면 좋을지 몰라 입을 열지 못한 게 아닐는지요?"

"사람이라면 그쪽이 더 자연스럽지요. 선생님에게 일을 덮어달라고 부탁한 부인 쪽이 오히려 보통 사람답지 않게 침착했다고 볼 수 있겠군요."

"뭐……. 그리 말할 수도 있겠지요. 부인께서는 무슨 일을 하든 오해를 사기 쉬운 성격인지라……."

모리나가 박사의 말 속에 뭔가 다른 뜻이 담겨 있는 듯했다.

요란한 사이렌 소리가 점점 가까워지더니 저택 앞에서 멎었다. 경시청의 무선 연락을 받고 가장 가까운 곳에 있던 경찰차가 서둘러 달려온 것이리라.

잠시 뒤 현관에서 초인종이 울렸다. 두 경찰관이 엄숙한 표정으로 복도를 걸어왔다.

"참으로 안타깝습니다. 고인의 유해는 어디 있습니까?"

"가장 안쪽에 있는 방에 있습니다."

"당신은?"

"이쪽은 주치의인 모리나가 선생님. 전 고문 변호사인 햐쿠타니 센이치로입니다. 가족분들은 모두 방 앞에 계십니다."

두 경관은 얼굴을 마주봤다.

"주치의 선생님이 여기 있는 건 이해가 되는데, 변호사 선생님은 발이 빠르군요. 이 근처에 사십니까?"

"그런 게 아닙니다. 오늘 초대를 받아 식사를 하던 도중에 갑자기 사건이 벌어졌습니다. 경찰에 바로 신고를 하도록 지시한 것도 접니다."

"그렇습니까……."

두 경관은 다시 한번 얼굴을 마주봤다.

"그럼 현장 조사를 할 때 입회를 부탁드려도 되겠습니까? 저기, 저희는 사건을 확인하고 본청에 연락하는 게 임무입니다."

"알겠습니다. 그러죠."

경찰이라는 인종은 변호사를 몹시 거북해한다. 이 두 사람도 나중에 책잡힐 일이 없도록 신중한 태도로 나오는 모양인데, 센이치로 입장에서는 반가운 소리였다.

아야코와 고이치를 포함한 여섯 사람은 다시 한번 방안으로 들어갔다.

"확실히……."

"청산 계열 독으로 보이는군."

맥박을 재고 얼굴을 들여다보며 두 경관은 서로 쑥덕거렸다. 그러더니 한 사람은 본청에 연락을 하기 위해 밖으로 나가고 한 사람이 방에 남았다.

"발견하신 분은 누구십니까?"

"저예요."

아야코가 한 발자국 앞으로 나오며 대답했다.

"부인이시지요? 그때 상황을 간략하게 말씀해주시겠습니까?"

"예. 점심에 햐쿠타니 선생님 내외, 후지코시 선생님, 그리고 이쪽에 계시는 모리나가 선생님을 모시고 뜰에서 바비큐를 먹고 있었습니다. 이번에 햐쿠타니 선생님께서 저희 고문 변호사가 돼주기로 하셔서 서로 얼굴을 익히는 자리였지요."

이런 상황인데도 아야코의 목소리는 차분했다. 말투도 전혀 흐트러지지 않았다.

"식사중에 부군께 이상한 점은 보이지 않았습니까?"

"없었습니다. 잠깐 통화를 하러 간다며 식탁에서 일어났는데 좀처럼 돌아오지 않았습니다. 무슨 일인가 싶어 확인하려고 방에 들어왔더니 보시다시피 남편이 쓰러져 있었습니다."

"그때 부군의 몸을 만지셨습니까?"

"예……. 설마 죽었으리라는 생각은 하지 않았으니까요. 다만 심하게 몸을 흔들거나 만지지는 않았습니다."

"부군의 사망을 확인하고 어떻게 하셨습니까?"

"어떡하면 좋을지 몹시도 혼란스러웠어요. 저기 보이는 의자에 앉아……. 눈앞이 캄캄해져 쓰러질 것 같았거든요. 그때 고이치 씨가 노크를 하고 들어왔어요……."

"고이치 씨는 당신이지요? 장남이라고 하셨습니까?"

"그렇습니다. 저도 처음에는 아버지께서 기분이라도 언짢아지셨나 싶었습니다. 근데 어머니의 말씀을 듣고 깜짝 놀라 방을 뛰쳐나왔더니 마침 도우미가 오더군요. 바로 모리나가 선생님을 모셔오라고 했습니다. 그때는 너무 당황스러워서 사인이 뭔지 전혀 짐작도 못 했습니다. 그 뒤에 모리나가 선생님께서 오셔서 단번에 청산 중독이라 꿰뚫어 보셨습니다."

"그건 우리 같은 전문 의학 지식이 없는 경찰도 단번에 알 수 있는 것이니까요."

경찰은 고개를 끄덕이고 모리나가 박사 쪽으로 시선을 돌렸으나 고이치는 더욱 급히 말을 이었다.

"그러고 나서 어머니는 선생님과 의논을 하셨습니다. 일단 뇌출혈이라 둘러대고 손님을 돌려보내자, 그다음에 어떻게 할지 생각하자고. 그땐 저도 완전히 당황해서 그것이 옳은지 그른지 판단할 수 없었습니다."

"오호, 그럼 선생은 타살 의혹이 있는 변사체라 판단을 해놓고서 경찰에 신고할 생각을 안 했다는 겁니까?"

경찰은 모리나가 박사 쪽을 쳐다보며 눈빛을 번뜩였다. 박사는 당황한 모습이 역력했다. 센이치로라면 모를까 집안사람이 먼저 비밀을 폭로할 줄은 생각지도 못했을 것이다.

"저기, 나도 그땐 무척이나 당황해서⋯⋯."

"다른 사람이 당황했다면 이해가 갑니다만 의사인 선생이 사체를 보고 당황했다? 그건 수긍하기가 어렵군요."

"저기, 그건⋯⋯ 집안에 복잡한 사정이 있어서 어떻게 조치를 해야 적절할지 몰라 망설였던 겁니다."

"복잡한 사정?"

역시 경찰은 그 한마디를 넘기지 않고 따졌다. 하지만 깊숙이 파고드는 건 권한 밖이라 판단했는지 더이상은 캐물으려 하지 않았다.

002
☆☆☆

얼마 지나지 않아 경시청에서 수사1과와 감식과 대원 들이 달려왔다.

여기에 관할 경찰서 인원까지 더해져 스무 명에 가까운 대인원이 되었다.

그중에 이소하타라는 경위가 센이치로에게 얘기를 들려달라 청했다. 맨 처음에 출동한 경찰관의 보고를 듣고 이 집안에 뭔가 비밀이 있구나 싶었던 것이리라.

두 사람은 응접실에 마주앉았다.

"이번 일은 정말 고맙습니다……. 만약 선생이 단호하게 대처하지 않으셨다면 이번 사건도 뇌출혈이나 심장마비로 처리될 뻔했습니다."

경위는 구십 퍼센트 정도 범죄로 점찍은 모양이다. 첫마디부터 긴박감이 묻어났다.

"의무를 다한 것뿐입니다만……. 모리나가 선생님 일은 큰 문제로 불거지지 않겠지요?"

그냥 내버려둬도 될 일이지만 센이치로는 어쩐지 마음에 걸렸다.

"엄밀히 말하면 의료법 위반이지요. 하지만 사람에게는 이치로 설명할 수 없는 정情의 세계가 있음을 경찰도 잘 압니다. 뭐, 우리로서는 모리나가 선생이 뉘우치고 앞으로 수사에 협조해준다면 그 점은 크게 문제삼지 않을 작정입니다."

경위는 천천히 담배에 불을 붙였다.

"돈의 힘이 전부라고는 할 수 없지만, 부자나 지위가 높은 사람의 집안에서 이런 범죄가 벌어지면 사건이 묻힐 가능성이 상당히 높지요. 선생도 이번만큼은 얄궂은 입장에 서게 된 것 같군요."

"확실히 형사 변호사의 일은 대부분 경찰의 일이 끝났을 때부터 시작되는 거니까요……. 하지만 이번에는 특수한 상황이었습니다. 고인의 유지를 따라 행동했다고 할 수 있으니 말입니다."

"그 말씀은?"

이소하타 경위의 눈이 날카롭게 번뜩이기 시작했다. 센이치로는 어쩔 수 없이 가와세 유조가 처음 찾아왔을 때부터 지금까지의 곡절을 얘기하기 시작했다. 경위의 낯빛이 점점 바뀌었다.

"그렇다면 선생은 아직 그 봉투를 열어보지 않았겠군요?"

"그것이 조건이었습니다. 당신께서 죽었다는 소식을 들었을 때 개봉해달라고 가와세 씨께서 다짐을 받아두셨거든요. 설마 오늘 저택에서 이런 사태가 벌어지리라고는 생각도 못 했습니다."

"봉투는 지금 선생 자택에 있습니까?"

"그렇습니다. 대여 금고까지 빌릴 일은 아닌 것 같아서 자택 금고에 다른 중요 서류와 함께 넣어뒀습니다."

"그걸 당장 이리로 가져와주실 수는 없겠습니까? 선생도 이 정도까지 기다렸다면 가와세 씨에 대한 의리를 지킨 셈이지요. 봉투 안에는 부검 의뢰서 말고도 중요한 서류가 들어 있을 테니 서둘러 오늘 안에 보고 싶습니다."

"잘 알겠습니다. 다행히 제 안사람이 함께 왔으니 차편으로 가져오라고 하겠습니다. 안사람에게 뭔가 물어볼 게 있으시면 이리로 다시 돌아온 뒤에 보셔도 괜찮겠지요."

"괜찮습니다."

센이치로는 살짝 고개를 숙이고 방에서 나왔다.

아키코는 뜰에 놓인 의자에 앉아 스미에와 얘기를 나누고 있었다. 센이치로가 눈짓을 주자마자 바로 일어나 다가왔다.

"여보, 이 집 진짜 이상하네요."

아키코는 주위를 살펴보며 목소리를 낮췄다.

"이상하다니? 어떤 점이?"

"가족들 반응이 죄다 이상해요. 이런 때는 울거나 이성을 잃는 게 자연스러운 반응이잖아요. 그런데 모두들 어쩐지 이상해요. 좋게 말하면 자제력이 강하다고 볼 수도 있겠지만 납득이 안 가네요. 특히 저 부인 얼굴을 봐요. 저게 남편을 잃은 아내 얼굴인가요?"

"으음……."

날카로운 견해를 듣고 센이치로는 아내의 관찰력에 감탄했다.

"그거 말고도 여러 가지가 있는데, 여기서는 한마디로 말할 수 없으니 나중에 천천히 해요. 그래서 뭐 할 일 있어요?"

아키코의 아름다운 얼굴도 오늘은 깊이를 알 수 없는 공포에 굳어버린 듯했다.

"어, 방금 이소하타라는 경위에게 부탁을 받는데, 가와세 씨가 맡긴 봉투를 당장 열어보고 싶대. 차로 서둘러 가져와주겠어?"

"좋아요."

대답은 했지만 아키코는 살짝 망설이는 기색이었다. 스미에와의 대화에서 뭔가 마음에 걸린 것이 있었는지도 모른다.

그쪽도 신경이 쓰였지만, 센이치로는 더 언급하지 않고 응접실로 되돌아왔다. 아내는 자세히 설명하지 않아도 모든 걸 이해하는 사람이다…….

응접실에서 이소하타 경위는 어떤 형사와 속닥거리고 있었다. 형사는 센이치로의 얼굴을 노려보더니 바로 나가버렸다. 그 뒤로 질문이 이어졌지만 센이치로는 거의 대답할 수가 없었다.

경위도 이윽고 그걸 깨달은 듯했다.

"그렇군요. 고문 변호사라 해도 이 저택을 찾은 건 오늘이 처음이시지요. 처음 만난 사람들에 대해 이것저것 물어봤자 소용없겠군요."

"죄송스러운 말씀입니다만 그렇습니다. 후지코시 선생님께 물어보는 편이 훨씬 도움이 되지 않을까요? 그분께서는 가와세 씨가 살아 계셨을 때부터 친하게 지내셨으니까요."

"알겠습니다. 그럼 선생과는 그 봉투가 도착한 뒤에 다시 한번 말씀을 나누도록 하지요."

"그나저나 이소하타 씨, 설마 가와세 씨가 자살했을 리는 없겠지요? 아까도 부인 입에서 그런 말이 튀어나왔습니다만."

"아직 뭐라 단정지을 수 없지만, 만에 하나라도 그럴 리는 없을 겁니다."

경위의 대답은 정말로 시원했다.

"누가 고의로 현장 상태를 바꿔놨다면 얘기는 달라지겠지만, 그런 공작이 없었다면 자살일 가능성은 절대로 없습니다."

"즉, 사체 곁에 컵은커녕 약포지 같은 것도 떨어져 있지 않았다, 그렇다면 청산가리 같은 독극물을 마실 수 없다는 말씀이시군요."

"그렇습니다. 청산가리인지 청산소다인지는 모르겠지만 그 종류의 독은 효과가 빠릅니다. 치사량이었다면 십 초 안에 죽었을 겁니다. 적어도 방밖에서 독을 마셨다면 방에 들어오기 전에 쓰러졌을 테죠."

"하지만 그 방은 부부 침실이니 다른 사람은 들어가기 꺼리겠지요."

"저도 그렇게 생각합니다. 그게 이 사건의 이상한 점입니다……."

003
☆☆☆

스무 명에 가까운 경찰관이 들이닥쳤지만 원체 저택이 넓기도 하고 현장과 사체 검증, 가족과 방문인 신문, 인근 지역 조사 등으로 인원을 나눠 수사를 진행을 하다 보니 저택 안에는 아직 조용한 곳도 있었다.

센이치로는 응접실에서 뜰로 나왔다. 치우는 사람이 하나도 없어서 식탁 위는 그대로였다. 센이치로는 식탁 옆에 놓인 한 의자에 앉아 천천히 담뱃불을 붙였다.

이소하타 경위의 말이 무슨 뜻인지 대강 이해가 갔다.

그 방에서 유조가 독을 마셨다면 경찰이 가장 먼저 의심할 사람은 틀림없이 아야코다.

하지만 아야코가 범인이라면 남편의 죽음을 자살로 꾸미기 위한 공작에 좀더 공을 들였을 것이다. 적어도 물이 반쯤 담긴 컵을 손에 쥐여준 뒤 침대 옆에 놔둔다든지 약포지를 바닥에 떨어뜨리는 것쯤은 머리가 나쁜 범죄자라도 떠올렸을 법한 트릭이리라.

더구나 남편을 독살할 계획을 세웠다면 범행을 시도할 더 좋은 기회가 얼마든지 있지 않았을까? 혐의를 받을 만한 사람이 많으면 자신에게 향할 의심을 덜 수 있으리라 생각했나? 그게 아니라면 범죄자 특유의 자만심 때문에 의사하고만 말을 맞춰두면 자신의 죄가 발각되지 않으리라 어설프게 생각한 걸까?

경찰 측에서 아직 결정적인 판단을 내리기 전인데 이렇게까지 깊이 생각하는 건 의미 없을지도 모른다. 형사사건 변호사에게는 아무래도 사람을 피고인이나 증인 혹은 검사 측에 놓고 생각하는 버릇이 있다.

"햐쿠타니 선생님……."

사사키 도쿠이치가 다가와 말을 걸었다. 그 바람에 센이치로의 생각도 뚝 끊어졌다.

남자의 얼굴은 새파랬다. 그는 크게 한숨을 내쉬고는 의자에 앉아 말을 꺼냈다.

"경찰 조사라는 거 참 징하네요. 기진맥진합니다."

"당신은 참고인 신분이니 별걸 물어보지는 않았을 겁니다. 조금이라도 혐의를 받는 날에는 그 정도로는 안 끝날 거예요."

"그렇습니까……. 그나저나 사장님께 독을 먹인 사람은 대체 누굴까요?"

"글쎄요, 그건 미묘한 문제군요. 그나저나 경찰이 뭘 묻던가요?"

"전 비서 비슷한 역할이라 사장님의 공적인 생활을 꼬치꼬치 캐묻더군요. 회사 매출 같은 건 지금 사건에 아무런 도움도 안 되니까. 사장님을 증오하는 사람이 없는지, 사장님의 여자관계는 어떤지 이런 질문이 많았습니다. 뭐, 제가 아는 건 다 말했습니다만 집안에서 벌어진 사건인데 그런 걸 물어서 어쩌려는 걸까요."

"이론적으로는 공범이 있을 수도 있지요. 외부의 누군가가 배후에서 집안사람을 조종해 범행을 저질렀다는 생각. 뭐, 이건 현실적으로 극히 가능성은 낮겠지만. 범죄 뒤에는 반드시 배경이 있으니 경찰은 그 배경을 조사하려는 게 아니겠습니까?"

"그리 생각하니 떠오르는 게 있네요."

사사키 도쿠이치는 고개를 끄덕였다.

"사장님의 여자관계를 특히 캐묻더군요. 전 샹그릴라의 마담밖에 모르는데, 그 외에 다른 애인이 있는 게 아니냐, 비서라면 모를

리가 없다며 집요하게 추궁하더라고요. 하지만 잠깐 바람을 피운 상대라면 몰라도 오랫동안 관계를 이어온 건 아마도 그 마담밖에 없을 겁니다."

"뭐, 남자라는 존재는 아무래도 애인에게 약한 법이죠. 다른 사람에게는 털어놓을 수 없는 얘기도 애인에게는 털어놓으니까요. 그러니 경찰에서도 그쪽을 조사해 집안의 비밀을 캐낼 작정인지도 모르죠……. 근데 그 마담이라는 사람, 이름이 요시나카라고 했던 것 같은데 어떤 사람입니까?"

"좋은 사람입니다. 물장사하고는 어울리지 않을 만큼 기품이 흐르고 차분한 사람이죠. 더구나 옛날 사람처럼 의리를 중요시하는데, 항상 저를 볼 때마다 가와세 씨에게 받은 은혜를 결코 잊어서는 안 된다고 말하더군요. 설령 사장님이 그 사람 아파트에서 독을 먹고 죽었더라도 저는 그 사람이 범인이라고 생각하지 않을 겁니다."

"그렇군요. 여러 사정 때문에 어쩔 수 없이 그늘 속에 있지만 나름 괜찮은 사람인 모양이군요."

센이치로는 한숨을 내쉬었다.

독에 의한 범죄가 다른 살인 사건에 비해 훨씬 까다롭다는 건 주지의 사실이다. 범행 시각에 범인이 피해자 옆에 있을 필요가 없기 때문이다. 하지만 자칫 비난을 사기 쉬운 애인 입장이면서 비서역인 사사키 도쿠이치에게 이토록 높은 평가를 받는 걸 보니 이 여성은 이번 살인과 관계가 있을 것 같지 않다. 센이치로는 마음속 용의 선상에서 요시나카 기미코를 지워버렸다.

그때 저택 밖으로 노무라 히로시가 휘청대며 걸어나왔다. 그도 경찰 조사를 받고 녹초가 됐으리라. 두 사람 옆으로 다가온 그는 어깨를 들썩일 정도로 크게 숨을 쉬며 말을 꺼냈다.

"정말로 귀찮게 됐어. 사장님이 돌아가신 충격도 크지만 뒷수습은 곱절로 힘들겠어."

그 말은 센이치로의 행동을 은근히 책망하는 듯했다.

"네게는 뭘 물어봤어?"

센이치로의 얼굴을 곁눈질로 힐끔 보며 사사키 도쿠이치가 말을 꺼냈다.

"경리 쪽 문제. 그쪽은 너도 알다시피 대체로 순조롭잖아? 적어도 사장님이 노이로제에 시달릴 만한 적자나 손해는 없었고."

"그건 나도 잘 알지만……."

"그리고 사장님 개인 재산을 물어보더라. 정확한 내역은 모르지만, 보유 주식이나 부동산은 대강이나마 알고 있으니까. 회사 주식을 빼고 최소 오천만 엔은 될 거라고 말해줬지."

"오천만 엔이 넘는 액수라면 상당한 재산이군."

센이치로가 혼잣말을 하듯이 중얼거렸다. 노무라 히로시가 짜증스럽다는 듯이 매섭게 따지기 시작했다.

"햐쿠타니 선생님, 선생님은 가족 중 누가 유산을 노리고 사장님을 독살했다고 말씀하시는 겁니까?"

"글쎄요, 경찰 수사도 막 시작된 단계이니 제삼자인 제가 성급하게 결론을 낼 수는 없지요. 하지만 경찰 측에서는 초기에 여러 가능성을 검토해볼 겁니다. 유산을 노린 살인도 검토 대상에 오르겠지요."

센이치로는 상대의 추궁을 살짝 넘겼다고 생각했는데 노무라 히로시는 집요하게 물고 늘어졌다. 말투에선 상당한 적의마저 느껴졌다.

"선생님은 그리 말씀하셨지만 돈이라는 건 모리 모토나리의 세화살˙처럼 여기저기 분산시키면 힘을 잃어버립니다. 사장님께서 활용하셔야지 모든 재산이 유용하게 움직이지만, 그게 뿔뿔이 흩어지는 날에는……."

"그건 냉정하게 판단을 내릴 수 있을 경우지요. 범죄자는 억측에 구애되어 합리적인 판단력을 상실하는 법입니다."

"집안사람들 중에 누가 그런 발칙한……."

"당신 마음도 이해가 갑니다. 범죄자의 정체가 만천하에 드러났을 때, 그 사람이 그런 막돼먹은 짓을 할 줄은 몰랐다며 주변 사람이 한탄하는 경우는 드물지 않으니까요."

"이게 혹시 유산을 노린 살인이라면……."

노무라 히로시도 지금까지는 흥분한 나머지 거기까지 생각할 여유가 없었는지도 모른다. 말을 내뱉은 순간부터 얼굴에 불안의 그림자가 드리워지기 시작했다.

"선생님, 법을 학교에서 배웠을 뿐이라 전문적이고 자세한 건 모르지만, 보통은 배우자가 유산의 3분의 1, 직계비속 전원이 나머지 3분의 2를 상속하는 게 민법 규정이지요?"

"그렇습니다. 평범한 집안에서 자식들이 같은 부모 슬하에서 태어났다면 어지간히 사이가 나쁘지 않는 한 문제가 벌어질 일은 없습니다. 하지만 솔직히 이 집안은 꽤 큰 감정 싸움이 벌어지지 않을까 싶군요."

"총재산을 육천만 엔으로 잡는다면 그중에 이천만 엔은 사모님에게 돌아간다는 뜻이군요."

"그건 법적으로 당연한 권리입니다. 다른 사람이 뭐라 하든 그 권리를 침해할 수는 없습니다."

"하지만, 선생님, 하지만 말입니다."

노무라 히로시의 말투가 묘하게 열기를 띠기 시작했다.

"부모 자식 관계는 법으로도 어떻게 할 수 없지만 부부 관계는 상황에 따라 해소할 수도 있잖습니까. 그 경우 위자료는 유산상속만큼 엄밀하게 정해진 규정이 없지요?"

"말씀대롭니다. 근데 당신이 이런 말을 하는 건 가와세 씨에게 부인과 이혼할 의지가 있었다는 소립니까?"

"전…… 있었다고 생각합니다. 자세한 사정은…… 지금 말씀드리기 조금 곤란하지만……."

상당히 충격을 받았는지 노무라 히로시는 눈을 내리뜨고 말을

● **모리 모토나리의 세 화살** _ 세 아들을 불러 한데 뭉친 세 화살처럼 사이좋게 협력해 가문을 이끌어나가라고 말했던 고사.

띄엄띄엄 흘렸다.

센이치로도 움찔했다. 이렇게 금전적인 동기를 논해보니 역시 아야코는 가장 혐의가 짙은 인물이었다.

004
***

가족을 신문하는 데 상당히 시간이 걸리는 건지, 아니면 신문이 끝난 뒤에 자기 방에서 울고들 있는 건지 뜰에는 아무도 보이지 않았다. 한 시간쯤 뒤에 후지코시 기쿠코가 뜰로 나왔다. 그녀 역시 눈에 핏발이 섰다.

"선생……. 참 큰일입니다."

기쿠코는 그리 말하고 센이치로 옆에 놓인 의자에 앉았다. 사사키 도쿠이치도, 노무라 히로시도 뒷수습을 위해 저택 안으로 들어간 뒤라 여기에 없다. 센이치로는 이 변호사라면 지금까지의 곡절을 솔직하게 이야기 나눌 수 있으리라 여겼다.

"선생, 독이 발견된 걸 아시나요?"

의자에 앉자마자 기쿠코는 목소리를 낮추며 말을 꺼냈다.

"독이요? 대체 어디에 있었답니까?"

"부인의 화장대에 숨겨져 있었다더군요. 청산가리인지 청산소다인지는 시험해보지 않으면 알 수 없지만 향을 맡아보니 틀림없는 모양이에요."

센이치로도 어안이 벙벙했다. 사건이 벌어진 직후에 독극물이 이렇게 빨리 발견되다니 예상치도 못했다.

"부인은 뭐라고 변명했습니까?"

"기억에 없다고 했다더군요. 누가 자신을 함정에 빠뜨리고자 꾸민 짓이라고 주장하는 모양이에요. 하지만 경찰이 변명을 믿어줄지는……."

"부인에게 불리한 상황증거가 쌓여가는군요. 사체를 발견한 직후의 행동, 화장대에서 발견된 독, 그리고 유산이라는 동기까지……."

"부인에 대한 경찰의 인상도 결코 우호적이지 않을 것 같네요. 자기 남편이 갑자기 독살당했는데도 저렇게 웃다니. 단순한 사람일수록 뭔가 있을 거라 여기지 않겠어요?"

두 사람은 얼굴을 마주한 채 잠시 입을 다물었다. 센이치로의 마음속에 온갖 논리가 배제된 순수한 비통함이 솟아올랐다.

잠시 뒤 기쿠코가 물었다.

"선생, 이건 어디까지나 가정입니다만, 혹시 부인이 기소된다면 변호를 맡을 생각인가요?"

"글쎄요, 지금은 아무 말씀도 못 드리겠습니다. 조금 더 사정이 확실해지지 않으면."

"선생도 내키지 않겠지요. 부인의 반대를 무릅쓰고 사건을 밖으로 끄집어낸 건 공적인 입장은 아니더라도 검사와 같은 역할을 수행한 셈이니까요."

"제 행동이 이런 결과를 빚어낼 줄은 몰랐습니다만……. 전 단지 가와세 씨의 유지를 충실하게 따랐을 뿐입니다."

센이치로는 그저 쓴웃음을 지을 수밖에 없었다.

"그 점은 나도 마찬가지일지도 모릅니다. 전부터 말했다시피 난 부인에게 그다지 호감을 갖고 있지 않아요. 물론 이런 사건이 아니었다면 감정을 누르고 전력을 다했을지도 모르겠지만."

"그것도 어쩔 수 없지요. 그래서 선생님께서는 경찰 쪽에 아시는 걸 남김없이 얘기하셨습니까?"

"예. 부인에게 애인이 있다는 것, 그걸 안 가와세 씨가 이혼을 해야 할지 고민했다는 것까지 모조리 말했습니다."

"뭐라고요!"

센이치로도 이때는 심장이 내려앉는 듯한 충격을 받았다.

"애인은 어떤 남자입니까? 대체 관계가 어디까지 진행된 거죠?"

"나도 자세한 내막은 모릅니다. 가와세 씨 말로는 어디 사설탐정을 시켜 조사했다고 하더군요. 나는 단지 변호사로서 어떤 이유가 이혼 조건에 부합되는지 상담을 해드렸을 뿐입니다."

"그래서 선생님께서는?"

"이렇게 말씀드렸죠. '가와세 씨도 지위가 있는 분이시니 소송을 벌이는 걸 원하시지는 않겠지요? 그것보다는 빠져나갈 수 없는 증거를 착실하게 모아 부인에게 사실을 인정받고서 합의이혼을 하시는 편이 나을 것 같습니다'. 대강 그렇게 말했던 것 같아요. 가와세 씨도 좋은 방법 같다고 말씀하셨지요. 또한 절대로 비밀로 해달라고 하셔서 지금껏 선생께 얘기하지 않았던 겁니다. 이 점은 부디 양해해주세요."

"알겠습니다. 그건 변호사로서 당연한 의무죠."

센이치로는 말하면서도 오싹했다.

어쩌면 자신이 받은 봉투 속에 그 탐정의 조사 보고서가 들어 있는 게 아닐까? 거기다가 그걸 뒷받침할 만한 증거 같은 것도……. 이혼이 성립된다면, 그리고 그 원인이 자신의 불륜에 있다면 아야코는 이천만 엔에 달하는 유산상속권을 잃게 된다.

이것만으로도 범행을 서두를 이유가 된다. 그리고 화장대에서 발견된 독, 사체를 발견하고 보인 기이한 태도.

센이치로는 눈을 감았다. 그 눈꺼풀 뒤에는 피고인석에 앉은 아야코의 모습이 떠올랐다. 아야코의 환영은 태연하게 수수께끼 같은 미소를 짓고 있었다. 검사가 사형을 구형했는데도…….

환상뿐만 아니라 현실 세계에서도 아야코가 절벽 끝에 내몰렸음은 의심할 여지가 없었다. 여기서 자칫 한 발자국이라도 발을 잘못 내디딘다면 여자를 기다리는 건 오직 교수대뿐이었다.

기소

001
☆☆☆

아키코는 얼마 뒤에 돌아왔다. 센이치로, 아키코, 후지코시 기쿠코, 이소하타 경위, 여기에 가족 측 대표로 고이치가 입회하여 봉투를 열어보기로 했다.

본래라면 여기에 한 사람 더, 아야코가 있어야겠지만 누구도 그 사실을 언급하지 않았다.

"그럼 봉투를 뜯겠습니다."

모든 사람의 양해를 구하고 센이치로는 봉투 안에서 서류를 꺼냈다.

처음에 꺼낸 서류는 부검 의뢰서였다. 그 안에는 가와세 유조의 얘기를 요약한 글귀가 적혀 있었다. 이소하타 경위가 눈으로 쓱 훑어보고 고이치에게 서류를 건넸다.

"아버지 필체가 틀림없습니다."

고이치는 낮은 목소리로 대답하고서 손수건으로 눈을 눌렀다.

두 번째는 유언장의 소재와 센이치로에게 지불할 보수를 적어놓은 서류였다. 마지막에 적힌 글귀가 센이치로의 눈길을 끌었다.

단, 유산상속 중에 법률적으로 실권자失權者가 발생했을 시 후지코시, 햐쿠타니 두 분과 상담한 뒤에 그 몫을 법률 규정에 따라 다른 상속자들에게 각각 분배한다.

그리고 세 번째 서류는 '도쿄비밀탐정사'라는 사설탐정 사무소에서 작성한 조사 보고서였다.

"이건 제가 먼저 보도록 하겠습니다."

양해를 구하고 센이치로는 서류를 눈으로 훑었다. 내용 전반은 예상했듯이 아야코의 품행에 대한 조사 보고였다.

상대는 안도 센키치라는 젊은 화가인 듯했다. 저택 인근에 아틀리에가 있는데 아야코는 초상화 제작을 위해 자주 다녔던 모양이다.

물론 사진과 달리 초상화는 그리는 데 시간이 걸린다는 건 말할 나위도 없다. 하지만 그림을 잘 모르는 센이치로는 저택이 이렇게 넓으니 화가가 이쪽으로 와서 초상화를 그렸다면 아무런 오해도 사지 않았을 텐데, 라는 생각이 들었다.

안도 센키치는 아야코와 육촌 사이인 모양이다. 나이는 서른으로, 잡지 삽화 등을 그리고 있고 전시회도 여러 번 연 적이 있다고 한다.

그의 아내인 유카코는 스물일곱 살로 모델 출신이라 적혀 있다. 부부 사이는 평범하다고 덧붙여놓았지만 의문의 여지가 있었다. 어차피 탐정 사무소에서는 이웃이나 친구의 얘기를 듣고 보고서를 정리했으리라. 부부 사이의 감정을 제삼자가 깊숙이 들여다보기는 쉽지 않다.

아야코와 안도 센키치의 관계가 어디까지 진행됐는지 증거까지는 잡지 못한 것 같았다.

다만 보고서에 실린 나체화 사진을 보고 센이치로는 깜짝 놀랐다.

세밀하게 공을 들인 유화였다. 그리고 얼굴은 의심할 것도 없이 아야코가 분명했다…….

보고서에는 탐정이 그림을 의뢰한다는 핑계로 화실을 찾아 화가가 자리를 뜬 사이에 구석 이젤에 걸려 있던 완성 직전의 그림을 몰래 촬영했다는 주석이 달려 있다.

초상화라 해도 옷을 입은 상*이었다면 시비를 따질 것도 없지만, 유부녀의 벌거벗은 상을 그려놓았다면 얘기가 다르다. 보고서에서도 이 점을 강조했는데, 일찍이 안도 센키치가 돈 후안*으로

● **돈 후안** _ 중세 민간 전설에 나오는 바람둥이 귀족의 이름.

불린 적이 있었다는 사실까지 뭉뚱그려 생각해보면 두 사람 사이에 육체관계가 존재했을 가능성이 매우 높다고 마무리를 지었다.

보고서 후반부에는 요시나카 기미코의 품행을 조사한 내용이 실려 있었다. 딱히 거론할 만한 남성 관계가 없었다고 결론을 냈다.

두 보고를 비교해본 바로는 가와세 유조는 아내의 품행을 의심했고, 그 의심이 만일 사실이라 증명된다면 이혼하고서 요시나카 기미코와 재혼할 작정이었다고 해석할 수도 있다. 적어도 부검 의뢰서와 함께 조사 보고서를 동봉하여 센이치로에게 맡긴 가와세 유조의 진의는, 자기가 살해당한다면 아내가 유력한 용의자이니 엄중히 조사해야 한다는 경고였으리라.

센이치로는 서류를 조용히 이소하타 경위에게 넘겼다. 모두들 차례대로 서류를 돌려봤는데, 그 사진을 본 순간 후지코시 기쿠코는 눈썹을 살짝 찌푸리고 한숨을 푹 내쉬었다.

이윽고 이소하타 경위가 모든 사람에게 물었다.

"이러한 서류가 없었더라도 경찰은 부인을 가장 유력한 용의자로서 경찰서로 연행할 수밖에 없다고 생각합니다. 여러분의 의견은 어떠십니까?"

물론 경찰관으로서 당연한 직무 집행이니 양해를 구할 필요는 없었다. 그런데도 이소하타 경위가 이렇듯 확인을 한 이유는 두 변호사가 무척이나 거리꼈기 때문이다.

"전 이의 없습니다."

센이치로가 대답하자 후지코시 기쿠코와 고이치도 "저도", "이렇게 된 이상 어쩔 수 없군요" 하고 잇따라 대답했다.

"그러면 이제…… 취조 결과 혐의가 벗겨진다면 아마도 장례식 전에는 돌아올 수 있을 겁니다."

경위의 말이 허울뿐인 위안에 가깝다는 걸 센이치로는 잘 알고 있었다.

센이치로를 비롯한 집안사람들은 경찰에게 연행되는 아야코를 바라봤다.

현관까지 나온 가족들은 하나같이 심각하고 복잡한 표정이었다. 아야코의 얼굴 역시 핏기가 싹 가신 듯이 창백했지만, 수수께끼 같은 미소는 아직도 입가에서 사라지지 않았다.

현관 앞에서 아야코는 스미에의 귀에 입을 대고 뭔가를 속삭였다. 그러고는 "다녀올게요" 하고 작은 목소리로 인사한 뒤 두 형사와 함께 대문 앞에 서 있는 자동차 안으로 모습을 감췄다.

센이치로도 얼마 안 있어 가와세가를 뒤로했다. 경찰 쪽도 용무가 끝났고 더이상 이 집에 머무는 건 거북했다.

"페리, 아까 무슨 말을 하려던 거 아니었어?"

조수석에 앉은 센이치로는 핸들을 잡은 아내에게 물었다.

"부인이 진짜 범인일까요? 차마 입 밖으로 내뱉지 않아도 가족들 모두 그리 여기고 있는 것 같던데요."

"그야 당연할지도 몰라. 우리가 봐도 모든 상황증거는 더할 나위 없이 부인에게 불리하니까. 근데 나도 이번에는 뒷맛이 씁쓸해. 사람을 구하는 쪽에서 죽이는 쪽으로 돌아선 듯한 기분이 들어서 말이야."

"그건 어쩔 수 없지만……. 저 집에는 확실히 이상한 분위기가 흘러요. 뭔가 사건이라도 벌어지면 범인은 무조건 부인이라고 다들 무의식중에 마음을 정한 것처럼요."

"그래서?"

"만약에 진범이 따로 존재한다면 범인은 이런 분위기를 교묘하게 이용한 셈이겠죠. 뭐, 경찰 수사가 어떻게 진행될지 아직 짐작도 안 가지만……."

아무리 날카로운 직감을 가진 아키코라도 지금으로서는 더이상 말할 거리가 없으리라. 아키코는 입술을 깨문 채 핸들을 움켜쥐고 자동차를 몰았다.

002
☆☆☆

그로부터 며칠 동안 센이치로는 다른 사건에 파묻히는 바람에 이 사건을 깊숙이 파고들 여유가 없었다.

장례식에는 얼굴을 내밀었지만 아야코의 모습은 보이지 않았다. 센이치로도 바빠서 향만 꽂고 돌아왔다.

그러니 이 정보는 모두 신문에서 얻은 것에 불과하다. 사건이 벌어진 지 열닷새가 지나고 가와세 아야코가 범행을 자백했다는 기사를 봤을 때는 놀랄 수밖에 없었다.

"페리, 이제 어쩔 수 없겠어."

신문 기사를 가리키자 아키코도 한숨을 내쉬었다.

"당신이 늘 말하듯 현재 일본 재판으로는……."

"그래. 새로운 형사소송법에서는 본인의 자백만이 유일한 증거일 때는 유죄판결을 내릴 수 없지만……. 현실은 좀처럼 이상대로 흘러가지 않지."

"재판관들이 칠칠치 못하니까."

"그렇게 도매금으로 싸잡는 건 너무하지만, 증거를 과학적, 분석적으로 검토하기보다 자백을 증거로 채택하는 쪽이 편한 건 확실하니까."

센이치로는 담배에 천천히 불을 붙였다.

"지금쯤 증거를 여럿 갖춰놓았을 거야. 그 뒤로 사건이 어떻게 진행됐고 경찰이 어떤 새로운 증거를 확보했는지는 모르겠지만, 우리가 현장에 있을 때 파악한 증거만으로도 부인에게 유죄판결을 내리기에 충분해."

"부인과 그런 물증이 엮이면 말이죠."

"그걸 엮는 게 바로 검사의 실력이지. 평범한 변호사가 그걸 뒤집는 건 꽤 어려울 거야."

센이치로는 한숨을 내쉬고 일단 얘기를 끊었다.

그로부터 열흘이 더 지났다.

그사이에 아야코는 기소되어 신병이 경찰서에서 구치소로 옮겨졌다.

씁쓸한 뒷맛이 남았지만, 센이치로는 그 일을 거의 잊고 지냈다. 그래서 자택으로 안도 센키치가 방문했을 때는 깜짝 놀랐다.

"저번에 아야코 씨의 애인이라고 했던 화가예요."

명함을 탁자 위에 내려놓은 아키코는 남자처럼 눈을 번뜩였다.

"으음, 대체 그 남자가 내게 무슨 볼일이 있는 거지?"

"몰라요. 큰 결심을 한 듯한 기색이었어요. 당신에게 직접 부탁할 게 있다는데 말투도 태도도 아주 진지했어요."

"나보고 뭘 어쩌라는 거지? 애써 와줬으니 만나지 않을 수는 없겠군."

센이치로는 불안했지만, 우선 응접실로 모시라고 아내에게 부탁했다.

담배를 한 대 피우고서 응접실로 들자 의자에도 앉지 않은 안도 센키치는 머리가 무릎에 닿을 만큼 인사를 꾸벅했다.

긴 머리에 약간 마른, 느낌이 좋은 청년이었다. 눈도 크고 정열적인 분위기를 풍겼다. 얼굴 생김새도 그렇고, 화가라는 직업도 그렇고 확실히 여자에게 인기를 끌 만하다.

"선생님, 아주 어려운 부탁이 있어 찾아왔습니다."

인사를 끝내고 그는 몸을 앞으로 쭉 내밀며 입을 열었다.

"용건이 뭡니까?"

"가와세 아야코 씨의 변호를 맡아주셨으면 합니다."

센이치로의 막연한 예감과도 일치했다.

"그건 안 될 말입니다."

"어째서죠?"

"제 본의는 아니었습니다만, 이번 사건에서 전 마치 검사인 듯 행동했습니다. 한 사람의 죄를 파헤쳐놓고 그 당사자를 변호하는 건 모순됩니다. 한 변호사가 한 사건에서 불과 물처럼 나뉘어 활동하는 건 불가능합니다."

"……."

"뭐, 예부터 죄는 미워하되 사람은 미워하지 말라는 격언도 있지요. 저도 부인의 죄를 철저하게 추궁할 생각은 없습니다. 단지 사사로운 동정심은 변호사로서의 공적인 태도를 좌지우지할 만큼 강하지 않다는 겁니다."

"……."

"괜찮은 변호사를 모르신다면 훌륭한 선생님을 소개시켜드리지요. 안타깝지만, 우리 변호사들 중에도 악덕하다고 할 만한 인간이 절대 없다고는 말씀 못 드립니다. 다만 제가 소개해드릴 분들 중에 그런 분은 분명 없을 겁니다."

센이치로는 이걸로 이야기가 끝났다고 생각했다. 하지만 안도 센키치에게는 이야기의 시작이었다.

"선생님, 선생님의 마음은 잘 압니다. 다만 제 얘기도 부디 들어주시겠습니까."

"들어보지요. 일단은⋯⋯."

"언젠가 이런 말을 들은 적이 있습니다. 재판관은 자신이 내린 판결에 변명하는 것이 용납되지 않는다. 유일한 예외가 있다면 자신의 판결이 잘못됐음을 깨달았을 때 무고한 사람에게 중형을 선고한 자기 자신을 부끄럽게 여기고 지위를 내던지면서까지 피고인을 구하려고 할 때. 이 말이 맞는지요?"

법률문제에 문외한이라고 여겼던 상대가 이렇게 예리한 질문을 하자 센이치로는 깜짝 놀랐다.

"그런 말이 있긴 있습니다. 재판관들의 이상 중에 하나죠. 하지만 현실적으로 재판관에게는 자기 생활도 있고 개인 사정도 있습니다. 자기와 관계없는 피고인을 구하기 위해 그만한 희생을 하지 않더라도 책망할 수는 없지요."

"그렇다면 선생님께서 부인의 변호를 맡아주시는 것이 변호사로서의 양심에 부끄럼이 없는 게, 아니, 오히려 양심을 지키는 게 아닐까요?"

"뭐라고요!"

직업상 남들보다 이치를 따지기 좋아하는 편인 센이치로는 상대방의 논리에 얻어맞은 듯한 기분이 들었다.

"당신은 이렇게 말하고 싶은 겁니까? 제가 가와세 유조 씨의 유지에 따라 검사인 양 행동한 건 결과적으로 완전히 실수였다. 그러니 무고한 부인을 변호하여 구해내는 건 그 실수를 바로잡는 양심의 길이다. 이런 겁니까?"

"선생님, 당치도 않게 설교할 생각은 추호도 없습니다. 단지 선생님께 부탁드릴 뿐입니다. 방금 제 말은 부탁의 전제로서 드린 말씀일 뿐이고요."

"그렇다면 당신은 부인은 무죄다, 누명을 뒤집어쓴 원죄자冤罪者다, 이렇게 생각하시는군요."

"그렇습니다. 부인이 그랬을 리가 없습니다."

"신문 기사를 보니 부인께서 경찰에 자백을 했다고 하더군요. 그게 고문으로 이끌어낸 억지 결과라는 겁니까? 시골 경찰서라면 인권을 무시한 취조 방식이 아직도 남아 있을지도 모릅니다만 경시청 관할 경찰서에서……."

"그 사람이 고문을 받았다는 게 아닙니다. 단지 자백을 한 기억이 없답니다……."

"뭐라고요?"

센이치로는 그 말을 듣고 어안이 벙벙했다.

경찰이 작성한 조서는 재판에서 중요한 증거로 채택될 수 있다.

문자를 읽고 쓰지 못하는 용의자도 많기에 경찰관이 일정한 형식을 취해 서류를 대신 작성하는 건 별수없는 일이다. 하지만 조서 전체를 소리 내어 읽어준 뒤 내용이 맞는지 확인하고 서명과 지장을 받지 않는다면 법적 증거로서 효력을 가질 수 없다.

조서를 작성하면서 형식에 맞추기 위해 미묘한 뉘앙스를 날려 버리는 일이 종종 있다. 하지만 거듭 결백함을 주장하는 용의자의 조서가 당사자도 모르게 날조되었다는 건 변호사로서의 상식으로는 도저히 이해가 되질 않았다…….

003
☆☆☆

"그럼 제가 여쭙겠습니다. 보통 범죄자는 자신에게 애정을 보내는 상대에게 응석을 부리는 법입니다. 진짜 죄를 저질렀어도 난 무죄다, 결백하다고 말하고 싶어 하죠. 대부분의 사람들이 자신에게 등을 돌렸기에 티끌만 한 애정, 동정마저 잃을 수 없다며 절박한 거짓말을 종종 하곤 합니다. 부인이 그런 사람이 아니라고 당신은 신념을 가지고 단언할 수 있습니까?"

"단언합니다. 전 어렸을 적부터 그 사람을 봐와서 성격을 잘 압니다. 부인은 절대로 그런 짓을 할 수 있는 사람이 아닙니다."

센이치로는 한숨을 내쉬었다.

"실례되는 질문입니다만, 당신은 그 사람을 사랑하시지요?"

"예……."

"사랑을 하면 눈이 먼다는 말도 있습니다. 당신은 육체관계를 맺은 여자 때문에 눈이 흐려졌다. 자못 그럴듯한 말이라고 생각합니다만."

"선생님!"

안도 센키치는 외치듯이 항변했다.

"저와 부인 사이에 절대로 부적절한 관계는 없었습니다. 옛날에 전 분명 그 사람을 사랑했습니다. 가능하다면 결혼까지도 하고 싶었지요. 하지만 세상은 결코 한 사람의 바람대로 움직이지 않지요……."

"알겠습니다. 자세한 얘기는 나중에 하기로 하고, 당신은 부인과 아무런 관계도 맺지 않았다고 양심에 걸고 맹세할 수 있습니까?"

"단연코 맹세합니다."

그리 단언한 그의 눈은 진심이었다. 센이치로도 남자의 말을 믿을 마음이 들었다.

"그럼 부인의 나체화는?"

"그게, 제가 큰 죄를 저질렀습니다……. 그 사람에게 생각지도 못한 폐를 끼치고 말았지요. 몹시도 후회하고 있습니다……."

안도 센키치는 머리를 쥐어뜯으며 피를 토하는 듯한 목소리로 말했다.

"그게 무슨 말씀인지요?"

"그 사람을 모델로 초상화를 그린 건 사실입니다……. 다만, 그건 세상을 떠난 부군의 의뢰였습니다. 물론 옷을 입은 초상이었죠."

"그렇다면 나체화는 가짜?"

"아뇨, 제가 그 사람을 여전히 마음속으로 사랑한다는 건 아까도 말씀드렸지요. 그림쟁이의 눈은 탐욕스럽습니다. 설령 상대가 옷을 입고 있더라도 엑스레이로 투사한 것처럼 나체를 훤히 꿰뚫어 볼 수 있지요. 또한 그럴 의지가 없었다면 옷의 미묘한 곡선 아래에 숨겨진 육체를 살아 숨쉬듯이 표현할 수 없었을 겁니다. 그 그림, 나체화는 상상력의 산물이었습니다!"

센이치로는 한숨을 내쉬었다. 그에게는 화가의 비통한 고백도 거짓말이 아닌 것처럼 들렸다.

하지만 검사나 판사라는 사람들은 오직 법 공부에만 매진한 탓에 예술가의 섬세한 마음을 잘 이해하지 못한다. 벌거벗은 여자라는 사실만으로 눈썹을 찌푸릴 만한 성격의 소유자가 많다.

이 화가가 증인대에 서서 아까와 같은 증언을 한다면 대부분의 재판관들은 믿지 않으리라. 센이치로는 그렇게 생각했다.

"알겠습니다. 당신도 경찰 조사를 받으셨겠지요. 경찰이 그 말을 믿어주던가요?"

"그런 돼지 같은 인간들이 예술이 뭔지 알기나 하겠습니까…….

그들은 분명 우리가 육체관계를 가졌을 것이다. 이렇듯 매일 눈앞에 나체로 앉아 있었으니 그냥 끝났을 리가 없다며 추궁했습니다. 우리가 공모해서 가와세 씨를 독살한 게 아니냐는 말까지 꺼내더군요. 저는 필사적으로 무고함을 호소했습니다……. 결국 제가 풀려난 건 증거 불충분 때문이었지요………."

화가는 울상에 가까운 웃음을 지으며 얼굴을 일그러뜨렸다.

"경찰 입장에서는 아야코 씨가 단독 범행이라 자백했기에 저를 잡아넣을 수 없었던 걸까요? 아뇨, 절대 그렇지 않습니다. 그 사람은 그런 자백을 하지 않았다고 줄곧 호소하고 있습니다."

예술가라는 인종은 감정적이다. 그 말을 하는 안도 센키치는 마치 불처럼 격렬했다.

"선생님, 부탁드립니다. 수임료라면 파리에 갈 계획으로 모아둔 백만 엔이 있습니다. 그걸 몽땅 드리겠습니다."

"수임료가 문제인 건 아닙니다만……."

"선생님이시라면 이 변호도 반드시 성공하실 겁니다……. 더욱이 한때 범죄를 고발하는 입장이셨던 선생님께서 변호인으로 서는 것만으로도 재판관들의 심증이 분명 바뀔 겁니다. 선생님 제발, 제발 부탁합니다. 독부라, 마녀라 불리며, 세상천지에 도와주는 이 하나 없는 그 가련한 사람을 구해주십시오. 지금 이 나라에서 그래주실 수 있는 분은 오직 선생님뿐이십니다."

한 시간쯤 있다가 안도 센키치는 돌아갔다. 센이치로는 홍차를 들고 나온 아키코의 얼굴을 쳐다보며 말했다.

"페리, 이거 일이 커졌어."

"복도에서도 목소리가 다 들리던걸요. 꽤 흥분했던 모양이네요. 그래서 무슨 얘기였는데요?"

센이치로는 늘 하던 것처럼 센키치의 이야기를 간추려서 들려줬다.

"애정이 대단히 깊네요. 화가 양반이 그 부인에게……."

아키코는 긴 한숨을 내쉬었다.

"맞아. 만약에 사형 판결이 내려지면 지금의 아내와 갈라서고 아야코 씨에게 청혼을 할 거라는 말까지 꺼냈어. 사형수의 아내, 옥중 결혼이라는 말은 들어봤어도 이런 예는 세계 최초 아닐까?"

"남자에게 그만한 마음이 있다면 재판관들의 마음을 움직일지도 모르겠어요. 사형이 무기징역으로 감형되지 말라는 법도 없잖아요?"

"그리 쉽게 결론지을 수 있는 문제가 아냐. 부인이 법정에서도 계속 무고함을 주장한다면 어떻게 될까? 보통 재판관이라면 참회하는 마음이 없다고 판단할걸. 어쩌면 남자도 공범이라 여길지 모르지. 경찰이 증거를 잡지 못했을 뿐, 두 사람이 암묵적으로 범죄를 공모했다고 믿을지도 몰라."

"그렇다면 안도 씨의 행동이 오히려 긁어 부스럼이 될 수도 있겠네요?"

아키코의 안색이 살짝 바뀌었다.

"그래. 이런 경우에는 사건이 벌어진 뒤에 알게 된 사이가 아닌 만큼 일이 단조롭게 흘러가지 않을 거야. 깜짝 놀란 것도 사실이긴 해. 어떤 의미로는 예술가란 존재는 아이처럼 순진해질 수 있는지도 모르겠어. 하지만 이건 살인 사건이야. 더구나 한때 공범이 아니냐는 혐의까지 받았어. 평범한 사람이라면 석방된 뒤에 안도의 한숨을 내쉬며 이렇게 생각하지 않겠어? 앞으로는 가급적 이 사건과 얽히지 않도록 조심해야겠다, 나중에 증인으로 불려나오는 건 어쩔 수 없이 각오해야겠지만 하고."

"확실히 그럴 거예요. 애틋한 애정이 없으면 불가능하죠."

"그 얘기를 들었을 때 두 사람 사이에 육체관계가 있었다고 해도 비난하고 싶은 마음이 안 들더라고."

센이치로는 잠깐 침묵했다.

"그나저나 부인의 변호를 맡아야 할지 말아야 할지 페리는 어떻게 생각해?"

"나도 이번에는 판단이 서질 않아요."

아키코는 자꾸만 손톱을 깨물었다.

"감정에 휩쓸려 수임하고 싶지는 않지만, 안도 씨 마음을 생각하면……."

"그것도 그렇지만, 난 논리에 져버렸어. 재판관은 변명하지 않는다. 재판제도의 대원칙인데 이번에는 그 예외지. 변호사라면 재판관이 관철시킬 수 없는 이상을 실행할 수 있다."

"어려운 일이네요……."

"그럴지도 몰라. 부인이 억울하게 죄를 뒤집어쓴 게 틀림없다는 절대적인 확신이 없으면 불가능해. 이번에는 단순한 동정이나 감정만으로 변호할 수 없어."

센이치로는 자리에서 일어났다. 그리고 한 마디 한 마디에 힘을 실어 말했다.

"페리, 부인을 면회하고 와야겠어. 무죄라는 확신이 든다면 어떤 희생을 치르더라도 변호인석에 설 작정이야."

004
☆☆☆

센이치로는 변호사이니 지금껏 구치소 면회실에서 피고인과 얼굴을 마주한 적이 여러 번 있었다. 하지만 이번처럼 흥분과 긴장을 느낀 적은 한 번도 없었다.

잠시 뒤 장식 하나 없는 살풍경한 방으로 아야코가 끌려 나왔다. 검은색 일색인 죄수복과 수척해지고 창백해진 얼굴이 섬뜩한 대조를 이루었다.

다른 사람인 줄 알았다.

간수가 나가고 두 사람은 얼굴을 마주보고 앉았다. 변호사만이 누릴 수 있는 특권이다.

"선생님, 감사합니다. 이렇게 와주신 것만으로도 기분이 후련한 것 같아요."

"아뇨, 문제는 이제부터죠. 당장 본론으로 들어가겠습니다. 당신은 자신이 이번 사건과 절대로 관계가 없다고 지금 제 앞에서 단언할 수 있습니까?"

"예, 절대로, 제가 하지 않았습니다."

센이치로는 아야코의 눈을 지그시 쳐다봤다.

말도 논리도 믿을 수 없는 상황이다. 그저 마음의 창인 눈을 바라보는 것 말고는 달리 판단할 거리도 없었다.

아야코의 눈은 맑았다. 얼굴이 수척해져서 그런지 눈에서 아이 같은 순수함마저 느껴졌다.

"안도 씨와의 관계도?"

"예, 선생님을 원망하지도, 그 사람을 비난하지도 않습니다. 하지만 그 그림이 없었다면 저도 이 지경이 되지는 않았겠죠."

아야코의 눈에서 눈물이 흘러내렸다.

"그래서 안도 씨도 책임감을 느끼고 당신을 구하고자 전력을 다하고 있는 거로군요."

"그 마음은 저도 진심으로 감사해요."

"그나저나 안도 씨의 얘기로는 시종 혐의를 부인했다고 하시더군요. 그런데 경찰에서는 자백 조서를 작성하셨다고요. 이게 사실입니까?"

"예……. 경찰서에서 보낸 스무날은 지옥에 있는 것처럼 고통스러웠습니다. 어쩔 수 없지만, 남편의 장례식에도 참석하지 못했답니다……. 그 일을 떠올리는 것만으로도 가슴이 미어질듯 아팠어요……. 더구나 남편을 독살했다는 터무니없는 혐의까지 받고."

"그사이에 잠깐이라도 정신이 이상해질 만한 상황은 없었습니까? 죄를 뒤집어쓰고 억울함에 사로잡힌 사람은 종종 착란상태에 빠지곤 합니다. 잠깐 동안 제정신을 잃고 영문 모를 행동을 하곤 하죠. 나중에 그런 행동을 한 기억이 없다며 부인하는 것도 드문 일은 아닙니다."

"그런 일은 없었습니다. 괴로웠죠, 줄곧 괴로웠어요. 하지만 제정신을 잃을 만한 상황은 없었습니다."

"고문을 받은 적도 없었다는 말씀이시지요?"

"예, 저를 주로 조사했던 이와시게라는 분은 예전에 어떤 일로 면식이 있는 사이예요. 아주 친절하게 대해주셨지요. 분명 일개 형사의 힘으로는 어찌할 수 없었을 거예요. 그 외에 다른 경찰분들을 생각해도 제가 원한을 산 사람은 없었습니다."

이건 센이치로도 이상하게 여기는 점이었다. 대부분의 원죄자冤罪者들은 폭행에 가까운 강압에 못 이겨 어쩔 수 없이 자백을 했다고 말하는 경우가 많다. 본인도 나중에 검찰청이나 재판소에서 부인하면 되겠지 하고 쉽게 생각해 일단 타협한다. 그리고 그 결과 빠져나갈 구멍이 없는 궁지에 내몰리는 경우가 많다. 하지만 이 사건에서는 그런 강압도 보이지 않았다.

"안도 씨는 저에게 당신의 변호를 맡아달라고 부탁했습니다. 그건 당신의 바람입니까?"

"예……. 선생님의 고명은 뵙기 전부터 알고 있었습니다……. 이렇게 될 줄은 상상도 못 했지만 선생님께서 변호를 맡아주신다면 어떤 판결이 내리더도 받아들일 수 있을 것 같습니다."

"끝까지 무고하다고 말씀하시는 거군요."

"예, 제 전부를 신께 걸고 맹세합니다."

"이상한 질문을 하나 드리겠습니다. 이번에 당신을 구하기 위해서는 진범의 이름을 대고 빠져나갈 수 없는 증거를 들이밀어 죄를 자백하도록 만들어야 할 겁니다. 저도 사건에 대해 어느 정도 아는데, 아마도 범인은 집안사람들 중 하나겠지요. 당신이 가장 의심하는 사람은 누굽니까? 아니면 죄를 뒤집어씌울 만큼 당신을 증오하는 사람이 누군지 짐작이 갑니까?"

"선생님도 아시다시피 복잡한 집안입니다. 분명 뭐라 형용할 수 없는 분위기가 밑바닥에 괴어 있답니다. 저도 가족들에게 성의껏 마음을 다했다고 생각하지만, 물론 미치지 못했던 부분이 많을 거예요……. 하지만 남편을 죽이고 저에게 죄를 뒤집어씌울 만큼 무서운 사람은 짐작이 가질 않습니다."

아야코는 울먹였다. 그리고 그 말에는 진실한 울림이 있었다.

센이치로는 이런저런 질문을 계속했지만 큰 수확은 없었다. 하지만 이번 만남을 통해 센이치로는 아야코의 진짜 성격을 꿰뚫어 볼 수 있었다. 사람을 쉽게 믿는 솔직한 여자, 사람에게 악의를 품지 않는 여자. 이게 센이치로가 느낀 인상이었다.

이번 사건에서 그 미덕은 도리어 자신을 파멸시키는 원인이 됐다. 마음이 한없이 가라앉았다.

"변호 건은 잘 생각해보겠습니다. 궁금한 게 생기면 다시 찾아뵙죠."

"잘 부탁드립니다. 뭐라 감사의 인사를 올려야 할지⋯⋯."

아야코는 살짝 미소를 띠었다. 저번과 똑같은 미소가 분명했다. 살인 현장에서는 마녀의 비웃음으로 보였던 이 표정이 지금은 더없는 고통을 견디며 수난 속에서 천국을 찾아내려는 성녀의 미소처럼 보였다⋯⋯.

001
☆☆☆

센이치로는 우선 후지코시 기쿠코를 찾아 상담을 했다.

이 변호사 역시 당혹스러워했다.

"선생이 결심을 단단히 하고 변호를 맡을 작정이라면 내가 무슨 할말이 있겠습니까. 그 사람이 실제로 죄를 저질렀다고 해도 형량을 줄여주고 싶다는 생각은 나도 했습니다. 더욱이 누군가가 변호를 맡아야 한다는 것도 분명한 사실이고요."

그 말은 아야코의 유죄를 십중팔구 확신한다는 듯이 들렸다.

그다음에 센이치로는 가와세가를 찾아 고이치에게 자신의 뜻을 밝히고 의견을 구했다. 고이치 역시 얼굴을 흐렸다.

"미묘한 문제군요. 만약에 그 사람이 다른 일을 저질렀다면 저희는 선생님께 변호를 부탁하는 것에 아무 이의가 없었을 겁니다. 아니, 이의는커녕 적극적으로 부탁드렸을 테죠. 나중 일은 제쳐두더라도 말입니다. 그게 가족으로서, 인간으로서 의무이니까요."

"무슨 말씀을 하시는지 잘 압니다……."

"하지만 그 사람이 아버지를 죽였다면 문제는 전혀 다릅니다. 아시다시피 이 집안에서 그 사람과 피가 이어진 사람은 한 명도 없습니다. 모두가 살해된 아버지의 혈통이지요. 우리는 죄를 미워하되 사람을 미워하지 말라는 마음을 도저히 먹을 수가 없습니다."

"그 마음 잘 알지요. 하지만 그 사람이 저지르지도 않은 죄 때문에 사형이라는 극형에 처해지지 않을까 생각하는 것만으로도 전 안절부절못할 지경입니다."

"그녀는 경찰 조사에서 죄를 인정했다고 하더군요. 자백 조서까지 받았다고 들었습니다."

고이치의 말투는 날카롭고 가차없었다.

"한때는 어머니라고 불렀던 사람입니다. 사형보다는 무기징역, 무기징역보다는 십오 년 형, 형량을 덜어주고 싶다는 마음이 아예 없는 건 아닙니다. 제딴은 다른 변호사께 부탁을 드려 우리와 상관없어 보이도록 은밀히 변호를 맡길까 하는 생각도 했었습니다. 즉, 유죄를 인정하고서 관대한 판결을 바란다는 방향의 변호 말이지요."

센이치로는 마음속에 한기가 들었다.

피고인의 죄가 명백하다면 그것은 변호사로서도 당연한 작전이다. 전문가의 관점에서는 오히려 그편이 일하기가 편하다.

하지만 검사의 논거가 불충분하다는 점을 지적하고 유죄 증거의 증거력을 죄다 뒤집어 무죄판결을 따내는 건 일개 변호사로서 매우 어려운 일이다.

가족 모두가 발벗고 나선다면 모르겠지만 고이치의 태도를 보아 하니 협력은 기대할 수 없었다.

하나 고이치의 행동도 생각하기에 따라서는 당연하다. 방금 고이치가 넌지시 흘린 것처럼 아야코가 아닌 다른 진범이 있다면 그 인물은 아마도 가족 중 한 사람, 가와세 유조의 피를 이은 인간이라는 뜻이다.

가족으로서 사건을 이대로 수습하고 싶은 마음이 드는 것도 당연하다. 집에서 가장이 살해된 사건이 벌어지는 건 큰 불명예지만 자식이 아버지를 죽였다는 오명을 뒤집어쓰는 것보다야 차라리 낫다.

더욱이 아야코가 무죄로 결론이 난다면 그녀는 상당한 유산을 상속받고 딴 남자와 새살림을 차릴 수 있다.

가장 큰 이유는 아니더라도 이런 경제적인 문제가 가족 모두의 마음속에 잠재되어 있음은 의심할 여지가 없었다.

"뭐, 우리로서는 선생님이 한두 번쯤, 변호사로서 그녀를 만나

호소를 들어주는 정도라면 뭐라 할 말이 없겠지만, 법정에 서서 정식으로 변호를 맡는 건 사양해주셨으면 합니다. 물론 맨입으로 부탁드리는 게 아닙니다. 아버지께서 고문 변호사를 부탁드렸고, 저도 고문을 부탁드리고 싶습니다. 뭐, 보수는 다시 따져봐야겠지만요."

이렇듯 개인회사 같은 회사에서 사장을 하던 아버지가 세상을 떠났으니 당연히 장남인 고이치가 다니고 있던 닛포 화학을 관두고 가와세 산업의 사장 자리를 맡게 될 것이다.

말투와 태도에서도 전과 다른 자신감이 묻어 나오는 듯했다.

방금 제의도 결코 엉뚱하다고 말할 수만은 없었다. 나쁘게 말하면 매수라 할 수도 있지만, 말속에 악의가 담겨 있는 것 같지는 않았다.

"감사합니다만, 전 상법이나 민법이 장기가 아니라서 고문 변호사 제안은 전부 거절해왔습니다. 가와세 씨 경우에는 특수한 조건이라 예외적으로 맡은 것뿐입니다."

"선생님 같은 유명한 분께서 고문을 맡아주신다면 우리 회사 간판도 훤해질 테니 이름만이라도……."

"사양하고 싶습니다. 뭐, 앞으로 절대로 민사사건을 맡지 않으리라 단언할 수는 없겠지만 형사 변호사로서 평생 활동하는 게 염원이라서."

센이치로는 늘 품었던 생각을 입 밖으로 꺼냈을 뿐이지만, 고이치는 그것을 자신을 향한 도전으로 받아들인 듯했다. 그의 눈에 분노의 빛이 떠올랐다.

"선생님께서는 기어코 그 여자를 변호하시겠다는 말씀이군요."

"아뇨, 그건 아직 확실하게 정하지 않았습니다……."

센이치로는 솔직하게 말했다. 하지만 고이치는 있는 그대로 받아들이지 않은 듯했다.

얼굴에 경계하는 기색이 드리워졌다.

"어쨌든 선생님이 그 여자의 변호를 맡는다면 우리는 일절 도와드릴 수 없습니다. 혹시나 정식 증인으로 법정에 선다면 물론 선서를 하고 진실만을 말할 겁니다. 하지만 그전에 사사로이 어떤 얘기도 해드릴 수 없습니다. 이건 저뿐만이 아니라 가족 모두의 생각이라 여기셔도 무방합니다."

002
✧✧✧

예상하지 않은 건 아니지만 그 말은 센이치로에게 충격이었다.

이 사실을 아키코에게 들려주자 그녀 역시 한숨을 쉬었다.

"무리도 아니죠. 가족 입장에서는…… 더이상 희생자가 나오길 원치 않을 거예요. 진범이 아니더라도 다들 부인이 저런 지경에 내몰린 걸 내심 반기고 있을지도 모르고요."

"확실히 그래. 어떤 의미에서 가족제도의 맹점이 드러났다고 볼 수도 있겠지. 근데 실제로는 가족 한 사람을 희생해서라도 정의를 관철시키자는 얘기를 평범한 사람과 상담하는 건 불가능해."

센이치로도 암담한 마음으로 대답했다.

"그나저나 이제 어쩌면 좋지?"

"그거야 당신 결심에 달렸죠."

아키코는 탁자 위에서 늘씬하고 부드러운 손가락을 깍지 끼며 말했다.

"고문 변호사 수입 때문이라면 걱정할 거 없어요. 어차피 기대도 하지 않았던 돈인걸요. 근데 이 사건의 변호를 맡는다면 승산이 있겠어요?"

"있다고는 말 못 해. 사설탐정을 쓴다면 어느 정도는 건져낼 수 있겠지. 하지만 그걸로 진범을 밝히는 것까지는 무리일 거야. 법정에서 승부를 걸어 증인들 속에서 진범을 찾아내야 할 것 같아."

"모험이네요. 죽기 아니면 까무러치기……. 난 당신 이름에 흠집 나지 않기를 바라는 마음이 굴뚝같아요. 승산 없는 싸움이라면 이쯤에서 발을 뺐으면 하는데."

"나도 지는 걸 싫어하는 남자야. 기왕 싸우는 거 이겨야겠다는 마음이 굴뚝같다고. 하지만 변호사라는 직업에 대해 아버지께서 남기신 말이 지금도 귓가에 생생해."

"무슨 말씀을 하셨는데요?"

"신이 아닌 한 변호사 생활을 오래하면서 백전백승을 바라서는 안 된다. 때로는 패배를 감당해야 한다. 다만 어떻게 패배하느냐가 문제다."

"공정하게, 정정당당하게 싸우다가 패배했다면 어쩔 수가 없다는 뜻인가요?"

"그뿐만이 아냐. 하나 더, 가장 중요한 가르침이 있어. 양심에 비춰봤을 때 정의의 편에 서서 싸웠다고 자신할 수 있는 패배냐는 거지."

"무슨 말인지 알겠어요."

아키코가 눈을 반짝거리며 말했다.

"그 가르침을 이번 사건에 적용시킨다면 당신 자신이 진심으로 부인의 무고함을 믿을 수 있느냐가 문제라는 뜻이죠?"

"맞아. 나와 이번 피고인은 친척도 아닐뿐더러 친구도 아냐. 사람들은 그녀를 구해본들 아무 이득도 없다고 말하겠지. 그리고 그 사람을 구하기 위해서는 경우에 따라 진범을 형무소에 처넣어버리겠다는 결심이 필요해. 하지만 진범은 내 부모를 죽인 원수도 아냐. 자칫 변호사로서 지나친 처사로 비춰질 수도 있어. 그렇게까지 해서 대체 무슨 득이 있겠느냐고 말하는 사람도 있을 거야."

"뭐, 험담 정도라면 참고 넘기는 수밖에 없잖아요."

"하지만 문제는 딴 데 있어. 단 한 발자국이라도 재판의 이상에 다가가고 싶다. 단 한 번이라도 부정을 막고 싶다. 변호사로서 이것은 신성한 의무야. 어떤 희생을 치르더라도 보람이 있는 큰일이지. 페리는 어떻게 생각해?"

"해봐요. 당신에게 신념이 있다면."

아키코가 바로 대답했다.

"변호를 맡는다면 나도 전력을 다해 도울게요. 돌이켜봤을 때 후회가 남지 않도록 둘이서 함께 싸워요."

다음날, 센이치로는 잘 아는 도쿄비밀탐정사 조사부장인 시마 겐시로를 불러 가와세 집안 식구 모두를 조사해달라고 의뢰했다.

물론 조사를 해서 어떤 단서를 손에 넣을 수 있을지는 알 수 없다. 손해를 볼지도 모른다. 하지만 전력을 다해야만 한다는 마음이었다.

요시나카 기미코에 대한 조사도 동시에 진행해달라고 부탁했다.

사건 당시 상황을 봤을 때, 범인은 가족들 중 하나가 분명한 듯했지만 애인 쪽을 파고들다 보면 도움이 될 만한 방증을 찾을 수 있을지도 모른다.

가와세가 쪽 조사가 난항에 부딪힌 것은 예상대로였지만, 요시나카의 반응은 생각보다 일찍 보였다.

사흘 뒤에 시마 겐시로는 요시나카 기미코가 뜻밖에 가와세가 사람들을 좋아하지 않는다는 사실, 의외라 여겨질 만큼 아야코를 동정한다는 사실을 캐 왔다.

시마 겐시로는 조사가 어려워지자 큰 결심을 하고 센이치로의 이름을 꺼냈는데, 요시나카 기미코는 오히려 기대했다는 듯이 한 번 만나고 싶다는 말을 했다고 한다.

센이치로는 보고를 듣고 살짝 놀랐다. 당장 그날 밤에 전화를 걸어 다음날 기미코의 아파트에서 보기로 약속했다.

노기자카 인근에 있는 신에이장#이라는 아파트였다. 기미코의 집은 2층에 있는데, 세 평짜리 일본식 방과 세 평짜리 서양식 방, 그리고 부엌과 욕실이 딸린, 꽤 넉넉한 구조였다.

요시나카 기미코는 서른쯤 들어 보였다. 종사하는 일도 그렇고, 화장기 어린 얼굴도 그렇고 사람의 마음을 두근거리게 하는 구석이 있었다. 잠깐 얘기를 나눠보자 서글서글한 면도 있었다.

대대로 도쿄 토박이라고 했는데, 도쿄 토박이의 장점인 담백함이 좋은 의미로 드러난 게 아닌가 싶었다.

이야기는 이윽고 본론으로 접어들기 시작했다.

"그 사람은 제게 정말 친절하게 대해줬어요. 지금도 그 생각만 떠올리면 왈칵 쏟아지는 눈물을 주체할 수 없답니다."

이 말도 형식적인 말이나 과장이라 생각할 수 없었다. 기미코의 눈에 커다란 눈물이 맺혔다.

"유감입니다. 뭐, 처지가 처지이더라도 당신은 진심으로 가와세 씨를 사랑하셨으니 말입니다."

"맞아요……. 전 어차피 물장사가 몸에 밴 여자예요. 진짜 부인이 되려는 생각은 한 번도 한 적 없어요. 만약에 가와세 씨가 얘기를 꺼냈더라도 제가 거절했을 거예요."

"여자의 심리를 아직도 잘 모르겠습니다. 여자가 남자를 진짜 사랑한다면 자연스레 질투나 독점욕이 솟지 않습니까? 부인을 밀어내서라도 정식 부인이 되고 싶다. 누구나 품을 법한 마음 아닌지요?"

"그런 마음이 아예 없다고는 말할 수 없죠."

기미코는 입술을 지그시 깨물며 말했다.

"물장사하던 여자 중에 사모님이 된 사람이 여럿 있어요……. 하지만 그렇게 복잡한 집안에 들어가 잘해낼 자신이 없어요. 그 사람, 아야코 씨도 참 잘도 견뎌냈다고 생각해요."

이런 마음은 센이치로도 이해할 수 있었다. 아니, 그는 그 점에 대한 이 여자의 솔직한 의견을 듣고 싶었다. 하지만 재촉하다가는 망칠 수도 있으니 경계하면서 조심스레 물어봤다.

"아야코 씨를 만난 적이 있습니까?"

"예. 제가 아무리 그늘 속 존재이더라도, 오로지 인내하겠다고 결심했더라도, 여자는 여자니까요. 전혀 질투가 나지 않았다고 하면 거짓말이죠."

"그 마음 잘 압니다……."

"아야코 씨와 저는 옛날에 아주 잠깐 동안 같은 바에서 일한 적이 있습니다."

이건 센이치로도 처음 듣는 소리였다. 가와세 유조는 물론, 아야코도 안도 센키치도 이 사실을 한마디도 언급하지 않았다. 예전에 사설탐정이 작성한 보고서에도 그 점은 기재되지 않았다. 유조도 아내가 결혼 전에 무슨 일을 했는지 딱히 자세히 조사할 마음이 없었으리라. 이미 잘 아는 아내의 과거를 이제 와 새삼스레 조사할 필요는 없다며 제외하도록 지시했는지도 모른다.

"그렇습니까? 그건 어디 있는 무슨 바였습니까?"

"긴자에 있는 마돈나라는 바였어요. 아야코 씨는 어딘가 그런 분위기와 어울리지 않았어요. 기억이 확실하지는 않지만, 한 달도 채 되지 않아 그만두고 가와세 씨와 결혼했습니다."

"거기서 첫 만남을 가졌다는 거군요. 당신도 그 무렵부터 가와세 씨와 알고 지내셨다는 소리입니까?"

"손님과 종업원으로서의 관계였을 뿐이에요. 당시에 따로 좋아하는 사람이 있었거든요……. 설마, 나중에 아야코 씨의 남편을 좋아하게 될 줄은 생각도 못 했어……."

센이치로는 한숨을 내쉬었다. 자신처럼 평범한 사람은 상상도 할 수 없는 세계를 살짝 엿본 느낌이었다.

두 사람이 전혀 모르는 사이였다면 그나마 낫다. 이렇듯 조금이나마 친분이 있었던 두 여자가 한 남자의 사랑을 나누게 됐다면 그 사이에서 분명 심각한 고민도 일었으리라. 이 여자는 미안한 감정 때문에 회한도 들었을 터. 아야코가 궁지에 빠진 지금, 그 감정이 반동적으로 동정으로 바뀌어 외부에 드러나더라도 그리 이상하게 볼 일은 아닐 것이다.

"전 아야코 씨 결혼식에 참석할 수 없었어요. 그 사람도 과거를 숨기고 싶어 했고, 가족들의 체면도 있으니 나 같은 여자가 주제넘게 나서면 안 된다고 생각했어요."

"그래도 그 뒤로 얼마 동안은 교제가 있었잖습니까?"

"맞아요. 집안사람들 얘기는 그때도 들었어요. 나중에 가와세 씨에게 따로 얘기를 듣긴 했는데, 그때는 아야코 씨가 참 어수룩하다고 생각했어요."

"어수룩하다는 인상을 어디서 느끼셨는지요?"

"한두 마디로 말할 수는 없지만, 아야코 씨는 가족 모두가 지식인답게 친절하게 대해줘서 전혀 고생스럽지 않다고 했어요. 뭐, 그야 인근에 사는 서민들과는 다르니 가와세 씨 집안사람들도 노골적으로 감정을 드러내지는 않았을 거예요. 하지만 사람의 마음은 지식인이든 아니든 별반 다를 게 없죠."

그건 센이치로도 훨씬 전부터 느꼈던 점이었다. 인간의 원시적인 감정인 증오와 질투를 교육이나 교양 등 후천적인 힘으로 억누르면 오히려 안으로 파고들게 된다. 그것이 폭발하면 억누른 만큼 심각한 양상을 띠게 되는 경우가 흔히 있다.

"그 사람은 사람의 악의를 느끼는 감각을 잃어버렸는지도 몰라요. 악의를 남들처럼 느끼면서도 계속 그런 태도로 살아왔다면 그야말로 신과 같은 사람이라 말할 수밖에 없겠지만……."

"알겠습니다. 그래서 가와세 씨는 어떤 말을 하셨죠?"

"아야코 씨가 가족에 녹아들지 못해서 참 곤혹스럽다. 특히 세쓰코와 스미에가 아야코 씨에게 자주 대든다고 했어요. 예를 들어 아야코 씨가 걱정하는 마음으로 결혼 얘기를 꺼내기라도 하면 '날 이 집에서 쫓아낼 생각이에요?' 하고 빈정거린다더군요. 뭐, 여자 셋이 모이면 접시가 깨진다는 말도 있지만, 이게 일상다반사라면 전 사흘도 못 버티고 히스테리가 도져 집을 뛰쳐나갔을 거예요."

"평범한 감정을 지닌 사람이라면 그렇겠죠. 그러면 부인은 남다른 인내력을 가지고 있는 셈인가요?"

"확실히 강하다고 할 수 있지 않을까요? 아버님과 어머님께서 독실한 기독교인이라고 들었는데, 신앙심이 유전되어 핏속에 흐르고 있는지도 모르죠."

"가와세 씨는 가족 중에 누가 아야코 씨와 특히 사이가 나쁘다고 했습니까? 반대로 부인에게 조금이라도 호의를 보인 사람이 가족 중에 있었습니까?"

"악의라면 모두 품고 있지 않았을까요? 소노코 씨만은 비교적 동정하는 것 같다고 들은 적이 있어요. 하지만 그게 진심인지 아니면 겉치레인지는 누구도 알 수 없죠."

센이치로는 가와세 집안에 대해 꼬치꼬치 캐물었다.

하지만 가와세 유조나 아야코를 통해 전해 들은 내용이라 아무래도 부족한 부분이 있었다. 적어도 아야코를 희생시켜 유조를 독살한 인간이 누군지 센이치로는 짚이는 데가 없었다.

시간이 꽤 늦어졌다. 기미코가 가게에 나갈 시간이 다가왔다. 센이치로는 일단 질문을 접기로 했다.

"다시 찾아뵙도록 하겠습니다. 이런 얘기는 한 번에 끝내기 어려우니까요."

"괜찮아요. 언제든 찾아와주세요. 전화를 주시면 기다리겠습니다. 본의는 아니지만 전 아야코 씨를 배신한 거나 마찬가지인 처지예요. 이번에 어떤 형태로든 속죄를 할 수 있다면 오랫동안 마음에 드리워졌던 먹구름도 말끔히 갤 테니까."

"마지막으로 하나만 여쭙겠습니다. 가와세 씨가 세상을 떠나고 당신을 대하는 그 가족들의 태도가 좀 바뀌지 않았습니까?"

"장례식 때, 유족석 말석에 앉도록 해줬어요."

기미코의 눈에 다시 눈물이 그렁그렁 맺혔다.

"다들 정중하게 대해줬지만, 차가웠어요……. 그건 감내했어요. 설령 가시방석일지라도 떠나는 길을 배웅하지 않는다면 그 사람에 대한 내 마음도 헛것이 되니까."

"장례식이 끝나고 당신에게 뭔가를 해주겠다는 얘기도 전혀 없었습니까?"

"돈 얘기라면 한 푼도……."

기미코는 분노가 섞인 냉소를 띠었다.

"전 이 몸뚱이 하나로 지금껏 살아온 여자예요. 그 사람이 죽고 재산을 나누어 받겠다는 생각 따윈 추호도 한 적이 없어요. 하지만 저쪽 사람들이 겉치레나마 유품을 받아달라는 얘기라도 꺼내줬으면 좋았을 텐데. 그런 말조차 없었어요. 차가운 사람들이구나 싶었습니다……."

003
☆☆☆

센이치로는 다음날, 가와세 저택 인근에 있는 성^聖 로카 교회를 찾아 시라사카 다카시 목사와 만났다.

아야코가 이 교회 신자이며 시라사카 목사에게 고민을 종종 털어놓고는 했다는 얘기를 기미코에게 들었기 때문이다.

시라사카 목사는 마흔서넛쯤 되어 보이는, 수더분할 것 같은 인물이었다. 센이치로가 이곳을 방문한 목적을 말하자 그 온화한 얼굴에도 역시 근심이 드리워진 듯했다.

"아야코 씨는 열렬한 기독교인이었습니다. 일요일마다 빼먹지 않고 예배에 참석했느냐 안 했느냐, 그런 형식을 말하는 게 아닙니다. 정신을 말하는 겁니다. 적어도 사건이 벌어지기 전까지 그분만큼이나 기독교에서 가르치는 인종^{忍從}의 정신을 몸소 실천해온 사람은 몇 명 못 봤습니다."

"겉은 화려할지 몰라도 그 집에서 아내의 자리를 지키는 건 결코 녹록치 않았을 테죠. 그렇다면 아야코 씨는 목사님께 여러 고민을 털어놓았겠군요."

"그렇습니다. 하지만 목사로서 비밀을 지켜야 할 의무가 있습니다. 지금으로서는 뭐라 말씀드릴 수 없습니다."

"잘 압니다. 우리 변호사들에게도 비밀을 엄수할 의무가 있습니다. 거기다 신앙적인 요소까지 더해진다면 비밀은 신성한 것이 되죠."

센이치로는 다음 질문에 모든 걸 걸기로 결심했다.

"목사님께서는 이번 사건을 어떻게 생각하십니까? 부인이 가와세 씨를 죽일 만한 사람이라고 생각하십니까?"

"전 도저히 믿기지 않습니다. 아야코 씨는 억울하게 누명을 뒤집어썼을 겁니다. 저번에 구치소까지 면회를 가서 그 사람의 눈을 보고 목소리를 듣고 완전히 그리 믿게 됐습니다."

센이치로는 안도의 한숨을 내쉬었다. 그 말은 적어도 아야코를 보고 느낀 첫 직감을 믿어도 되겠다는 심증을 주었다.

"햐쿠타니 선생께서는 그 사람 변호에 나설 생각이십니까?"

목사는 무언가를 살피는 듯한 눈으로 센이치로를 쳐다보며 물었다. 검은 목사복 위로 은색 십자가가 번쩍 빛났다.

"솔직히 지금까지, 방금까지, 목사님 말씀을 듣기 전까지는 줄곧 망설였습니다. 하지만 목사님께서 그토록 단언하신다면 저도 나서지 않을 수가 없군요."

"부디 그렇게 해주십시오. 전 기도하는 인간이지 싸우는 인간은
아닙니다. 전 그 사람에게 당신의 무고함을 믿는다, 언젠가 당신과
정의를 위해서 싸워줄 영웅이 나타날 것이다, 난 그저 조용히 기도
할 뿐이다. 그런 말만 남기고 돌아왔습니다."

"전 오로지 싸우기 위해서 태어난 인간일지도 모르겠군요. 목사
님 앞에서 이런 말을 하는 건 실례지만, 가만히 기도하기만 하는 건
성미에 맞지 않아서요."

"이것도 실례되는 말이지만, 당신은 아직 젊습니다. 언젠가 기
도하는 사람의 심정을 알 날도 올 테지요."

목사는 조용히 미소를 지었다. 센이치로는 그 미소를 보고 깜짝
놀랐다.

목사의 미소에는 아야코의 미소와 같은 어떤 특징이 있었다. 자
신은 아직 이해할 수 없는, 종교적 체관締觀에서 비롯된 웃음이었
다. 그런 감정에 대한 이해가 없는 사람에게는 그저 으스스한 냉소
로밖에 비춰지지 않겠구나, 하고 반성했다.

"목사님이 무슨 말씀을 하시는지 잘 압니다. 하지만 목사로서
정의를 위해 싸우는 건 허용이 되지 않습니까?"

"당연히 가능하지요. 하지만 이렇듯 성직에 매여 있는 몸이라
행동에 여러 제약이 가해질 수밖에 없습니다. 자유를 쫓아 순수하
게 행동하는 것도 허용되지 않는 경우도 있지요."

"예컨대 법정에 증인으로 출석하는 건 가능하겠지요?"

"경우에 따라 다르겠지요. 하지만 정의를 위해서, 억울한 누명을 뒤집어쓴 원죄자를 궁지에서 구해내는 상황이라면 허용될 것 같습니다."

"그렇다면 이번 경우에도?"

"햐쿠타니 선생, 제가 할 수 있는 건 그 사람의 품성을 변호해주는 정돕니다. 가령 모든 것을 허락받아 그 사람이 저에게 털어놓았던 마음의 비밀을 남김없이 법정에서 증언했다고 합시다. 그건 이번 재판에서 그 사람을 구하기커녕 도리어 역효과만 내지 않겠습니까?"

"그 내용을 여쭙지 않고 이런 말씀을 드리는 건 뭐하지만, 재판관들에게 부정적인 심증을 줄 우려가 있는 내용이군요."

"맞습니다. 우리는 신 앞에서 모두 죄인입니다. 그 사람도, 저도 예외는 아니지요. 물론 종교에서 말하는 죄로, 법률적인 관점에서 어떤 범죄를 구성한다는 의미는 아닙니다……."

목사는 잠깐 입을 다물었다. 센이치로는 순간 형언할 수 없는 불안을 느꼈다.

아야코와 안도 센키치의 관계는 두 사람이 입을 모아 단언한 것보다 훨씬 깊은 단계까지 진행된 건 아닐까, 라는 망상과도 같은 생각에 사로잡혔다.

"그럼 목사님, 이런 건 부탁드릴 수 없겠는지요?"

센이치로는 필사적으로 단서의 편린이라도 붙잡으려 했다.

"목사님께서 들으신 얘기 중에 이거다 싶은 게 있다면 힌트만이라도 일러주실 수 없겠습니까? 다시 말해, 이번 사건을 해결하는 데 도움이 될 만한 열쇠 말입니다. 그 힌트를 어떻게 활용하는가는 전적으로 제 책임으로 돌리겠습니다. 목사님께 절대로 폐를 끼치지 않겠습니다."

시라사카 목사는 의자에서 일어나 천천히 방안을 걷기 시작했다. 뭔가를 망설이는 듯 침통한 표정이었다.

"햐쿠타니 선생. 만약에 제게 이 인물이 진범이라는 확신이 있다면 이름을 말씀드렸을지도 모릅니다. 하지만 그만한 자신이 없어선을 넘을 용기가 나지 않습니다."

"압니다. 무슨 말씀인지 압니다만."

"그런 전제에서 말씀드리도록 하죠. 첫 번째, 세쓰코라는 아가씨에게 충분히 주의를 기울이십시오. 이건 그녀가 범인이라는 의미는 아닙니다."

센이치로도 깜짝 놀랐다. 그런 전제를 깐 뒤에 목사가 특정 인물의 이름을 밝힐 줄은 상상도 하지 못했다.

"두 번째 힌트는 예전에 그 집안에서 벌어졌던 독살 미수 사건을 잘 검토해보십시오."

"누구죠? 그 사건에서는 누가 피해자였습니까?"

센이치로는 정신없이 물어봤다. 하지만 시라사카 목사는 슬픈 표정으로 고개를 가로저었다.

"말할 수 없습니다. 그 사건에 대한 내용은 제 입으로 더이상 말씀드릴 수 없습니다. 이만한 힌트를 입 밖으로 내는 것만으로도 전제 마음과 몹시도 다투고 있습니다."

이런 말까지 한다면 별 도리가 없다. 두 번째 힌트는 아야코에게 다시 물어보기로 결심했다.

"그리고 세 번째 힌트입니다. 제 느낌으로 아야코 씨는 믿어서는 안 될 사람을 너무 믿은 듯합니다. 그 사람을 특히 경계하십시오. 그 인물은 분명 이런 범죄를 저지를 법한 위험한 사람입니다."

그게 누구냐고 센이치로는 묻고 싶었지만, 입 밖으로 내지 않았다.

"제가 지금 말씀드릴 수 있는 건 이 정도뿐입니다."

목사는 양을 돌보는 양치기 같은 눈으로 센이치로를 바라봤다.

"무책임하다 여기실지도 모르지만 뒷일을 선생께 맡깁니다. 하나님께서 선생을 지켜주시리라 믿어 의심치 않습니다."

도쿄비밀탐정사에서 속속 보고가 들어왔다.

보고서를 훑어보며 센이치로는 몇 번이고 한숨을 내쉬었다. 물론 이런 조사 보고서로 살인 사건의 진범을 찾아내기란 불가능하다. 하지만 그는 비로소 이 사건의 배경이라 할 수 있는 실마리를 희미하게나마 붙잡은 듯했다. 조사와 병행해 아야코와도 몇 번이나 면회를 했다. 그리고 시라사카 목사가 왜 그런 힌트를 일러줬는지 이유를 알 수 있었다.

지금 그는 아야코의 무고함을 믿어 의심치 않았다.

재판 날짜는 시시각각 다가왔다. 가와세 아야코를 살인죄 용의자로서 재단할 곳은 도쿄지방재판소 형사 제4부, 센이치로가 일찍이 '파계 재판'이라 불렸던 재판을 싸워냈던 추억의 장소였다.

개정

001
☆☆☆

도쿄지방재판소는 쓰키지의 옛 해군경리학교에 꾸린 임시 청사에서, 메이지 시대부터 유서 깊은 동네인 히비야의 한쪽에 신축된 대형 빌딩으로 이전했다.

형사 제4부를 구성하는 재판관들의 얼굴도 이 년 전과 변함없었다.

재판장인 요시오카 에이스케 판사는 제일 고등학교*를 나와 도쿄 대학 법학부를 수석으로 졸업한 수재였다. 고등 문관 시험이라 불리는 재판관 시험 성적도 이례적으로 우수했다고 한다. 몇 년 전

● **제일 고등학교** _ 현재 도쿄대 교양학부 및 지바대 의학부와 약학부의 전신.

보다 머리도 약간 벗어지고 배도 나왔지만, 날카로웠던 풍모에 온화함과 중후함이 더해진 것 같았다.

우배석 판사인 나카가와 히데오는 여전히 존재감이 없었다. 물론 학식과 인품은 재판소 안에서도 높게 평가되고 있다. 또한 존재감 없는 판사의 독특한 점은 출세욕이 없다는 것이다. 요 몇 년 동안에 다른 재판소의 좋은 자리로 영전을 할 수 있는 기회가 몇 차례 있었는데도 그는 웃으면서 거절했다고 한다. 물론 그 이유는 아무도 모르지만……

좌배석인 고시미즈 슌이치는 여전히 판사보였다. 재판관은 임관하고 십 년 동안 판사보로 재직해야 정식 판사가 될 수 있다.

사람을 재단하기 위해서는 그만한 연륜이 쌓여야 한다. 현재 재판소의 기본 방침이다.

도쿄 지검 공판부에서 형사 제4부로 나온 아마노 히데유키 검사는 전보다 약간 야윈 것 같았다. 그만큼 풍모에 날카로움이 더해졌다.

'파계 재판'에서 그는 전력을 다했지만 햐쿠타니 센이치로에게 완전히 패배했다. 스포츠 경기처럼 사사로운 증오나 반감이 따르는 패배는 아니었지만, 이번에는 지지 않겠다는 투지가 재판 일정을 조율하는 자리에서부터 온몸에 흘러넘치는 듯했다.

형사 제4부에서는 재판의 신속한 진행을 위해 집중 심리 방식이라는 재판 방식을 채택한다. 경우에 따라서 매일 공판이 이어지는 것으로 유명하다. 하지만 여러 사정 때문에 이번에는 그렇게 할 수는 없었다. 첫 공판은 9월 17일 월요일에 열리고, 그 뒤로 매주 월요일마다 한 차례씩 재판을 열기로 결정했다.

17일 아침 9시 반 무렵, 도쿄변호사회 대기실에 센이치로와 면식이 있는 법정 기자 몇 명이 나타났다.

"선생, 이번에도 승산이 있겠습니까? 탄성을 내지를 만한 역전극을 볼 수 있겠죠?"

"재판은 야구와 다르지요."

"선생은 이번 사건의 피고인이 무고하다고 믿으시는 겁니까?"

"전 그렇다고 믿습니다. 다만 그걸 재판소에서 믿어줄지는 다른 문제입니다. 검사가 법정에 제출하는 증거와 증인, 변호인이 제출하는 증거와 증인, 어느 쪽이 재판관의 마음을 움직일지 그건 아무도 모르죠."

법정 기자라면 이런 상식은 다 알고 있을 텐데, 신참으로 보이는 한 기자가 무심한 질문을 연신 해대며 다른 기자들을 이끌고 있었다.

"선생은 일본의 페리 메이슨*이라 불리는 분이시니 뭔가 비장의 카드 같은 비책이 있으실 거 아닙니까."

"일본의 페리 메이슨이라고요?"

센이치로는 그저 쓴웃음을 지을 뿐이었다.

일본의 페리 메이슨이라는 말은 변호사 사이에서 조롱의 의미

●　**페리 메이슨** _ 얼 스탠리 가드너의 추리소설 주인공.

로 통한다. 센이치로는 아내를 페리라 부르기에, 사대주의 저널리즘의 세계에서 자신을 그리 부를 때마다 아키코를 보며 '당신은 페리고, 난 메이슨. 우리 둘이 딱 한 사람 몫을 한다는 건가?' 하고 웃곤 한다. 하지만 그 말에는 언제나 자조적인 느낌이 깔려 있다.

소설이나 텔레비전에 나오는 페리 메이슨은 미인 비서와 실력 좋은 탐정을 부려 정력적으로 증거를 모으고, 배심원들 앞에서 극적인 역전을 연출하여 의뢰자를 최악의 궁지에서 구출해낸다. 그렇게 명성을 얻은 그는 일본에서는 상상조차 할 수 없는 막대한 보수를 챙긴다.

하지만 일본에서 죄를 뒤집어쓰는 사람은 보통 가난하다. 누구나 사형을 면치 못하리라 여기는 사건에서 무죄판결을 받아내고자 한다면 국선변호인에게나 지불되는 보수로는 아무 도움이 되지 않는다.

예컨대 마사키 히로시* 변호사는 '야카이 사건**'을 변호하기 위해 베스트셀러가 됐던 저서 인세 대부분과 자신의 예금 수백만 엔을 쏟아부었다고 한다.

무죄판결을 받았어도 검사 측에서 심술을 부린다면 사건을 얼마든지 질질 끌 수 있다. 공소, 상고, 재상고, 이런 수단을 써서 십년 이상의 시간을 버는 것도 불가능하지 않다.

그사이에 피고인은 이도 저도 아닌 불안정한 처지에 놓인다.

무죄판결이 확정될 때까지는 변호사도 완벽한 승리를 거두었다는 마음이 들지 않는다. 더욱이 경제적인 면에서도 이득은커녕 희생의 연속일 뿐이다.

"만약에 페리 메이슨이 일본의 원죄 사건 재판을 본다면 기겁을 하겠구먼."

이것은 분별 있는 변호사들 사이에서 회자되는 말이었다…….

002
☆☆☆

오전 9시 50분, 햐쿠타니 센이치로는 705호 법정에 들어갔다.

이 법정에는 창문이 없다. 인공조명과 환기장치가 완비된 최고의 시설은 쓰키지 임시 청사 시절과 비교하면 하늘과 땅 차이다. 하지만 여기서 재판을 받는 사람에게 시설의 수준 따위가 무슨 상관이 있으랴.

아마노 검사는 건너편 검사석에 이미 앉아 있었다. 센이치로가 들어서자 고개를 숙여 살짝 인사를 했다. 그 눈에는 자신감이 흘러넘쳤다.

방청석도 거의 가득 들어찼다.

가와세가 사람 중에는 세쓰코와 스미에가 뒤쪽에 앉아 있었다. 입술을 앙다문 긴장한 표정이었다. 센이치로와 눈이 마주치자 고개를 옆으로 획 돌렸다.

● **마사키 히로시** _ 군국주의 비판 운동 및 수많은 반권력 재판과 원죄 재판에 참여한 변호사.
●● **야카이 사건** _ 1951년 야마구치 현 야카이에서 벌어진 강도 살인 사건이다. 후에 열린 재판에서 피고인 다섯 명 중 네 명은 무죄 선고를 받았다.

가장 앞줄 가운데에는 안도 센키치가 앉아 있다. 얼굴은 창백하고 눈에는 핏발이 섰다. 아마 이삼일은 잠을 못 이뤘으리라. 센이치로를 바라보는 시선에도 기원하는 마음이 담겨 있는 듯했다.

10시 이 분 전에 피고인 가와세 아야코가 두 감시인을 앞뒤로 하고 법정에 들어왔다.

온통 검정색인 수감복은 병적으로 창백한 흰 얼굴과 선명한 대조를 이뤘다.

원래라면 팔찌로 치장했을 가냘픈 손목에 은색 수갑이 번쩍거린다. 여자 피고인에게 수갑이라니, 라고 생각할 사람이 분명 있겠지만 살인죄 피고인이니 별수없다. 법은 지엽적인 부분일수록 형식에 얽매이고 융통성이 없어진다.

10시 2분에 판사석 뒷문에서 검은 가운을 걸친 세 재판관들이, 재판장을 선두로 법정에 들어왔다.

모든 사람이 일어나 재판관들이 착석하기를 기다렸다.

"현 시간부로 피고인 가와세 아야코에 대한 살인 혐의 사건 심리를 시작한다."

요시오카 재판장은 도쿄 지방 재판소에서 최고라 일컬어지는 청아한 미성으로 개정을 고했다.

뒤이어 아야코가 일어났다. 법정 직원의 인도를 받아 재판장의 증인대에 올랐다.

인정신문人定訊問. 증인대에 선 본인이 기소장에 기재된 피고인이 맞는지 확인하는 형식적인 질문이다.

재판장이 주소, 이름, 본적, 직업, 나이 등을 차례대로 물어보자 아야코는 낮지만 투명한 목소리로 시원시원 대답했다.

변호인석에 앉은 센이치로에게는 아야코의 옆모습이 잘 보였다. 피고인석에서는 수치심 때문인지 고개를 숙이고 있었지만, 재판관과 대면하는 순간에는 똑바로 판사를 쳐다보면서 전혀 주눅들지 않았다. 재판관도 경험이 쌓이고 노련해지면 형식적인 질문에 대답하는 피고인의 태도를 보고 유죄인지 무죄인지, 집행유예를 내렸을 때 다시 재기할 수 있는지까지 직감한다고 한다.

그런 의미에서 아야코의 태도는 재판관들에게 좋은 인상을 심어준 듯했다. 하지만 나카가와 판사가 도중에 살짝 얼굴을 찡그렸다는 사실이 왠지 마음에 걸렸다.

아야코가 피고인석에 돌아와 앉자 이번에는 아마노 검사가 일어나서 기소장을 낭독했다.

기소장에 센이치로가 모르는 새로운 사실은 전혀 없었다. 특히 그는 사건 발생을 직접 목격했으니…….

기소장 낭독이 끝나고 아야코는 다시 한번 증인대에 불려 나갔다.

"피고인은 지금 기소장에 적힌 공소사실에 따라 기소되었는데, 이에 대해 어떻게 생각합니까? 피고인이 바란다면 일부 혹은 모든 질문에 대한 증언을 거부할 수도 있소. 다만 이 법정에서 피고인의 모든 발언은 피고인에게 불리 혹은 유리한 증거로 적용될 수 있으니 유념하십시오."

요시오카 재판장의 말에 아야코는 바로 대답했다.

"전 남편을 죽이지 않았습니다. 천지신명께 맹세코 무고하다고 말씀드릴 수 있습니다."

"좋소."

재판장은 고개를 끄덕였다. 아야코가 자리에 돌아가자마자 아마노 검사가 일어나서 모두진술冒頭陳述을 시작했다.

"피고인은 방금 자신이 남편 가와세 유조의 독살 사건과 아무런 관련이 없다는 취지의 발언을 했습니다. 물론 법정에서 범행을 부인하는 건 피고인의 권리입니다. 설사 피고인이 거짓을 고했더라도 다른 증인과 달리 위증죄를 적용할 수 없음은 법률 상식입니다.

피고인은 맨 처음 경찰서에서 취조를 받을 때 울면서 혐의를 인정했습니다. 이건 추후에 증거로 제출될 예정인 경찰 조서에도 분명히 나와 있는 사실입니다.

하나 피고인은 그 뒤에 검찰청에서 조사를 받을 때는 돌연 태도를 바꿔 완강하게 범행을 부인했습니다. 물론 범죄자들이 태도를 바꾸는 일은 흔합니다. 여기 있는 피고인만 이러는 게 아닙니다."

아마노 검사는 그쯤에서 말을 끊고 이쪽을 향해 날카로운 시선을 던졌다. 적의는 피고인석에 앉아 있는 아야코가 아니라 그 뒤의 센이치로에게 향하는 듯했다.

"이와 같은 경우에 범죄자, 아니 용의자가 입버릇처럼 되뇌는 변명이 있습니다. 경찰에게 고문을 당했고 육체적 정신적으로 가해지는 고통을 견딜 수 없어서 마지못해 자백을 했다. 대부분 그런 말을 합니다. 하지만 피고인 가와세 아야코는 그런 변명을 하지는 않았습니다. 검사가 끈질기게 '경찰서에서 고문을 당한 사실이 있는가?' 하고 물었더니 '절대 그런 적 없습니다' 하고 분명히 말했습니다.

물론 자백에만 의지해 피고인의 죄를 묻는 건 위험한 일입니다. 앞으로 여러 증거를 통해 증언의 진실성을 입증하는 건 검사로서 당연한 의무입니다만, 한편으로는 '자백은 증거의 왕이다'라는 법률 명언도 상기하지 않을 수 없습니다. 이러한 자백을 '임의 자백'이라 부르지 않는다면 달리 뭐라 부르겠습니까?

피고인은 매우 위험한 성격의 소유자입니다. 유부녀로서, 더욱이 많은 자식들에게 새엄마로서 책임을 다해야 할 입장에 있으면서도 불미스러운 짓을 저질렀고, 그 결과 남편의 의혹을 사서 이혼 위기에 처했다는 건 누구든 인정할 수밖에 없는 사실입니다.

또한 거액의 유산상속 권리를 잃게 되는 피고인이 죽기 아니면 까무러치기식으로 모든 걸 걸고 범죄를 저질러 권리를 지키려고 했다. 이것은 일반적인 상식으로 누구나 납득할 수 있는 사실입니다.

이런 동기에는 동정의 여지가 없습니다. 더구나 독살이라는 살해 방식 역시 몹시도 음험하고 악마적입니다. 한순간의 격정에 휩쓸려 이성을 잃고 저지른 행위가 아닙니다. 오랫동안 냉혹하게 준비하고, 범행을 저지를 때는 교묘하게 자기 감정을 억눌러 태연한 척 구는 교활함이 필요한 행위입니다.

요컨대 피고인이 저지른 범죄는 동기, 방법, 범행 후 행동 등 모든 측면에서 봤을 때, 천인공노할 죄입니다. 피고인의 성격, 참회하려는 기색을 봐도 동정의 여지가 전혀 없습니다.

사건 세부에 관한 입증은 사실심리에서 하겠습니다. 이쯤에서 모두진술을 마칩니다."

아마노 검사는 한 단 높은 판사석을 향해 살짝 고개를 숙이고 자리에 앉았다.

센이치로는 천천히 일어났다. 모두변론을 할 차례였다.

"대개 독살이라는 살인 방식은 매우 은밀한 비밀에 휩싸인 수단입니다.

이런 종류의 범죄를 살펴보면 범인이 음식물에 독을 섞고서 실제로 살인 행위가 벌어질 때까지 몇 시간, 수십 시간 혹은 며칠, 수십 일이 걸리는 경우도 드물지 않습니다. 피해자가 사망할 때 현장에 있었다는 이유만으로 혐의가 가장 짙다고 단언할 수는 없습니다. 더구나 그것이 진범이라는 증거라 주장하는 건 폭론에 불과합니다.

물론 경찰 및 검찰이 이런 빈약한 근거로 피고인을 진범이라 단정지을 리는 없겠지요. 하지만 제가 지금까지 조사한 바에 따르면 추론에 이르는 과정에서 억지스러운 비약이 느껴집니다.

그 점은 검찰 측에서 증거를 제출할 때마다 낱낱이 밝혀내도록 하겠습니다. 아마도 물적증거, 혹은 믿을 만한 증인의 증언으로 피고인을 유죄로 판결 내릴 만한 것은 나오지 않을 것입니다.

또한 방금 검사가 기고만장하게 들먹였던 경찰 조서에도 문제가 있습니다. 피고인이 자백을 고의로 번복했다는 주장에는 동의하기 어렵습니다. 조서에 증거 능력이 있는지는 차후에 따지기로 하고 일단은 일반적인 견해부터 말씀드리겠습니다. 대부분의 여성은 남성보다 훨씬 감수성이 예민해서 충격을 받았을 때 이상행동을 보이는 경우가 드물지 않습니다. 육체적 심리적으로 고문이라 할 만한 행위를 받지 않았더라도 남편이 변사하고, 사건 직후에 용의자 신분으로 경찰서로 연행되고, 유치장에 감금되는 등 급격한 환경 변화 속에서 엄중한 취조를 받는다면 일종의 착란상태에 빠져 마음에도 없는 사실을 자백할 수도 있음을 인정하지 않으면 안 됩니다.

이것은 특별히 피고인 가와세 아야코에 한해 적용되는 이야기라고는 할 수 없습니다. 이 경우에는 아마도 특수한 조건이 작용한 거겠죠. 이에 관해서는 후에 증인신문에서 밝히고자 합니다.

저는 피고인이 무고하게 죄를 뒤집어쓴 원죄자라 주장합니다. 진범을 찾는 건 제 역할이 아닙니다만, 그건 법정에 제출될 증거를 검토하는 사이에 드러나지 않겠는지요.

전 앞으로 전력을 다해 피고인의 무죄를 입증할 작정입니다. 이상, 변호인 측 모두진술을 마칩니다."

003
☆☆☆

　검사 측 증인으로 먼저 증인대에 오른 사람은 가와세 산업 감사인 노다 긴지로였다.

　그는 가와세 유조와 중학교 시절부터 사귀어온 친구라고 했다. 먼 과거로 거슬러 올라가 가와세 유조의 성격이며, 결혼 당시 상황을 파헤쳐 이 사건의 배경을 분명하게 밝힐 의도임이 분명하다.

　"양심에 맹세코 사실만을 말하겠습니다. 거짓을 말하거나 아는 것을 숨기지 않겠습니다."

　머리가 휑뎅그렁하게 벗어져 자못 중역다워 보이는 증인은 마치 옛날 교장 선생님이 교육칙어*를 낭독할 때처럼 엄숙한 어조로 선서했다.

　"증인은 거짓을 고하면 위증죄로 처벌받을 수 있습니다. 단, 자신이 형사소추를 받을 우려가 있는 내용이라면 증언을 거부할 수 있습니다."

　재판장이 절차대로 주의 사항을 모두 이르자 아마노 검사는 일어나서 직접 신문을 시작했다.

　"증인의 현재 직업은?"

"주식회사 노다 상회 사장, 동시에 가와세 산업 감사를 겸하고 있습니다."

"고故 가와세 유조 씨와 오랫동안 친분을 맺어오셨다고요?"

"네, 고등학교 시절에는 기숙사 생활도 함께한 사이입니다. 삼십 년쯤 알고 지냈습니다. 친구 사이지요. 그래서 가와세가 회사를 창립한 당시부터 감사를 맡게 됐습니다."

"학생 시절부터 사귄 친구라고 해도 깊이에는 차이가 있을 테지요. 증인과 가와세 씨의 친분은 어느 정도였습니까?"

"둘도 없는 친구 사이라고 말씀드릴 수 있습니다. 친형제에게도 말 못 하는 것을 서로에게 의논했던 사이지요. 깊은 교제를 맺었더라도 사회에 나가면 자연히 관계가 소원해지기 마련이지만 마음만큼은 이어져 있는 법입니다. 더구나 우리는 같은 회사 중역으로서 회의 같은 자리에서 자주 얼굴을 마주했으니 서로 아무런 비밀도 없는 사이였다고 생각합니다."

"비밀에는 회사일 같은 공적 문제뿐만 아니라 집안 사정 같은 사적 문제도 포함되었겠지요."

"그렇습니다. 뭐, 남녀 관계 같은 건 서로 다 털어놓지 못한 부분도 있었을 겁니다. 하지만 그런 경우라도 눈치는 챕니다. 다만, 저쪽에서 밝히지 않으니 이쪽도 애써 묻지 않는다. 그렇게 말할 수 있겠지요."

보통 증인대에 서면 긴장한 나머지 말이 잘 나오지 않기 마련이다.

● **교육칙어** _ 제2차세계대전 이전 일본에서 정부의 교육 방침을 명기한 포고문.

검사나 변호사의 질문에 짧게 대답하는 게 고작이고, 말도 뚝뚝 끊어지는 경우가 많다. 하지만 노다 긴지로는 침착하다 못해 말이 많은 편이었다.

달변인 이유 중 하나는 사회생활을 오래한 덕분일 것이고, 또 하나는 서로 관 뚜껑을 닫아주자는 약속을 한 친구 사이로서 원수를 갚아주겠다는 마음 때문인지도 모른다.

"그렇다면 당연히 증인은 여기 있는 피고인을 알겠군요."

노다 긴지로는 고개를 옆으로 돌려 피고인석을 쳐다봤다. 그 눈은 분노로 들끓고 있었다.

"예, 압니다."

"피해자와 피고인의 만남부터 결혼까지 사정을 속속들이 잘 아시겠군요."

"예, 방금 말씀드린 것처럼 공사 구분 없이 훤히 속을 내비치던 사이였습니다. 바람이나 불장난이라면 모를까, 재혼 같은 중대한 단계까지 왔다면 저와 의논을 하는 게 당연하지요."

"당신은 이 결혼에 찬성했습니까?"

"반대했습니다만, 도중에 뜻을 접었습니다. 가와세가 결심을 굳힌 걸 보고 지금까지의 태도를 바꿔 결혼 생활이 행복하기를 기원했습니다. 귀중한 오랜 우정을 이런 문제로 깨뜨리고 싶지 않았습니다."

"증인이 처음에 결혼을 반대했던 이유가 뭡니까?"

"저 여자를 보고 느낀 첫인상이 몹시 좋지 않았는데, 그게 강한 선입견으로 굳어졌습니다. 그게 이유겠지요."

"처음에 언제 만났습니까?"

"저 여자가 바에서 일하고 있을 때였습니다. 가와세와 함께 들른 그 바에서 처음 봤습니다."

"가와세 씨는 미래의 결혼 상대로 소개한 건 아니겠군요."

"그렇습니다. 마음이 약간 있다는 건 가와세의 낌새를 보고 알아차렸습니다만, 잠깐 바람이나 피울 상대구나 싶었지요."

"첫인상은 한마디로 어땠습니까?"

"서양 전설에 나오는 마녀, 영어로 하면 위치witch 말입니다. 그런 여자인 것 같더군요."

방청석이 수런거렸다. 센이치로도 살짝 움찔거렸다.

"그 이유는?"

"벌레 하나도 못 죽일 것 같은 얼굴을 한 주제에 뱃속에 무슨 생각을 품고 있는지 모른달까요? 그런 느낌이 들었습니다. 예컨대 저 여자는 웃으면 안 되는 상황에서도 웃더군요. 그건 손님을 대하는 애교 같은 게 아닙니다. 본질적으로 마음 밑바닥에 악의가 뿌리내리고 있는 게 분명합니다."

"첫인상 말고 다른 이유는 없었습니까?"

"두 번째 이유는 저 여자가 예전에 어떤 남자와 동거했다는 사실을 알았기 때문입니다. 물론 그런 사실만으로 인격을 운운할 수야 없지요. 전 가와세가 결혼에 대해 의논해 오기에 급히 동거남을 만나봤습니다. 그 결과 여자에 대한 인상도 더욱 나빠졌고 결혼을 반대할 결심을 굳혔습니다."

"그 남자와 대화를 하면서 특별히 인상에 남은 얘기는 없었습니까?"

"있지요. 저 여자는 늘 독을 품고 다닌답디다."

방청석이 또 웅성거렸다. 재판이 검사 측이 바라는 대로 흘러가고 있음은 의심할 여지가 없었다.

"그건 단순한 비유입니까, 아니면 피고인이 어떤 독극물을 마련했고, 그걸 늘 소지했다는 의미입니까?"

"저도 이 이야기를 해준 본인이 아니라서 확실하지 않은 부분도 있습니다. 하지만 그 점은 다시 한번 확인을 받았습니다. 그 남자도 비유가 아니라고 단언했습니다."

"재판장님!"

햐쿠타니 센이치로가 벌떡 일어섰다.

"방금 증인의 발언은 전문증거傳聞證據에 지나지 않습니다. 재판 첫머리부터 이처럼 빈약한 증언으로 쓸데없는 선입견을 심으려 하기에 이의를 제기합니다. 검사가 그 남자의 이름을 밝히고 본 재판에 증인으로 출석하도록 신청을 한다면 모르겠습니다만."

"당연히 그를 증인으로 신청했습니다. 방금 한 질문은 증인을 신청하기 위한 전제입니다."

아마노 검사도 물러서지 않았다.

세 재판관들은 얼굴을 모으고 속닥거렸다.

"우선 증인에게 묻겠습니다. 피고인과 일찍이 동거했다는 남자의 이름과 주소를 아십니까?"

"주소까지는 잘 모릅니다. 닛토 신문 기자고, 우사미 마사야스라는 남자입니다만."

"검사는 주소를 압니까?"

"예. 다음 공판에 출석할 예정입니다. 변호인이 이의만 제기하지 않는다면야."

"당연하지요."

센이치로는 자리에 앉았다.

검사는 질문을 계속했지만, 그 뒤에 별다른 내용은 없었다.

물론 한 사람의 증언이 완전히 한쪽에게만 유리하다고는 할 수 없다. 이런 경우에는 가급적 유리한 점을 부각시키고 불리한 점은 피하는 게 재판의 기술이다. 아마노 검사가 증인에게서 피고인에게 상처 줄 발언만을 이끌어내는 것도 어찌 보면 당연하다.

004
☆☆☆

사십 분 가까이 이어진 검사 측 신문이 끝나자 센이치로는 일어나서 반대신문을 시작했다.

"증인은 방금 가와세 유조 씨와 흉금을 터놓는 사이라고 말했습니다. 그렇다면 최근에, 그러니까 사건이 일어나기 직전에 가와세 씨가 결혼에 대해 불평불만을 쏟아낸 적이 있었습니까?"

"있었습니다."

"그건 이혼이라는 마지막 수단으로 이어질 만큼 심각했습니까?"

"꽤 번민하는 것 같았습니다. 하지만 이혼하고는 아직 거리가 있는 듯했습니다."

"왜 번민했을까요?"

"무리도 아니라고 생각합니다. 저 여자가 가족과 전혀 동화되질 못했으니까요. 뭐, 이 문제만큼은 저도 가와세의 요구가 지나친 게 아닌가 싶었습니다. 가족도 많은데다 모두들 성인이라 인격도 굳어 졌지요. 도리에는 어긋난 말이지만, 친어머니처럼 대하기 어려운 게 인지상정 아니겠습니까?"

"번민하는 이유는 오로지 그뿐이었습니까?"

"근래에 아내의 행동이 이상하다고 했습니다. 확증은 없다는 말을 하긴 했지만."

"그래서 당신은 뭐라 했습니까?"

"사설탐정에게 조사를 맡기는 게 최선의 방법이라고 했습니다. 하지만 결과가 어떻게 됐는지는 듣지 못했습니다. 아까도 말했다시피 전 이 개월 예정으로 해외여행을 떠났고, 사건이 벌어지고 이레가 지나서야 일본으로 돌아왔습니다."

"그렇다면 그사이의 사정은 전혀 모르신다는 말씀이군요?"

"그렇습니다. 가와세가 당신에게 고문 변호사를 부탁했다는 것도 귀국해서 처음 들었을 정도였으니까요."

그 말에서 희미한 비아냥거림이 느껴졌다.

"그럼 다른 걸 여쭙겠습니다. 가와세 유조 씨는 처음 결혼할 때도 당신에게 의논했습니까?"

"예. 그때는 우리도 젊었으니……. 인생 경험도 적어서 거창한 말은 해줄 수 없었지만, 결혼 상대가 몸이 약해 보인다, 저래서야 괜찮겠느냐며 염려했던 기억이 있습니다."

"첫 부인은 결핵으로 세상을 떠났지요?"

"네. 옛날이라 마이신도 파스도 없었으니 어쩔 수 없었지요."

"그럼 두 번째 부인은?"

"그 사람, 도키에 씨는 처음에는 그늘 속의 존재였습니다. 나는 고리타분한 도덕을 넘어 어쩔 수 없었다고 생각합니다. 부인이 폐병을 앓는 바람에 여러 해 동안 자리보전을 했습니다. 남자가 여자 없이 생활하는 건 어려우니까요. 그 점을 제외한다면 투병중인 아내를 대하던 가와세의 태도에 비난받을 부분은 없다고 봅니다."

"그렇다면 당신은 도키에 씨가 호적에 오르기 전에도, 그 이후에도 친구의 부인으로서 친하게 지내셨다는 말씀이군요."

"예. 두 사람 사이에서는 자식도 봤고, 처음부터 진짜 부인 같다는 느낌이 들었습니다."

"그럼 도키에 씨는 전부인이 병사하고 정식으로 가와세 부인이 된 뒤의 생활에 만족을 했겠군요?"

"부부 사이의 속사정은 모르겠습니다만 제가 본 바로는 그런 느낌이었습니다."

"그렇다면 대체 도키에 씨는 어째서 자살을 한 걸까요?"

"재판장님!"

아마노 검사는 날카롭게 소리를 지르며 벌떡 일어섰다.

"이의를 제기합니다. 가와세 도키에의 사망은 아주 예전에 벌어진 사건입니다. 현재 심리중인 본건과 아무런 관계가 없습니다."

"그리 말할 수만은 없습니다."

센이치로는 바로 예리하게 반격했다. 그의 직감으로는 전부인인 도키에의 자살에 문제가 있어 보였다. 그것을 가족에게 물어봤자 진상을 들려주지 않으리라는 걸 잘 안다. 이 증인이 진실을 말해준다면 뭔가 실마리를 잡을 수 있을 거라 생각했다.

"그때도 가와세가의 가족 구성은 아야코 부인을 제외하면 지금과 거의 같았습니다. 독을 이용한 자살과 독살은 종이 한 장 차이라 해도 과언이 아닙니다. 따라서 과거에 벌어졌던 자살 사건을 추궁한다면 본건의 진상을 규명하는 데도 실마리를 제공하리라 생각합니다."

세 재판관들이 소곤거렸다.

"검사의 이의는 인정할 수 없습니다. 증인은 변호인의 질문에 대답하십시오."

재판장의 말을 듣고 노다 긴지로는 이마에 손을 댔다.

"도키에 씨가 세상을 떠나기 반년쯤 전부터 가와세에게 부인이 신경쇠약 기미가 있어 힘들다는 말을 들었습니다……. 시시한 일까지 의심하고 질투를 해대서 곤혹스럽다고 했지요. 부인을 직접 만나봐주지 않겠느냐는 부탁을 받고 집을 찾아갔습니다."

"그때 부인의 모습은 어땠습니까?"

"이 집에 있으면 살해당할 거라 하더군요. 누군가 자신의 목숨을 노린다. 그게 누군지는 말할 수 없다. 이렇게 두서없이 이야기했습니다."

법정에 섬뜩한 공기가 흐르는 듯했다. 침묵보다 더한 침묵이 방청석을 지배했다.

"증인은 그 말을 대수롭지 않게 여겼습니까?"

"전 신경쇠약에서 비롯된 일종의 피해망상이라 해석했습니다. 그 점을 염두에 두고 주의깊게 살펴봤지만 이렇다 할 원인을 찾을 수 없기에, 나중에 신경정신과 의사에게 상담을 해보라고 가와세에게 충고했습니다."

"그렇다면 당신은 가와세 부인이 세상을 떠났다는 소식을 듣고 상당한 충격을 받았겠군요?"

"그렇습니다. 친구의 부인이니 병사라는 소식만으로도 충격이지요. 하물며 자살을 했다면……."

"당신은 자살 소식을 듣고 뭔가 미심쩍다는 생각은 하지 않았습니까? 그 당시에는 딱히 이상하게 여기지 않았지만, 나중에 어럽쇼, 하고 의아하게 여긴 거라도 괜찮습니다만."

"……."

"가와세 도키에 씨가 살해당했다는 의혹이 있는 게 아닙니까?"

독살 미수

001
☆☆☆

법정 안은 물을 끼얹은 것처럼 조용해졌다.

열기를 머금은 사람들의 시선을 한몸에 받아 얼굴이 달아올랐는지 노다 긴지로는 손수건을 꺼내 이마의 땀을 닦았다.

"전 탐정도 아니고, 또 탐정소설 같은 것도 좋아하지 않습니다. 사람의 비밀을 파헤치는 걸 결코 좋아하지 않습니다만……. 그 말을 들으니 가와세 도키에 씨의 죽음에는 확실히 수상한 점도 있었던 것 같습니다."

방청석이 수런거렸다. 센이치로는 선 채로 반대편 검사석으로 시선을 던졌다. 하지만 아마노 검사는 동요를 보이지 않았다. 오히려 꿍꿍이가 있는 것 같은 미소를 지었다.

"당신이 타살일 수도 있겠다고 의혹을 품은 이유는 무엇입니까?"

"꽤 시간이 흘렀고 기억이 가물가물해서 앞뒤가 바뀔 수 있겠지만 생각나는 대로 말하겠습니다. 첫 번째 이유는 제 집사람이 절대로 자살이 아니라고 주장했기 때문입니다. 당연한 얘깁니다만, 제 집사람도 도키에 부인과 사이가 좋았습니다. 단순히 친구라기보다는 친자매처럼 가까운 사이였지요. 저보다도 부인의 심정을 훨씬 깊이 헤아리지 않았나 생각합니다."

"수상했던 점을 구체적으로 든다면?"

"집사람은 사건이 벌어지기 전날 도키에 씨와 만났습니다. 그때 도키에 씨는 아무 근심도 없이 교토에다가 맞춤 제작을 의뢰한 기모노 얘기를 즐겁게 했다더군요. 옷이 내일이면 도착하는데 며칠 뒤에 연극을 보러 갈 때 입을 거라고 얘기했답니다. 저도 그 말을 듣고 고개를 끄덕였습니다. 집사람 말로는 자살을 결심한 여자가 그토록 기모노에 관심을 가질 리가 없다고 하더군요."

"그 외에는?"

"다음은 독극물, 청산 화합물이 분명합니다만, 그걸 도키에 씨가 어떻게 손에 넣었는지 입수 경로가 분명치 않았습니다. 하지만 당시에 사건은 밖으로 드러나지 않았습니다. 경찰이 전문적으로 수

사를 한 게 아니라 집안에서 내밀하게 조사를 했으니 미처 드러나지 않은 점도 있으리라 생각합니다."

"이 사건은 집안사람들끼리 의논을 해서 심장마비에 의한 사망이라 공표한 걸로 알고 있습니다. 적어도 아주 최근까지 세상에 변사 사건으로 알려지지 않았지요?"

"그렇습니다. 어째서 당신 귀에까지 그 사실이 흘러든 건지 무척이나 신기할 정도로 말입니다."

노다 긴지로의 말에 가벼운 조롱이 담겨 있었다. 변호사는 활동하며 알게 된 비밀을 누설해서는 안 된다는 대원칙에 지배된다. 그는 비밀을 이렇듯 밝혀나가는 센이치로를 나무라는 듯했다.

"그건 이른바 가와세가를 지키기 위한 조치라 해석해도 되겠습니까?"

"제게는 결정권이 없습니다. 그저 가와세의 얘기를 듣고 별수없이 병사로 발표하는 것에 찬성했습니다만, 저 역시 자살이라 여겼기에 그랬던 겁니다. 타살이 의심쩍었다면 솔직하게 경찰에 신고하라 권했겠지요."

"알겠습니다. 처음으로 되돌아와 묻겠습니다. 그 사건에서 타살 의혹을 품을 만한 요소는 없었습니까?"

"딱히……."

"그럼 그때 자살이라고 단정한 원인은 무엇입니까?"

"도키에 씨의 필체로 편지지에 갈겨쓴 유서가 남아 있었기 때문입니다. '이 상태가 이어진다면 난 자살할 수밖에 없다'. 그저 그 글귀뿐이었습니다만."

"그건 꼭 자살 의지를 드러냈다고 해석할 수만은 없겠군요. 예컨대 가와세 씨나 가족들에게 정신적으로 고통을 받아 반성을 촉구하고자 가출이나 어떤 행동을 하려고 했다는 예고로도 받아들일 수 있지 않습니까?"

"뭐, 그렇게 생각할 수도 있겠지요."

노다 긴지로는 내뱉듯이 대답했다.

그 뒤로 센이치로는 사건의 세부 정황과 당시 가족들의 반응을 물었지만 큰 수확은 없었다.

재판 용어 중에 '적성증인敵性證人'이라는 말이 있다. 검사나 변호사에게 처음부터 반감을 품고 모든 질문에 불성실하게 응하는 증인을 말한다. 센이치로의 질문에 대답하는 노다 긴지로의 태도는 그에 가까웠다.

도키에의 사체가 저택 침실에서 발견됐고 그날 밤에 가와세 유조는 외박을 해서 집에 없었다는 사실을 확인하자 센이치로는 이 증인을 더 추궁해봤자 소용없겠다고 느꼈다.

그가 신문이 끝났음을 고하고 자리에 앉자 아마노 검사가 다시 일어났다. 방금 이루어진 센이치로의 신문 내용을 다시 한번 따지는 재신문 단계였다.

"가와세 도키에 씨가 죽은 건 언제였습니까? 당신은 정확한 날짜를 기억합니까?"

"글쎄요. 칠 년 전 가을인데, 시월 말인가 십일월 초로 기억하고 있습니다. 하지만 정확한 날짜는 기억에 없군요."

"그 무렵에 가와세 유조 씨와 여기 있는 피고인의 사이에 육체 관계가 있었나요?"

센이치로는 움찔했다. 아마노 검사의 꿍꿍이를 깨달았기 때문이다.

독살이라는 살인 방법은 범인이 꼭 현장에 있을 필요가 없다. 전에 다른 곳에서 준비해뒀던 독이 예기치 못한 때에, 예기치 못한 장소에서 효력을 발휘하는 경우도 있다.

센이치로는 아야코를 구하기 위해 그 논리를 이용할 작정이었다. 하지만 아마노 검사는 그 전법을 역이용해 가와세 도키에를 죽인 사람 역시 아야코가 아닌가 하는 인상을 풍기게 할 작정이었다.

"글쎄요, 그 부분은 기억에 없습니다만……."

"가와세 유조 씨와 피고인은 오 년 전에 결혼했습니다. 도키에 씨가 사망하고 만 이 년도 채 지나지 않았을 때지요?"

"그렇습니다. 일 년이 조금 지났을 때일 겁니다. 보통 남자는 전처가 사망하고 일주기가 지나지 않으면 좀처럼 정식으로 재혼할 마음을 먹지 않으니……."

"그렇다면 가와세 씨는 전부인이 세상을 떠나고 한 해가 지나기 전에 당신에게 피고인과 결혼하겠다는 뜻을 넌지시 비친 거군요.

그때 가와세 씨는 그전부터 피고인과 관계를 맺어왔다는 말을 흘리지 않았습니까?"

"그러고 보니 그런 말을 들을 거 같기도 합니다. 하지만 정확히 언제부터 관계를 맺어왔느냐는 촌스러운 질문은 하는 게 아니지요."

"이걸로 신문을 마치겠습니다."

아마노 검사는 센이치로를 날카롭게 노려보고는 자리에 앉았다.

002
☆☆☆

검사 측에서 내세운 두 번째 증인은 가와세 산업 서무과장인 다키타 세이스케였다.

쉰쯤 되어 보이는 이 남자는 자못 충실한 관리자처럼 보이는 인물이었다. 예전에 가와세 유조의 비서로도 오랫동안 일했다고 하니 이 일가에 불리하게 작용될 만한 사실을 입 밖으로 꺼내지 않으리라.

센이치로에게는 그 역시 적성증인임이 분명했다.

절차대로 선서가 끝나자 검사는 증인의 경력부터 물었다. 패전 직후부터 십칠 년 동안 가와세 산업에서 근무해왔다는 사실을 확인한 뒤 바로 본 신문에 들어갔다.

"증인은 피고인을 압니까?"

형식적인 질문이었지만, 순간 아야코를 쳐다본 그의 눈빛에 증오와 분노가 흘러넘쳤다.

"예, 돌아가신 사장님과 결혼하기 전부터 알고 있었습니다. 당시에 전 정식 비서는 아니었습니다만, 오래 근무한 덕분에 사장님의 사생활은 정식 비서보다 더 잘 안다고 할 수 있겠지요."

"전부인, 그러니까 도키에 씨가 세상을 떠난 건 언제였습니까?"

"1955년 11월 2일입니다."

"피고인이 고 가와세 씨와 결혼한 건 언제였습니까?"

"1957년 1월 18일이었습니다." 준비는 하고 왔겠지만 이렇듯 숨쉴 틈도 없이 대답을 이어나가는 모습을 보니 살아 있는 사전이라는 말이 떠올랐다.

"가와세 씨와 피고인 사이에 관계가 생긴 건 언제부터였습니까?"

"그건 정확한 날짜를 말씀드리기 어렵습니다. 다만 전 사모님께서 살아 계셨을 때부터 관계가 시작되었다는 사실은 분명합니다. 제가 알아차린 건 1955년 8월 무렵이었을 겁니다."

"그건 한때의 불장난 같은 관계였습니까? 아니면 이른바 첩이라 할 만한 관계였습니까?"

"한때의 불장난이었다면 저희도 간과했을 수도 있겠지만……이른바 매달 용돈을 챙겨주는 단계였습니다."

"그때 피고인은 아직 바에서 일하고 있었습니까?"

"말씀대롭니다."

"관계를 도키에 부인 쪽에서도 알고 있었습니까?"

"처음부터는 아니겠지만, 어느새 눈치를 채신 듯했습니다. 도키에 사모님께서 제게 어떻게 된 거냐 따져 물으셔서 대답하기 곤혹스러웠던 적이 있었습니다. 그 문제는 직접 사장님께 들으시라며 자리를 피했습니다."

"그 뒤에 가와세 씨 부부 사이가 험악해진 것처럼 보였습니까?"

"그런 속사정까지는 알 도리가 없겠습니다만 평화로웠다고 말할 수는 없었던 것 같습니다. 사장님께서 여러 날 침울한 표정을 짓고 다니셨던 기억이 있습니다."

"그건 반대로 여기 있는 피고인도 알아차렸겠군요."

"예, 언젠가 얼굴을 마주했을 때, '사모님께서 제 존재를 눈치채셨다던데요?' 하고 물었던 기억이 있으니 당연히 알고 있었다고 봐야겠지요."

"그때 피고인은 가와세가의 평화를 지키고자 스스로 포기하고 물러나는 듯한 태도를, 겉치레로나마 보인 적은 없었습니까?"

"저는 전혀 보지 못했습니다."

"반대로 가와세 씨와 정식으로 결혼하고 싶다는 뜻을 내비친 적은 있었습니까?"

"그건 분명했습니다. 뭐, 이런 말씀을 드리기는 뭐하지만, 남자가 여자를 꾈 때 곧 마누라랑 헤어지고 너와 결혼하겠다는 식의 달

콤한 말을 흔히 내뱉지요. 뭐, 저 사람은 사장님의 말을 곧이곧대로 받아들인 듯했습니다. 세상 물정 모르는 꼬마 아가씨라면 그럴 수도 있겠지만, 바에서 반년씩이나 일했다면 누구든 그 말이 빈껍데기라는 걸 깨달았을 텐데요."

"그렇다면 피고인은 가와세 씨의 구두 약속을 철석같이 믿었다는 거군요?"

"전 그리 생각합니다. 저 사람이 예전에 농담처럼 '난 지금 부인을 죽여서라도 그분이랑 함께할 거야'라고 말했을 정도니까요."

방청석이 웅성거렸다. 센이치로에게 등을 보이고, 방청인에게는 옆모습을 보이며 고개를 숙이고 있는 아야코의 어깨도 희미하게 떨리고 있었다.

"그때 피고인은 취해 있었습니까?"

"술을 다소 마신 듯했지만 제정신을 잃을 정도는 아니었지요."

"증인은 그 말을 진심으로 받아들였습니까?"

"설마설마했습니다만, 사모님께서 돌아가셨을 때 그 말을 떠올리니 소름이 돋더군요. 하지만 실제로 저 사람이 사모님을 죽였다는 증거는 없고 사장님 댁에서도 세간의 이목을 꺼려 자살이 아닌 심장마비라 발표했습니다. 그런 상황에서 이상한 말을 내뱉을 필요는 없을 것 같아 그냥 입을 다물었습니다."

"그렇다면 증인은 가와세 씨가 피고인과 정식으로 결혼하겠다는 말을 했을 때도 그 발언을 보고하지 않았겠군요?"

"예, 지나친 말이긴 하지만 술자리 농담이라 치부하면 그뿐인 얘깁니다. 사장님이 무조건 결혼을 강행한다면 막을 힘은 없지요."

"증인은 고인의 명령을 받고 피고인 신상 조사를 하지 않았습니까?"

"예. 제가 직접 뛰어다니며 조사한 게 아니라 전문 흥신소에 의뢰했습니다만, 보고서를 받아 훑어보고서 사장님께 전해드렸습니다."

"내용을 대강이나마 기억하고 계시겠지요."

"예, 토씨 하나 틀리지 않고 그대로 읊을 수야 없겠지만 대강의 내용이라면 지금도 기억하고 있습니다."

"무슨 내용인지 얘기해주시지요."

"예, 우선 저 사람의 출생지입니다. 본적은 가가와 현 다카마쓰 시입니다. 아버지는 전쟁에 나가 죽었고, 어머니도 패전 후 몇 년 뒤에 세상을 떠났습니다. 그후로는 도쿄에 사는 친척에게 맡겨졌다고 들었습니다만, 관계가 틀어졌는지 열여덟 살 때부터 바에서 일하기 시작했다고 합니다. 그사이에 닛토 신문 기자와 사이가 깊어져 반년 정도 동거를 했지만 금세 헤어지고 다시 바에서 일하게 됐습니다."

다키타 세이스케의 대답은 청산유수였다.

"뭐, 살다 보면 누구든 연애나 결혼을 한두 번쯤 실패할 수도 있습니다. 더구나 인생 경험이 적은 나이였으니 그 실패가 크게 다가

왔을 겁니다. 그러니 신문기자와의 관계가 저 사람의 흠이 되었다고 말씀드릴 수는 없겠지만, 사람에 따라서는 신경쓰는 사람도 있겠지요. 사장님께서 그 점을 관대하게 받아들이셨다고 할 수 있겠습니다."

"그때, 보고서 안에 피고인이 가와세 씨 이외의 남성과 깊은 관계를 맺고 있었다는 암시 같은 건 없었습니까?"

"일이 일인지라 어느 정도 손님에게 아양을 떨 수밖에 없었을 테지요. 흥신소에서는 딴 남자와의 관계를 찾을 수 없었다고 했습니다."

센이치로는 한숨을 내쉬었다.

당시 흥신소에서 어떤 보고를 했는지는 센이치로가 어떤 수를 써도 확인할 길이 없었다. 만에 하나라도 예상치 못한 사실이 나올까 봐 내심 조마조마했다. 하지만 지금까지는 크게 걱정할 만한 내용은 나오지 않았다. 적어도 저 증인은 양심껏 증언을 한 것이 분명했다.

마침 점심시간이 됐다. 증거를 제출하는 데 시간을 잡아먹은 바람에 재판은 더 진행되지 않았다. 반대신문은 일단 중단되었고 오후에 다시 속행하기로 했다.

센이치로는 히비야 공원 안에 있는 레스토랑에서 안도 센키치와 함께 점심을 먹었다.

"선생님, 재판이라는 게 참 무시무시하군요. 전 마치 그 사람과 함께 피고인석에 앉아 있는 듯한 기분마저 들었습니다."

그는 나온 요리에는 거의 손을 대지 않은 채 물잔만 자꾸 비우다가 이윽고 한숨을 내쉬며 말을 꺼냈다.

"그 마음 압니다. 피고인의 친척이라면 방청석에 앉아만 있어도 고통을 느낀다고도 하지요. 변호사 일을 하다 보면 비슷한 기분을 느끼곤 합니다."

안도 센키치를 배려하려는 건 아니었지만, 센이치로도 식욕이 거의 나지 않았다. 그저 의무적으로 요리를 입안으로 옮길 뿐이었다. 안도 센키치는 그 모습을 걱정 가득한 표정으로 가만히 바라봤다.

"선생님, 실은 가와세가에서 일어난 독살 미수 사건 말입니다."

센이치로가 포크를 내려놓자마자 센키치가 소리를 낮춰 말을 걸어왔다.

"선생님께서도 몇 차례 조사를 하셨을 테지만, 저도 걱정이 돼서 나름대로 조사를 해보다가 어렵사리 어떤 사실을 알아냈습니다."

"그게 뭡니까?"

"제가 조사한 바에 따르면 세쓰코 씨도 살해당할 뻔했답니다. 저녁때 그 사람만 꿀과 당근과 양파를 갈아 만든 주스를 마시는 습관이 있는데, 그날 주스를 한 모금 마시자마자 토악질을 하며 쓰러졌다더군요. 바로 의사가 달려와 조치를 취한 덕분에 이틀 만에 상태가 호전됐답니다."

이건 지금껏 센이치로가 알아낼 수 없던 내용이었다. 아야코에게 물어도 독살 미수 사건 따위 없었다고 부정할 뿐이었다.

"누구에게 들은 겁니까? 법정에서 꺼내도 될 만큼 확실한 정보입니까?"

센이치로는 그 부분이 못 견디게 걱정됐다.

"선생님, 신이라는 게 정말 존재하는 모양입니다. 저희 집에 드나드는 미카와야라는 술도가 사장이 있는데, 친척 중에 가와세 집안에서 도우미로 일하던 사람이 있었답니다. 그 사람이 최근 결혼 때문에 도우미를 그만두고 시즈오카 현에 있는 친가로 돌아갔는데, 귀향하기 전에 그런 말을 흘렸더랍니다."

센이치로의 가슴이 쿵쾅대기 시작했다. 보통 도우미는 일하는 동안에는 고용인에게 불리할 만한 말을 하지 않는다. 그건 사람으로서 당연한 도리이다. 하지만 그 집에서 나오면 사정은 달라진다. 특히 감정이 충돌해서 그만뒀다면 반발심에 비밀을 흘렸을 만도 하다.

"만나러 가기 전에는 그런 비밀을 들을 줄 상상도 못 했으니 물에 빠져 지푸라기라도 잡는 심정으로 나갔습니다. 어젯밤 늦게까지 얘기를 듣고 오늘 아침에 급히 돌아왔습니다…….”

안도 센키치는 절실하게 호소하듯 센이치로의 눈을 쳐다봤다.

“그 도우미가 법정에 증인으로 나올 가능성이 있습니까?”

“잘 구슬리면 나와줄 것도 같았습니다.”

“그럼 도우미 일은 나중에 천천히 이야기 나누기로 하고, 그 사건이 단순한 복통이나 위경련이 아닌 독살 미수라 단언할 만한 근거가 뭡니까?”

“저도 이상해서 다시 한번 확인을 했습니다. 그랬더니 도우미가 이런 이야길 했습니다. 그때 옆에 있던 소노코 씨가 토사물 냄새를 맡더니 ‘청산 냄새야!’ 하고 소리쳤다고요. 그날 아야코 씨는 외출해서 현장에 없었다던데, 이 사건도 비밀에 부쳐지는 바람에 그 사람 귀에 들어가지 않은 게 아닐까요?”

들여다보면 볼수록 신기한 집이로군, 센이치로는 생각했다.

이상한 병균이 그 집에 사는 사람들의 마음을 좀먹은 듯한 느낌이었다.

청산가리는 0.1그램만으로도 사람을 죽일 수 있는 강력한 독극물이지만, 공기에 닿아 분해되거나 입에 댄 양이 극히 적었을 경우에는 이렇듯 미수에 그칠 수도 있다.

하지만 이 경우에는 범인이 벌꿀에 독을 타지 않았다는 전제하에 음료수 컵 바로 옆까지 접근해야만 한다. 그때, 아야코가 집에 없었다는 사실은 센이치로에게 정말이지 희망의 동아줄과도 같은 정보였다.

"당연히 주치의인 모리나가 선생도 알고 있겠군요?"

"예, 그분이 바로 달려와서 응급처치를 했답니다. 주치의로서 할 말과 하지 말아야 할 말이 있을 테니 불안해하면서도 지금껏 입 밖에 내지 않았던 게 아닐까요?"

오랫동안 주치의로 있으면 사사로운 감정도 생기리라. 친척 같은 친밀한 관계가 된다면 평범한 의사와 환자처럼 냉정한 태도를 기대하는 건 어려울지도 모른다.

하지만 의사의 행동에는 미심쩍은 부분이 있었다. 어쩌면 모리나가 박사는 범인이 누군지 어렴풋이 짐작을 했고, 비밀스러운 동기 때문에 필사적으로 입을 다물고 있는 게 아닌가 하는 생각마저 들었다.

"전 시라사카라는 목사님에게 독살 미수 사건이 있었다는 암시를 받고 의아했습니다. 그 집에 드나든 적도 없는 목사님이 아야코 씨 본인도 모르는 듯한 사실을 대체 누구에게서 들은 걸까? 분명 소노코 씨가 교회에 말했겠군요. 그나저나 정말 무서운 집안입니다."

"저도 분명 그리 생각합니다. 이번 사건에, 고양이 독살 사건, 그리고 칠 년 전에 벌어진 사건까지. 그 집에 살인귀가 숨어 있다는 생각밖에 안 들더군요. 그 밖의 부분은 평범한 사람과 별반 다르지 않을 테니 다른 사람은 꿰뚫어 볼 수 없겠지만……. 그 사람이 그런 집에서 지금껏 잘도 무사했구나 싶어 등줄기가 오싹해집니다."

"자자, 감정적으로 반응하시면 안 됩니다. 그 도우미에게서 또 들은 말이 없습니까?"

"전 그림쟁이라 조사에는 익숙하지 않아서……. 여러 얘기를 들었습니다만 어떤 말이 도움이 될지…….

"나중에 천천히 듣도록 하지요. 오후 1시부터 재판이 재개되니 저도 그때까지 호흡을 가다듬어야겠습니다."

"당연히 그러셔야죠. 앗, 하나 더 말해두자면 스미에라는 아가씨 말입니다. 보기보다 아주 불량하다더군요. 사귀는 친구들도 죄다 이상하고, 심야 찻집 같은 곳도 뻔질나게 드나들고, 경찰서 신세도 여러 번 진 적이 있었던 모양입니다."

004
☆☆☆

오후 1시 3분, 재판이 재개되었다.

아마노 검사는 그로부터 사십 분 동안 다키타 세이스케를 신문했다. 하지만 질문이 핵심을 건드리자 증인은 말을 얼버무리며 발뺌을 했다.

아야코를 더할 나위 없이 증오하는 건 분명하지만, 자신의 손으로 끝장내는 건 꺼림칙한지 피하는 듯한 태도였다.

센이치로가 반대신문에 나선 건 오후 2시가 조금 안 된 시간이었다.

"증인은 이 사건이 일어나기 직전에 가와세가에서 독살 미수 사건이 벌어졌다는 사실을 압니까?"

안도 센키치가 물어 온 정보가 바로 도움이 됐다.

이런 증인에게는 첫 일격으로 마음을 뒤흔들어놓고 혼란한 틈을 파고드는 게 가장 유효한 작전이다.

다키다 세이스케는 깜짝 놀랐다는 듯이 센이치로의 얼굴을 쳐다봤다.

"그런 일이 있었다고요? 대체 누가 살해당할 뻔했다는 겁니까?"

"그건 제가 설명할 필요 없습니다. 당신은 그런 사건이 있었다는 사실을 알고 있었는지 그것만 대답하면 됩니다."

"그건…… 회사 사람이 그런 일을 당했다면 제가 모르고 지나칠 리 없습니다. 하지만 사장님 집안일이라면…… 모르는 일도 있습니다."

"괜찮습니다. 그리고 증인은 개인적으로 아는 경찰 관계자가 있습니까? 약간 무리한 일도 들어줄 만한."

"그건 무슨 의미입니까?"

"예를 들어 회사 사람 누군가가 술에 취해 경범죄 처벌법에 저촉될 만한 짓을 저질렀다고 칩시다. 그때 선처를 부탁할 만한 지인이 있느냐는 겁니다."

"이의를 제기합니다."

아마노 검사가 벌떡 일어섰다. 경찰의 비밀을 건드리면 어떤 검사든 격앙하기 마련이다.

"방금 질문은 본 사건 심리와 아무런 관계도 없습니다. 가와세 산업 서무과장이 경찰관과 개인적인 친분이 있는지가 독살 사건과 무슨 관계가 있다는 겁니까?"

"변호인, 방금 질문의 취지는 뭡니까?"

요시오카 재판장이 몸을 앞으로 내밀며 물었다.

"본 사건은 독살 사건 하나만을 다루어서는 해결할 수 없습니다. 제가 방금 추궁하려 했던 독살 미수 사건도 그중에 하나입니다. 또한 가와세가 사람들 중에도 경찰서 신세를 질 만한 이상한 성격의 소유자가 있음을 확인했습니다. 사건 배경을 파헤치자는 게 이 질문의 취지 중 하나입니다."

세 재판관들은 얼굴을 모으고 속닥거렸다. 이윽고 요시오카 재판장이 정면을 보며 말했다.

"검사의 이의는 인정할 수 없습니다. 증인은 질문에 대답하십시오."

짧은 시간 동안 다키타 세이스케는 뭔가 결심한 모양인지 딴청을 부리는 듯한 얼굴로 딱 잘라 부정했다.

"저는 업무상 벌어지는 문제로, 예컨대 회사 차가 사고를 냈다거나 그런 일 때문에 경찰과 자주 얘기를 하곤 합니다. 이런 말을 하기는 뭐하지만, 거의 대부분 그 자리에서 끝나는 관계입니다. 개인적으로 선처를 부탁할 만큼 친한 사람은 한 명도 없다고 말씀드릴 수 있습니다."

센이치로는 한숨을 내쉬었다. 증인의 말이 거짓이라는 건 표정을 보고도 알 수 있었다. 저런 태도로 나온다면 더이상의 추궁은 어렵다. 수사권이 없는 변호사의 고충이자 약점이었다.

"그렇다면 당신은 피고인을 조사했던 이와시게라는 형사도 모르겠군요."

조금이라도 시간을 벌어 다음 질문을 마련하고자 센이치로는 말을 계속 이었다. 하지만 대답은 의외였다.

"이와시게라면 압니다. 동향 사람이고 출신 초등학교도 같고……. 하지만 이건 살인 사건입니다. 자동차 사고나 다른 사고처럼 관대한 선처를 부탁드린다며 고개를 숙인다고 무마할 수 있는 일이 아닙니다. 그래서 이번 사건에서 아무것도 부탁하지 않았습니다. 또 우리가 그런 부탁을 한들 경찰이 처리해줄 리가 없습니다."

이 말은 충분히 논리적이었다. 하지만 센이치로는 왠지 모를 불안감을 느꼈다. 두 사람의 관계를 한 꺼풀 벗기면 어떤 비밀이 숨겨져 있을지도 모른다는 불안감이었다.

"그럼 다른 질문을 하겠습니다. 가와세 스미에 씨가 경찰서에 드나들 만한 사고를 친 적이 있습니까?"

"얘기는 들었습니다만 그것 때문에 제가 경찰과 접촉한 적은 없습니다."

"무슨 사건이었습니까?"

"본인 문제가 아니라 같이 어울렸던 남자친구가 롯폰기 찻집에서 상해 사건을 일으키는 바람에 참고인 신분으로 경찰서에 간 적은 있었던 모양입니다. 하지만 전 그런 사건이 있었다는 소리만 들었지 자세한 사정은 알지 못합니다."

다키타 세이스케는 여전히 발뺌을 하는 태도였다.

회사 서무 일을 오랫동안 해온 사람은 어떤 상황에서든 유연하게 대처할 수 있는 기술을 자연히 체득한다.

이런 상황의 증인으로는 가장 곤란한 상대였다.

센이치로도 한 시간 가까이 신문을 계속했지만 결정타가 될 만한 해답은 하나도 찾아낼 수 없었다.

그가 신문을 끝낸 건 3시 무렵이었다. 오늘은 이 이상 새로운 증인이 나올 예정이 없다.

센이치로는 무거운 마음으로 법정에서 나와 바로 집으로 돌아갔다.

"어땠어요? 첫 전투는?"

아키코도 오늘 재판이 어떻게 진행됐는지 몸이 근질근질할 만큼 궁금했으리라. 가방을 받으며 걱정스러운 듯이 물었다.

"지금은 아직 한 치 앞도 알 수 없어. 다만 안도가 괜찮은 단서를 물어 왔어. 이 실마리를 좇다 보면 생각지도 못한 증거를 잡을 수 있을 것 같긴 한데."

서재에 들어간 센이치로는 오늘 일과 안도 센키치의 얘기를 간추려서 들려줬다.

"당신은 대체 어떻게 생각해?"

"이상해요……. 생각하기 따라서는 독살 미수 사건 쪽이 이번 사건보다 훨씬 무서워요."

아키코의 얼굴이 새파래졌다.

"벌꿀 주스는 세쓰코 씨 혼자만 마시는 거잖아요? 그 말은 다른 사람에게 먹이려 했던 걸 실수로 그녀가 마셨다고 볼 수 없다는 거죠."

"맞아. 나도 그 부분이 이상하다고 생각했어."

"그렇다면 범인에게 가장 먼저 세쓰코 씨를 죽일 만한 동기가 있었다는 뜻이네요. 미친 사람이 아니고서야 사람이 마실 음료에 설탕 대신 청산가리를 넣을 사람이 어디 있겠어요."

"그녀를 죽이면 득을 보는 사람이 대체 누구지?"

"그건 아직 모르겠어요. 하지만 그 이상으로 희한한 건 사건이 벌어진 뒤 집안사람들이 보인 반응이에요."

아키코는 토로하는 말투였다.

"이번 사건처럼 범인으로 의심되는 사람이 현장에서 붙잡혀 집 밖으로 끌려 나갔다면 충격이야 남더라도 가족들이 평온을 되찾을 수 있겠죠. 하지만 미수로 끝났다면 범인이 누군지는 범인 본인 말고 아무도 모른다는 뜻이잖아요. 언제 다시 그런 사건이 벌어질지 모르는데 평범한 사람이 어떻게 살겠어요? 특히 한번 희생양이 될 뻔한 세쓰코 씨는 집에서는 아무것도 못 먹겠다고 호소하는 게 당연하잖아요."

"페리, 당신⋯⋯."

센이치로는 목소리를 높였다.

분석을 해보니 확실히 집안에는 가와세 유조가 그토록 벌벌 떨 만한 이상한 상황이 쭉 이어졌다고 생각할 수밖에 없었다.

008

적성증인

001
☆☆☆

그로부터 나흘쯤 센이치로는 독감에 걸려 이부자리에서 일어날 수 없었다. 무슨 까닭인지 39도나 되는 고열이 계속 이어졌다.

주치의도 아키코도 재판을 연기하는 게 좋겠다고 말했지만, 닷새째에는 완전히 열이 내려서 센이치로는 연기 신청을 하지 않았다. 변호사가 법정에서 쓰러지는 건 군인이 전장에서 죽는 것과 같다. 실제로 사건을 변론하다가 변호사 회관에서 뇌출혈 발작으로 세상을 떠난 아버지, 햐쿠타니 요시로가 떠올라 그 말을 끊임없이 되뇌며 격려해주는 듯한 기분이 들었다.

두 번째 공판에서 그는 소극적인 태도로 나갈 수밖에 없었다.

처음으로 등장한 사람은 모리나가 박사였다. 검사가 제출한 신문 예정에 따르면 모리나가 박사는 주치의로서 판단한 가와세 유조의 건강 상태와 사건 현장에 있었던 한 사람으로서 보고 들은 당시 상황을 증언하기로 되어 있었다.

증인대에 선 모리나가 박사는 왠지 겸연쩍어하는 듯했다. 가급적 센이치로 쪽으로 눈길을 돌리지 않으려는 태도였다.

증인이 발언할 내용은 센이치로도 충분히 아는 것이었다. 이런 경우에는 증인이 빤히 들여다보이는 엉터리 소리를 할 때만을 노려서 반격하면 되니 변호사로서는 마음이 가벼웠다.

그 점은 검사도, 모리나가 박사도 잘 알고 있으리라. 직접 신문을 하는 검사의 태도에도 담담함이 느껴졌고, 대답하는 박사도 신중에 신중을 기하려는 듯이 군더더기는 한마디도 덧붙이지 않았다.

센이치로도 모리나가 박사가 그곳에서 취했던 태도가 의사로서의 의무에 반하는지 추궁하지 않았다.

대신 예전에 벌어진 독살 미수 사건을 어째서 흐지부지하게 처리했는지를 주로 추궁했다. 모리나가 박사는 땀을 삐질삐질 흘리며 힘들게 대답했다.

"그 문제는 돌아가신 가와세 씨께서 속내를 털어놓고 당부하셨습니다. 세쓰코가 자살을 기도했다는 게 세상에 알려지면 집안의 수치다, 자살을 기도한 이유도 대강 짐작이 가니 앞으로 다시는 이런 일이 일어나지 않도록 가족 모두가 노력하겠다, 그런 말씀을 하셨습니다. 뭐, 일을 복잡하게 만드는 건 주치의로서도 바람직하지 않으니까요. 다행히 생명에는 지장이 없었고 자살도 미수로 끝나서 굳이 문제삼지 않았습니다."

죽은 자는 말이 없다. 고인이 된 가와세에게 책임을 씌워 도망치는 교묘한 작전이었다. 센이치로는 모리나가 박사와 가와세가 사람들 사이에 이미 주도면밀한 협의가 오갔음을 느꼈다.

"증인은 그 말을 듣고 수상하게 여기지 않았습니까?"

"그전부터 세쓰코 씨가 조금 이상하다는 걸 알고 있었습니다. 아니, 진찰을 하고 신경정신과 의사에게 전문적인 진찰을 받아보라 권했을 정도입니다. 자살을 기도할 만한 상태였다고 생각합니다."

"당신의 의학 지식으로 미루어 봤을 때 어떤 병의 증세입니까?"

"우울증일 겁니다. 노처녀나 결혼을 하고도 몇 년씩이나 아이가 들어서지 않은 유부녀에게 흔히 보이는 증세이지요. 증상을 알기 쉽게 말씀드리자면 상사병이나 여우에 홀린 듯한 증세라고 할까요. 피해망상을 일으키거나, 불식不食, 불면不眠, 부동不動 같은 상태로 이어지는 경우가 많고 이른바 염세자살을 기도하는 경우도 적지 않습니다. 세쓰코 씨의 증세가 거기까지 진행됐다고 말씀드릴 수는 없습니다만, 신경계통의 병은 내장 질병과 달리 종종 급격하게 진행되곤 합니다."

"증인은 그후로 세쓰코 씨가 독을 어떻게 입수했는지, 정말 자살을 기도했는지 여부는 알아보지 않았다는 거군요."

"네. 세쓰코 씨의 회복을 위해 의사로서 모든 조치를 취했지만, 그런 미묘한 부분은 가급적 건드리지 않으려 했습니다. 그건 제 영역이 아니니까요. 그후로도 가와세 씨에게 하루라도 빨리 전문의의 진찰을 받아보게 하라고 여러 번 권했습니다만……."

여전히 책임을 회피하고 발뺌을 하는 태도였다. 하지만 이번에는 센이치로도 희망을 가졌다.

세쓰코도 검사 측 증인으로서 법정에 출석할 예정이다. 그렇다면 이 부분을 추궁해 자살 미수인지 살인미수인지 진상을 규명할 기회가 있다는 뜻이었다.

002
☆☆☆

뒤이어 증인대에 선 사람은 아야코의 전남편이자 닛토 신문의 기자인 우사미 마사야스였다.

검사는 형식적으로 신원 확인을 하고서 아야코와 결혼한 날짜, 이혼한 날짜 등 사무적인 질문을 한 뒤에 바로 핵심으로 들어갔다.

"증인이 피고인과 이혼한 이유는 무엇입니까?"

우사미 마사야스는 증오와 경멸로 가득찬 눈빛으로 피고인석에 앉아 있는 아야코를 쳐다봤다.

"그녀가 무서웠기 때문입니다."

목소리에는 동정이나 연민 따윈 눈곱만큼도 느껴지지 않았다.

"무서웠다? 공처병恐妻病이라 할 만한 그런 두려움이었습니까?"

"아닙니다. 언젠가 살해될지도 모른다는 공포였습니다."

방청석이 수런거렸다.

"예컨대 부부 사이에서 흔히 할 수 있는 농담 같은 거 아니었습니까? 바람을 피우면 죽이겠다 같은."

"아닙니다. 그녀는 늘 제 재산에 눈독들였습니다. 신문기자가 월급을 받으면 얼마나 받겠습니까. 그것만으로는 저축은커녕 매달 적자 행진이었습니다. 하지만 친가 쪽이 상당한 부동산을 소유하고 있었습니다. 전 장남이고 밑으로 여동생이 두 명이 있으니 저 여자는 그 부동산을 목적으로 저와 결혼했을지도 모릅니다."

"그 재산을 차지하기 위해서 당신을 죽이겠다고 했던 겁니까?"

질문에는 검사답지 않게 비꼬는 투가 섞여 있었다.

"그렇게까지 대놓고 말한 건 아닙니다. 실은 저희가 결혼한 직후 아버지가 사업에 실패해서 담보로 걸어놨던 부동산이 다른 사람에게 넘어갔습니다. 그때 저 여자는 엄청 실망하고 낙담했습니다."

"그건 당연한 감정 아닙니까? 예컨대 당신을 생각해도, 장차 태어날 자식을 생각해도, 상속될 재산이 날아가면 실망하고 낙담하는 게 인지상정이지 않습니까?"

"그런 감정과는 달랐습니다. 저 여자는 그 직후에 저에게 생명

보험을 들으라고 권했습니다. 제 수입에 비해 너무 과하다 싶은 액수였습니다. 세 회사를 통틀어 보험금이 삼백만 엔 정도인데, 자꾸 들라고 하더군요."

"그래서 당신은 어떻게 했습니까?"

"거절했지요. 저 여자는 적어도 하나만이라도 들으라고 했습니다. 그 정도는 들어볼까 하고 고민하던 차에 그녀의 서랍장 안에서 청산가리가 든 병을 발견했습니다. 그것도 일 파운드짜리 큰 병 말입니다."

방청석이 또다시 들끓었다.

"당신은 피고인에게 왜 독을 가지고 있느냐고 이유를 묻지 않았습니까?"

"물어봤습니다. 이상한 대답을 하더군요. 그녀의 오빠가 전쟁 중에 어떤 군수회사 연구실에서 일했답니다. 패전 뒤 이성을 잃은 어떤 군 장교가 미국군이 상륙하면 일본 여성은 죄다 강간당할 테니 이 공장에 정신대로 온 여자들에게 전부 청산가리를 배급해두면 그 수치만큼은 면할 수 있을 거라며 약을 찾으러 왔다고 합니다. 그녀의 오빠는 서둘러 약병을 가방에 숨긴 뒤 장교에게 없다고 거짓 보고를 하고서 약을 소지한 채 집에 돌아왔다고 하더군요. 그녀의 오빠는 패전 뒤 얼마 안 있어 죽었다고 하는데, 이런 멍청한 설명을 누가 믿겠습니까!"

방청석에서 실소가 흘러나왔다. 하지만 세 판사들의 얼굴은 굳어버렸다.

센이치로도 아야코에게서 이 얘기를 들었다. 하지만 그건 면회를 여러 번 한 끝에 들은 얘기였다…….

확실히 검사 쪽에서 교묘하게 점수를 딴 듯했다. 방청석에서는 실소가 멎었지만, 이번에는 공포와 증오의 침묵에 지배된 듯했다.

"과연 기묘한 설명이군요. 하지만 말도 안 된다고 치부할 수만은 없겠습니다. 문제는 어째서 그걸 지금껏 보관했느냐는 건데, 설명을 들은 적은 있습니까?"

"그럴 처지가 아니었습니다. 예전 보험 문제도 있고 해서 전 그녀가 몹시 무서워졌습니다. 이런 마녀하고는 도저히 함께 살 마음이 들지 않았습니다. 그 뒤로 바로 헤어졌습니다. 헤어진 진짜 이유는 이번 사건이 벌어지고 저 여자가 저 자리에 설 때까지 아무에게도 말하지 않았습니다."

"신문을 마치겠습니다."

검사는 자신만만하게 말을 마치고 자리에 앉았다. 독살 사건에서 끊임없이 문제로 제기되는 입수 경로를 이렇듯 완벽하게 증명했다면 재판에서 이겼다고 자신하는 것도 무리는 아니다.

일 파운드짜리 청산가리를 적당하게 쓰면 수천 명, 수만 명의 목숨을 앗을 수 있으리라. 그중에 아주 소량만을 남겨뒀더라도 이번 살인 사건 따윈 손쉽게 저지를 수 있었을 것이다.

"변호인은 증인에게 묻고 싶은 것이 없습니까?"

그 말을 듣고 센이치로는 무거운 마음으로 일어섰다.

"증인은 패전 당시에 뭘 하고 있었습니까?"

"아직 군대에 있었는데, 아오모리 현 하치노헤 해안을 수비하고 있었습니다."

"그럼 당시에 사회가 얼마나 혼란했는지 잘 아시겠군요. 예컨대 아오모리 시에서는 미군 부대가 상륙하면 젊은 여성들은 얼굴에 그을음을 발라 산속으로 도망치라는 시장 명령이 정식으로 고시되지 않았습니까?"

"예, 병역에서 해제됐을 때 분명 그런 얘기를 들은 적이 있습니다."

"패전, 그리고 외국 군대의 본토 상륙은 역사에서 유례를 찾아볼 수 없는 사건이었습니다. 그러니 당시 일본인이라면 누구든 미친 사람처럼 신경이 곤두선 것도 당연하겠지요. 한 도시의 치안을 책임지는 시장조차 이성을 잃었을 정도인데, 일개 감독관이었던 군인이 그와 비슷한 흥분 상태에 휩싸인 것도 이상한 일은 아닐 테죠. 그런 생각을 안 해봤습니까?"

"확실히, 당시 일본인들이 얼마나 흥분했는지 생각해보면 있을 법한 얘기일지도 모르지만……."

우사미 마사야스는 아까 한 말 때문인지 괴로운 표정을 지었다.

"하지만 그녀의 오빠가 했던 행동과 그녀가 계속 독약을 소지해온 건 별개의 문제입니다. 이제 와 약품을 회사에 돌려줄 필요는 없겠지만, 왜 그걸 버리지 않았는지, 왜 적당한 방법으로 처분하지 않았는지 납득이 가질 않습니다."

"당신은 그때 피고인의 설명을 안 들었습니까?"

"그녀가 뭐라 변명했을지도 모르지만, 저도 흥분했던 탓에 기억이 나지 않습니다."

"피고인은 독극물에 대한 지식이 전혀 없었다고 합니다. 가령 바다에 버리면 물고기가 죽지 않을까, 또한 그 물고기를 먹은 사람 역시 죽는 건 아닐까? 이런 생각이 머릿속에 어른거려 버릴 기회를 놓쳤다고 거듭 말하던데, 당신을 그 말을 들은 기억이 없습니까?"

"기억나지 않습니다."

"피고인이 당신에게 독을 쓰려고 한 흔적은 없지요? 입수 방법도 당시에 혼란했던 사회 상황을 고려하면 그럭저럭 이해가 갑니다. 그렇다면 당신이 대신 독약을 처분해줄 수도 있지 않았습니까?"

"그거야 가능했을지도 모르죠. 하지만 남녀 관계에는 논리로만 따질 수 없는 부분이 있습니다. 연애뿐만 아니라 결혼 생활도 마찬가지입니다. 한번 생긴 틈을 메우지 못하는 경우도 있죠."

"당신과 피고인 사이에는 이전부터 틈이 존재했다는 뜻입니까?"

"전혀 없었다고 할 수는 없습니다."

"증인은 결혼 생활 당시 술을 좋아하셨지요?"

"예……."

"술을 마시고 주정을 부리곤 하지 않았습니까?"

"정도에 따라 주정일 수도, 아닐 수도 있겠지만 취하면 약간 흐트러지는 경향이 있긴 있습니다."

"취한 상태에서 피고인과 다툰 적은 없었는지요? 때리거나 차거나 폭력을 휘두른 적은 없었습니까?"

"한 번도 없었다고는 할 수 없습니다. 하지만 그건 어떤 부부 사이든 벌어질 수 있는 일 아닙니까."

"예를 들어 방금 증인이 진술한 보험 문제도 뭔가 오해가 있었던 건 아닐까요? 세 보험회사의 외판원이 모두 피고인의 친척이나 지인이었다던데요. 피고인으로서는 시댁 재산이 없어져 미래가 불안해졌고 그래서 세 보험 중에 하나만이라도 들어두라고 부탁한 게 아닐까요?"

"아닙니다."

"증인은 보험 외판원에게 질투 같은 감정을 품은 게 아닙니까?"

"아뇨. 그런 멍청한 생각은 한 적도 없었습니다."

"이걸로 신문을 마치겠습니다."

센이치로는 그렇게 마무리하고 자리에 앉았다.

이 증인, 이 증언에 맞서 그는 전력을 다했다고 생각했지만, 물론 그건 완전한 승리라고 할 수는 없었다.

오늘 자 석간신문에는 아야코가 옛날부터 청산가리가 든 큰 병을 소지해왔다는 사실만이 보도되리라. 자세한 내용은 모조리 생략되어…….

이로 인해 일부 주간지에서 떠드는 '마녀'라는 인상이 더더욱 짙어질지도 모른다. 재판관들이야 저널리즘에 지배되어 판단을 그르치지는 않겠지만, 오늘 증언은 결코 피고인에게 유리하다고 할 수 없었다.

003
***

그날 오후의 증인신문은 사건 당일에 가장 먼저 현장에 도착한 이소하타 경위부터 이루어졌다.

그가 증언한 내용 역시 센이치로에게 전혀 새로울 게 없었다.

하지만 모든 사건 정황을 파악하고 있더라도 변호사로서 허투루 넘길 수는 없었다.

그의 증언이 방청석에 미칠 영향은 무시해도 되지만, 재판관의 마음에 불리한 심증이 남는다면 재판 결과에 직접적인 영향을 끼친다.

센이치로는 반대신문을 하며 그 점을 시정하려고 애썼지만, 경위는 아야코에 대한 완고한 선입견을 가지고 있는 듯했다. 피고인은 경찰에게 임의 자백을 했다, 자백으로 미루어 보면 이 사건의 진범임이 확실하다고 생각한다, 경위는 이 주장을 마지막까지 굽히지 않았다.

지금 단계에서 그의 주장을 뒤집기란 불가능했다.

오늘 네 번째로 증인대에 오른 사람은 가와세 고이치였다.

그도 긴장하고 있었다. 얼굴에는 핏기가 전혀 없었다. 그리고 센이치로와 아야코를 쳐다보는 눈빛에서 적의가 확연하게 느껴졌다.

이번에도 검사는 사건이 벌어진 당시 상황부터 묻기 시작했다.

이 또한 센이치로는 거의 모든 걸 속속들이 꿰고 있었다. 그래도 일단은 반대신문을 하기 위해 증언을 받아 적으면서 머리를 다른 방향으로 굴렸다.

원래 모리나가 박사는 우사미 마사야스 뒤에 증인대에 올라야 한다. 그래야 당시 상황 증언도 더욱 일관성 있게 느껴질 것이다.

일부러 순서를 뒤집었다면 검사의 작전이 숨겨져 있음이 틀림없다. 어쩌면 아마노 검사는 예전에 벌어진 세쓰코 자살 미수 사건 역시 아야코의 범행으로 보이게끔 꾸미려는 게 아닐까?

이제 와 증거를 적극적으로 확보하는 건 불가능하리라. 하지만 재판관들의 심중에 그런 의혹이 인다면 사건을 판단하는 데 필요한 냉정한 감각을 잃을 수도 있다.

그리된다면 판결은 무조건 사형뿐이다. 그것은 아무리 신출내기 변호사일지라도 당연히 아는 사실이다.

가와세가 사람들이 증인대에 서는 동안에 세쓰코 사건의 수수께끼를 풀지 않으면 안 된다. 센이치로는 마음을 굳게 먹었다.

그래서 그는 반대신문에 나설 때 검사 측 직접 신문을 가볍게 반격한 뒤에 곧장 세쓰코 문제를 파고들었다.

"이번 사건이 일어나기 얼마 전에 댁에서 이상한 사건이 벌어지지 않았습니까? 약간이라도 이번 사건과 관련이 있을 만한 사건입니다만."

"고양이가 죽은 사건을 말씀하시는 겁니까?"

"그 사건도 있었지만, 다른 사건도 있지 않습니까?"

"세쓰코가 자살을 기도한 사건 말입니까?"

센이치로는 이 대답에 의혹을 품었다. 모리나가 박사라면 모를까, 가와세 고이치의 입장에서는 미수에 그친 사건일지라도 아야코의 범행이라는 느낌을 강조하고 싶어 할 것이다. 그런데 이 남자까지 자살이라 단언하다니 뭔가 꿍꿍이가 있는 건가?

하지만 신문을 시작한 이상 궁리하기 위한 시간을 뺄 수는 없었다. 센이치로는 신문을 계속했다.

"그때 당신은 현장에 있었습니까?"

"아뇨. 전에 다니던 회사 일 때문에 나고야로 출장을 가 있었습니다. 사건이 벌어졌다는 건 집에 돌아오고 나서 들었습니다."

"자살이라는 말은 누구에게 들었습니까?"

"돌아가신 아버지입니다. 가문의 명예가 달린 일이니 절대로 공표하지 마라, 이렇게 주의를 주셨습니다. 하지만 이번 사건도 벌어

졌고 방금 전에 아는 걸 숨기지 않겠노라 선서도 했으니 하는 수 없
지요."

이 대답에는 날카로운 조롱이 담겨 있었다. 일찍이 센이치로에
게 내뱉었던 도전적인 발언과 일맥상통하는 듯했다.

"세쓰코 씨에게서 자살을 기도할지도 모른다는 분위기가 느껴
졌던가요?"

"끊임없이 죽고 싶다, 죽고 싶다고 입버릇처럼 말했습니다. 이
유는 저도 모르겠습니다만."

"이유가 뭔지 본인에게 물어보진 않았습니까?"

"돌아가신 아버지께 들어 아실지도 모르겠습니다만, 가와세가
식구들은 자유주의를 철저하게 추구해야 한다는 게 아버지의 사고
방식이었습니다. 설령 부모 자식 사이든, 형제 사이든 성인이 되고
나면 모든 행동은 자기 책임이며 다른 사람이 일절 간섭해서는 안
된다는 지론을 가지고 계셨습니다."

겉으로는 뻔지르르하게 들리지만, 속을 뒤집어보면 형제도 남
이라고 말하는 듯한 이기적인 태도로 받아들일 수도 있다. 그거
야 가와세가의 복잡한 가족 구성을 생각하면 당연한지도 모르겠지
만……

"세쓰코 씨 본인이 자살을 기도했다고 확실하게 말했습니까?"

"말했습니다. 사는 게 싫어져서 죽으려고 했답니다."

"약은 어떻게 손에 넣은 거죠?"

"어린이가 곤충 표본을 제작할 때 잡은 곤충을 죽이기 위해 살충병 안에 넣지요. 그 병 안에 청산가리가 미량 들어 있는 모양입니다. 그걸 사가지고 와서 병을 부수고 청산가리를 추출했다더군요. 그 약이 어째서 듣지 않았는지는 저도 모르겠습니다만."

이 대답은 확실히 이상했다. 사실을 말하는 게 아니라 지식을 끌어모아 상황에 짜맞춘 듯한 느낌이 들었다. 하지만 이 증언을 깨부수는 건 쉬운 일이 아니다.

"자살 시도는 한 번뿐이었겠지요? 다시 말해 병은 하나밖에 사지 않았겠지요?"

"청산가리는 극소량만 섭취해도 자살할 수 있다. 이건 상식 아닙니까? 살충병 안에 독극물이 얼마나 들어 있었는지 전 관심이 없어서 잘 모르겠습니다만."

"그후에 남은 약은 버렸습니까? 아니면⋯⋯."

"약이 어떻게 됐는지 저는 잘 모릅니다. 본인을 증인으로 불러다가 물어보시죠."

차갑고 매정한 대답이었다. 분명 제삼자의 말은 재판상 증거로서 효력이 약하다. 거기까지 생각이 닿으니 센이치로도 더이상 캐물을 수가 없었다.

그 뒤의 질문은 다람쥐 쳇바퀴 돌듯 진전이 없었다. 센이치로도 감기 기운이 남아 있는지 머리가 무겁고 기력이 새어 나갔다. 고이치는 법정에 오기 전에 변호사와 상담이라도 하고 왔나 싶을 만큼 요령 있게 어물쩍 발뺌을 했다.

센이치로도 점점 숨이 차올라 4시쯤에 신문을 마무리했다.

004
☆☆☆

집으로 돌아오자 아키코가 걱정하는 얼굴로 센이치로를 맞이했다.

"여보, 몸은 괜찮아요?"

"아직 머리가 지끈거리긴 한데 어떻게든 견뎌냈어. 오늘 재판은 잘 안 풀렸어. 방청석에서도 변호사가 활기도 없이 시종일관 질질 끌려다닌 것처럼 보였겠지. 뭐, 오늘 증인으로 나온 네 사람 모두 적성증인이라 부를 만했으니 무리도 아니지만……."

"어땠는데요?"

센이치로는 아키코에게 오늘 진행 상황을 간추려서 들려줬다.

"가장 중요한 부분은 청산가리가 든 큰 병과 자살 미수 사건이야. 당신은 이걸 어떻게 생각해?"

"청산가리병은 확실히 불리하네요."

아키코도 입술을 깨물고 있었다.

"당신이 저번에 면회 갔을 때 들은 얘기로는 아야코 씨는 결혼에 실패한 뒤 이딴 걸 갖고 있으니 재수가 없는 거라며 도쿄 만 증기선을 타고 바다 속에 내던졌다고 했잖아요?"

"맞아. 하지만 그걸 누가 본 것도 아니고, 병 안에 독이 얼마나 남아 있었는지는 아무도 몰라. 아니, 재판관들은 분명 이번 사건에도 그 병에서 나온 독을 썼다고 여길 테지."

"검사 쪽에서도 독이 병에서 나온 건지 적극적으로 해명할 수는 없겠지만, 당신도 적극적으로 부정할 수는 없겠네요."

"맞아. 근데 우사미라는 남자는 아주 잔혹하더군. 그래도 한번 결혼한 사이라면 전부인이 이런 지경에 처해 있을 때 적극적으로 나서주지는 못할망정 불난 집에 부채질은 하지 않는 게 인지상정 아닌가? 이런 말이 푸념처럼 들릴지도 모르겠지만……."

"결혼 생활은 두 사람만 아는 거지만, 그 사람은 아야코 씨가 어지간히도 미웠나 봐요. 이 기회를 빌려 원한을 한 번에 갚아주겠노라 마음을 먹은 거겠죠……."

두 사람은 잠시 얼굴을 마주보며 입을 다물었다. 이렇게 사이좋은 부부가 또 있나 싶을 정도로 부러움을 사는 두 사람답게 이런 얘기를 가까운 곳에서 들으면 오싹한 기분에 사로잡힌다.

"뭐, 이런 얘기를 이제 와 이러쿵저러쿵 떠들어봤자 입만 아프죠. 두 번째 문제로 넘어갈까요. 세쓰코 씨 사건은 정말 자살 미수였던 걸까요?"

"본인이 법정에서 나와 그리 단언한다면 법률적으로 다툴 만한 여지가 없지."

센이치로는 입술을 깨물었다.

"같은 시기에 같은 종류의 독극물이 두 경로에서 한집으로 흘러들었다는 건 이상한 얘기야. 병에 든 청산가리 문제만 없었다면 이 부분을 파고들 수 있었을 텐데."

"확실히 이상해요. 당신 말처럼 그 사건을 자살 미수라 주장하는 건 모리나가 씨에게는 유리해도 가와세 씨에게는 불리해요. 불리한 걸 알면서도 태연하게 군다는 건 그게 사실이라는 뜻일까요?"

"그건 나도 아직 뭐라 말할 수 없어. 근데 무척 의아한 점이 있어. 어째서 가와세 유조는 나에게 고문 변호사를 부탁하러 왔을 때 이 미수 사건을 언급하지 않은 거지? 자기 딸이 독을 먹고 자살을 기도한 건 고양이가 죽은 것에 비해 훨씬 중대한 문제일 텐데."

"그땐 그도 자살 미수라 굳게 믿었던 걸까요?"

두 사람은 다시 입을 다물었다. 정체 모를 으스스한 괴물의 편린을 더듬은 듯한 느낌이었다.

그때 전화벨이 울렸다. 아키코는 전화를 받아 잠시 얘기를 하다가 수화기를 손으로 막고 말했다.

"여보, 안도 씨 전화예요. 저번에 말한 도우미가 도쿄로 올라와 안도 씨 집을 들렀대요. 와줬으면 한대요."

안도 센키치 역시 요즘 유행하는 독감에 걸려 몸져누웠다는 걸 센이치로도 알고 있었다. 오늘 아침에도 열이 39도까지 올라 도저히 법정에 나갈 수 없다며 언짢게 생각하지 말아달라고 전화를 걸어왔다.

"바로 댁으로 갈 테니 내가 도착할 때까지 도우미를 보내지 말고 반드시 붙잡고 있어달라고 전해줘."

센이치로는 이것을 천재일우의 기회라 여겼다. 가와세가 사람들의 증언을 분석하기에 앞서 시즈오카까지 내려가서라도 꼭 만나고 싶었던 사람이었다. 독감에 걸려 뻗어버리는 바람에 뜻을 이루지 못했는데 도우미가 도쿄로 상경해 일부러 안도 센키치 집에 들르다니. 증인대에 설지 어떨지는 별개의 문제이더라도 아야코에게 호의와 동정의 마음을 품고 있는 것은 확실했다.

수화기를 내려놓고 아키코가 말했다.

"나도 같이 갈까요? 어차피 얘기는 저쪽 집에서 할 거잖아요? 그렇다면 여자가 있는 편이 세세한 부분까지 꼼꼼히 따질 수 있으니 도움이 될지도 모르죠."

"부탁할게. 페리가 함께 가준다면 천군만마를 얻은 거나 다름없지."

두 사람은 바로 채비를 하고 안도의 집으로 급히 달려갔다. 아키코는 자동차 핸들을 잡으며 물었다.

"여보, 가와세 씨를 죽인 사람 말이에요. 혹시 세쓰코 씨 아닐까요?"

"어째서 그런 말을 하는 거지?"

"탐정소설에 흔히 등장하는 트릭이잖아요."

아키코는 천천히 굽이 길을 돌며 말했다.

"목표를 독살하기 전에 우선 스스로 치사량에 못 미치는 독을 먹고 자기도 피해자 중 한 사람인 양 보이도록 만드는 거죠. 그 수법을 실제로 썼다면……."

"이론적으로는 있을 법한 얘기군. 나도 잠깐 그 생각을 했었는데……."

센이치로는 아내의 아름다운 옆모습을 바라보며 말했다.

"그녀가 우울증에 시달렸다면 보통은 동기고 뭐고 따질 것도 없이 다 날아가버릴 거야. 모리나가 씨는 신경정신과 진료를 한 게 아냐. 전문적으로 진찰을 받은 게 아니니 다른 신경계통 쪽 병이 없다고 단정지을 수 없어. 정신병이 잠재되어 있지 않다고는 말할 수 없겠지."

"도쿄대생 중에도 그런 정신병자가 몇 퍼센트 섞여 있대요."

"그렇다면 설사 아버지를 죽였더라도 이해가 돼……. 근데 이번에는 그녀가 자살을 기도한 이유를 모르겠군. 페리가 방금 말한 추리는 자기도 정체 모를 범인에게 당했다고 주장했을 때 비로소 성립되니까."

"그것도 허를 찌른 게 아닐까요?"

"허를 찔렀다?"

"그건 나도 잘 설명을 못 하겠어요. 그런 생각이 문득 떠올랐을 뿐이에요……. 뭐, 안도 씨 집에 도착할 때까지 이 얘기는 잠시 접어둬요. 얘기에 너무 빠졌다가는 사고 나겠어요."

"으음……."

센이치로도 입을 다물었다. 하지만 머릿속에서는 온갖 망상이 화살처럼 스쳐지나갔다.

아키코가 입 밖으로 꺼낸 허를 찔렀다는 말이 무슨 의미인지 아주 모르는 바도 아니다. 살해 동기만 뺀다면 세쓰코는 가장 의심스러운 사람이다. 그리고 자살이라는 단어가 오늘 법정에 처음 등장했다.

센이치로가 법정에서 독살 미수 사건을 추궁할 작정임을 넌지시 비친 뒤로 일주일이 지났다. 그사이에 가와세가 사람들은 당연히 이 문제에 대처할 방안을 세웠으리라.

그 결과, 범인이 누군지 모른다는 말로 일관하자고 결론을 내렸다면. 아키코가 방금 말한 추리를 사람들이 떠올리리라 짐작하고 자살 미수로 입을 모으기로 정했다면…….

아야코가 기소되어 재판장에 선 지금, 자신의 범행을 숨기려 하는 진범의 목적은 충분히 달성됐을 것이다. 설령 범인이 세쓰코가 아닌 다른 누군가라 해도…….

센이치로는 한시라도 빨리 도우미를 만나고 싶었다. 제한 속도 사십 킬로미터로 달리는 자동차가 몹시도 답답하게 느껴졌다.

하나의 희망

001
☆☆☆

안도 센키치의 집 현관에 도착하자, 열이 올라 얼굴이 새빨간 그가 솜옷을 입고 나타났다.

"죄송합니다. 독감 때문에……. 제가 이 사람을 댁까지 데리고 갔어야 했는데."

"그런 걱정은 접어두십시오. 그나저나 도움이 될 만한 정보는 있었습니까?"

센이치로는 일분일초라도 빨리 대답을 듣고 싶어 조바심이 났다.

"참고가 될 만한 얘기를 많이 들었습니다. 하지만 선생님께서 직접 들어보십시오. 아아, 그리고 미리 양해를 구해야 할 사항이 하나 있습니다."

"뭡니까?"

"법정에 증인으로 서는 것만큼은 사양하겠답니다. 그녀 입장에서는 여러 해 동안 일했던 집이니 설령 사람을 구하기 위해서라고 해도 다른 사람의 죄를 폭로하는 건 내키지 않겠죠. 거기다가 보통 사람은 법원이라는 곳을 무조건 두려워하니."

센이치로는 수긍했다. 변호사라면 누구라도 사람의 이런 감정을 이해할 수 있을 것이다. 지금은 가와세가 사람들을 보다 깊이 이해할 수 있는 정보를 얻는 게 가장 시급하다.

두 사람은 네 평짜리 일본식 방으로 안내를 받았다. 이부자리가 펼쳐져 있었다. 환자이니 어쩔 수 없으리라.

사토 하루에라는 도우미는 얼굴이 동글동글하고 귀여운 여자였다. 도쿄에서 오랫동안 산 까닭인지 첫인사도 시원시원했다.

잠시 뒤 나이든 여자가 차를 내왔다. 찻잔을 들며 센이치로는 물었다.

"부인께서는?"

안도 센키치는 울상에 가까운 웃음을 지으며 얼굴을 찌푸렸다.

"친정으로 돌아갔습니다. 이번 사건에서 제 태도 때문에 속이 뒤집어졌겠지요. 뭐, 아내의 입장에서는 당연합니다만……."

센이치로는 아키코와 얼굴을 마주보고 한숨을 내쉬었다. 원죄자를 구제하는 재판은 주변 사람에게 엄청난 희생을 요구하기 마련이다. 안도 센키치도 사정이 사정인 만큼 각오를 했을 것이다. 역시이 사건이 유발한 하나의 파란이라 여길 수밖에 없다.

하지만 감성에 젖어 있을 여유는 없다. 센이치로는 천천히 입을 열었다.

"사토 씨, 사건 개요는 알고 계시지요?"

"예, 신문을 보고 정말이지 깜짝 놀랐습니다. 거기다 저번에 안도 씨가 고향집까지 찾아와 찬찬히 얘기를 해주셨고, 오늘은 도쿄에 일이 있어 올라온 김에 찾아뵈었습니다."

"여긴 경찰서도 법원도 아니니 편하게 대답해주셨으면 합니다. 당신은 아야코 씨가 범인이라고 생각하십니까?"

"그런 자백 조서가 나왔다는 안도 씨의 말을 듣고 깜짝 놀랐습니다. 그게 사실이라면 뭐라 드릴 말씀이 없겠지만…… . 제 생각에 사모님께서는 그런 무시무시한 짓을 저지를 만한 사람이 아닙니다."

"이제 아주 노골적인 질문을 드려야할 것 같은데, 절대 밖으로 누설하지 않겠다고 약속드립니다. 혹시 진범으로 짐작이 가는 사람이 있습니까?"

"글쎄요, 전 아무것도…… ."

하루에 역시 말을 흐렸다. 하지만 얼굴에는 동요하는 기색이 비쳤다. 센이치로는 이것만으로도 희망을 가질 수 있었다. 이 여자가 어떤 비밀을 알고 있고, 여러 이유 때문에 입 밖에 내는 걸 주저하는 것뿐이라면 어떻게든 유도해서 캐낼 수 있으리라 생각했다.

사토 하루에는 가와세 집안에서 햇수로 오 년 동안 일했다, 일을 그만둔 건 사건이 벌어지기 한 달 전이다. 이러한 기본적인 내용을 확인한 뒤 센이치로는 슬슬 본격적인 질문으로 옮겨갔다.

"당신이 봤을 때 가와세 부부의 사이는 어땠습니까?"

"사모님께서는 사장님을 진심으로 사랑하셨다고 생각합니다. 아니었다면 그렇게나 복잡한 집안에 후처로 들어가는 건 불가능하지 않을까요?"

"경찰이나 검찰 측에서는 그것도 돈이 목적이었다고 보는 것 같습니다. 결혼 당시부터 살의를 품지는 않았지만, 아내의 자리가 위태로워지자 범죄를 저질렀다고 보는 편이 개연성이 크다고 생각하는 것 같습니다."

"전 못 믿겠습니다. 사람이라면 누구든 돈을 갖고 싶어 하지만 사모님은 그것보다 행복을 추구하셨다고 생각해요."

"아야코 씨를 대하는 가족들의 태도는 어땠습니까?"

"모두 교육을 받을 만큼 받은 분들이라 감정을 대놓고 드러내지는 않았지만 차가웠어요. 제가 사모님의 처지였다면 숨이 턱턱 막혔을 거예요. 사람은 익숙해지기만 하면 어떤 상황에서든 인내할 수 있는 걸까요?"

"아야코 씨에게 가장 호의를 보낸 사람은 누굽니까?"

"고이치 님이었던 것 같습니다."

센이치로에게 조금 의외의 대답이었다. 사건이 벌어지고 그가 보였던 태도, 아니 거슬러 올라가서 그 직전 점심 식사 때 그가 내뱉은 가시 돋친 말을 듣고 정반대의 인상을 받았건만…….

갑자기 센이치로의 머릿속에 기묘한 생각이 번뜩였다. 자식이 젊은 의붓어머니에게 연정을 품는 건 전혀 없는 얘기가 아니다. 하지만 불륜과도 같은 사랑은 용납되지 않는다. 이때 억압된 감정이 어떤 계기를 통해 증오로 바뀌는 경우가 있다. 애정이 깊으면 깊을수록 반작용으로 증오도 깊어진다.

고이치가 아직 독신이라는 사실까지 고려한다면 의외로 타당한 가정이 아닐까? 센이치로는 그렇게 생각했다.

"그럼 티가 날 만큼 아야코 씨와 사이가 가장 안 좋았던 사람은 누굽니까?"

"세쓰코 님이시겠죠."

하루에의 대답은 예상보다 분명했다.

"그분은 다른 사람 눈에 좋게 보이는 듯한데, 집에서는 제멋대로예요. 변덕쟁이라고 할까요? 날마다 감정 기복이 심해서……. 히스테리가 심해지면 저 같은 도우미들도 가슴이 조마조마했을 정도입니다. 그럴 때마다 사모님께서도 아주 가시 돋친 비아냥거림을 들으셨지요……. 옆에서 보면서 무슨 일이 벌어지는 건 아닐까 자주 걱정했는데 사모님은 그래도 웃으셨어요. 기독교인이라 그런 걸지도 모르겠지만 평범한 사람은 흉내내기 어려운 행동이죠."

우울증 같은 상태에서 자살을 기도했다는 세쓰코라면 도우미가 그런 인상을 느낄 법하겠다고 센이치로는 생각했다.

세쓰코의 첫인상은 결코 나쁘지 않았다. 하지만 가면만을 봤기 때문인지도 모른다.

"세쓰코 씨가 자살을 기도한 건 사실이 맞지요?"

"예, 그 사건이 벌어지기 전후로 히스테리 발작이 특히 심해졌습니다. 독을 마셨음을 세쓰코 님도 분명하게 인정했으니 그 사건과 이번에 사장님이 살해된 사건과는 아마도 관계가 없다고 생각합니다."

자살 미수라 주장하는 사건이 살인 사건의 예비 공작이 아닐까 여겼던 센이치로에게 하루에의 대답은 꽤 충격적이었다.

세쓰코가 이번 사건의 범인이 아니라면 두 사건은 직접적으로 아무런 연관이 없을지도 모른다. 하지만 진범이 자살 미수 사건에서 힌트를 얻었을지도 모른다는 생각을 떨칠 수가 없었다. 또한 독극물 입수 경로, 그리고 그 외의 방면에서 두 사건이 가느다란 실로 연결되어 있을 가능성을 배제할 수 없었다…….

002

✦✦✦

"아무리 우울증에 시달렸더라도 자살을 기도할 만한 계기 같은 게 있어야 하지 않습니까? 예를 들어 실연이라든가, 학교 시험에서 낙제점을 받았다든가. 이건 어디까지 일반론입니다만."

센이치로는 다시 확인했다. 하루에는 고개를 살짝 갸웃거리며 대답했다.

"그러고 보니 그 일이 있기 열흘쯤 전에 이런 일이 있었습니다. 스미에 님 상태가 갑자기 이상해진 거예요. 얼굴이 새파래지더니 식사도 거르셨죠. 병에라도 걸리셨나 싶어 걱정했는데, 우연히 방 앞을 지나가다가 세쓰코 님이 스미에 님에게 '말도 안 돼! 잔인해! 이제 사람이란 존재를 못 믿겠어' 하고 절규하듯이 말하는 걸 들었습니다."

"사람이란 존재를 못 믿겠다."

센이치로는 앵무새처럼 그 말을 되뇌었다.

이것만으로는 무슨 일인지 알 수 없다. 세쓰코가 자살을 기도한 직접적인 원인인지도 알 수 없다. 하지만 센이치로는 이 말 속에 형언할 수 없는 공포가 담겨 있는 것만 같았다.

"그거 말고 다른 말은 듣지 못했습니까?"

"예, 두 분 모두 작은 목소리로 얘기를 하셨고, 저도 엿듣는 걸 싫어해서요. 방금 그 말은 갑자기 목소리가 커져서 우연히 귀에 들

193

어온 겁니다.”

“스미에 씨 품행이 그다지 좋지 않다고 들었는데, 그 점은 어떻습니까?”

“솔직히 말씀드리자면 세쓰코 님의 자살 소동이 벌어지기 전까지는 딱히 눈에 띌 만한 점이 없었습니다. 그 사건이 벌어진 뒤로 갑자기 사람이 바뀐 것처럼 행동하기 시작하셨죠.”

“그렇다면 상식으로 미루어 보면 그 이유를 두 가지로 들 수 있겠군요. 첫 번째는 세쓰코 씨의 자살 미수가 스미에 씨에게 엄청난 충격을 가져다줘서 사람이 바뀌었다는 견해. 두 번째는 그 직전에 스미에 씨에게 뭔가 큰 사건이 벌어졌고 그 사건이 세쓰코 씨가 자살을 결의하게 만들었으며 결국 스미에 씨의 성격까지 바꾸고 말았다는 견해.”

“예…….”

“저는 두 견해 중에 후자 쪽에 무게를 싣고 싶군요. 이건 무척 껄끄러운 얘긴데, 여자는 사랑하지도 않는 남자에게 폭행을 당하면 엄청난 충격을 받지요. 스미에 씨에게 이런 일이 벌어지지 않았을까요?”

하루에의 얼굴도 새파래졌다.

“어쩌면 방금 말씀하신 일이 있었는지도 몰라요. 언제 어디서 그런 일이 벌어졌는지는 모르겠지만……. 당연히 그런 일은 없었을 테지만.”

"왜 그렇게 생각하시지요?"

"사장님께서 그 무렵에 아타미 쪽으로 이삼일 정도 정양을 떠나셨습니다. 원래 사모님도 함께 가셨어야 했지만 감기 때문에 집에 남으셨지요. 스미에 님이 그즈음 집을 비우신 건 사장님이 계신 아타미에 가신 하룻밤 정도였고 다른 날 외박을 하신 적은 없었습니다."

"하지만 햐쿠타니 선생님이 방금 말씀하신 일이 벌어지는 데 하룻밤도 걸리지 않았을지도 모릅니다."

안도 센키치가 옆에서 말을 보탰다. 하루에는 아무 대답도 하지 않았다.

"그래서 아타미 쪽 여관에?"

"아타미에 십 층짜리 아파트식 분양 별장이 있습니다. 사장님께서는 거기 묵으셨고 스미에 님도 함께 지내셨을 겁니다. 아버님께서 직접 감독을 하셨으니 술주정뱅이에게 슬쩍 희롱을 당한 정도라면 모를까 큰일은 일어나지 않았을 테지만······."

"혹시 스미에에게 애인이 있었고 그 남자와 아타미에서 밀회를 가진 건 아닐까요? 아버지를 핑계 삼아 왔지만, 그쪽에는 얼굴도 비치지 않았다면······."

안도 센키치가 다시 입을 열었다. 하지만 하루에는 고개를 크게 가로저었다.

"아뇨, 그렇지 않았습니다. 마침 그날 밤에 고이치 님께서 급한

볼일이 있어 아타미에 장거리전화를 거셨습니다. 첫마디로 '스미에
니? 아버지 좀 바꿔줘' 하고 말씀하신 걸 기억하고 있습니다."

"그렇다면 그 별장에 있었다는 건 확실하네요. 풋내기의 추리란
좀처럼 들어맞지 않는군요."

안도 센키치는 한숨을 크게 내쉬었다.

센이치로는 마음속에 막연한 불안감이 들었다. 논리만으로는
파악할 수 없는 이상한 사건이 숨겨져 있을 것만 같았다.

"스미에 씨에게 애인은 없었습니까?"

"저기, 그건……."

하루에는 입술을 깨물며 잠시 생각에 잠기더니 이윽고 결심했
다는 듯 고개를 들며 말했다.

"이렇게 된 이상 말씀드리죠. 이번 사건과 관련이 있는지 없는
지는 잘 모르겠습니다만……. 선생님이 그리 말씀하시니, 사모님의
무고를 밝히는 데 도움이 된다면 저도 아는 걸 남김없이 다 말하겠
습니다."

센이치로의 마음이 다소 밝아졌다. 그는 하루에의 얼굴을 보고
어둠 속에서 한줄기 광명을 찾아낸 듯한 기분이 들었다.

003

☆☆☆

"제가 알기로 스미에 님이 처음으로 좋아했던 사람은 쓰다 도시히코라는 분이었을 겁니다."

"그 사람은 뭐하는 사람입니까?"

"도호 대학 법학과를 나와 지금은 신일본 조선造船 본사에서 근무하고 계십니다. 그 댁 아버님께서 사장님과 친구 사이라 학창 시절부터 자주 집에도 오셨었지요."

"만약에 정식으로 혼담이 오갔더라도 양가 아버지들의 반대는 없었겠군요. 근데 일이 틀어졌습니까?"

"자세한 사정은 알지 못합니다만 사모님께서 원하시지 않는 것 같았습니다. 세쓰코 님께서도 아직 결혼하지 않으셨고 스미에 님도 어리셔서 혼담이 쉽사리 진행되지 않은 게 아닐까요?"

"그렇군요. 가와세 씨 댁은 가족 구성이 복잡하고, 더욱이 세쓰코 씨에게 히스테리도 있으니 여동생의 혼담을 먼저 진행시키는 데 장애가 있었겠군요."

"분명 그랬을 거예요. 쓰다 씨는 최근에 결혼하셨다고 합니다."

"실연의 아픔이 스미에 씨의 성격을 바꿔버렸다는 뜻인가요?"

"그 부분은 저도 잘 모릅니다. 그것도 여러 이유 중에 하나가 아닐까 싶지만."

"결혼은 최근에 했더라도 약혼은 꽤 예전에 했을 테고."

센이치로는 혼잣말을 하듯 말했다.

실연당한 여성의 성격이 뿌리째 바뀌는 건 드문 일이 아니다.

하지만 육체관계까지 가지 않은 플라토닉한 사랑이었다면 충격도 그다지 크지 않을 것이다.

그러니 스미에가 파혼 때문에 자포자기에 빠졌다면 두 사람 사이에 깊은 관계가 있었으리라.

어쩌면 세쓰코는 옛 약혼자가 결혼했다는 스미에의 말을 듣고 울컥해서 그 말을 외친 걸지도 모른다……

"그후로 스미에 님께서는 귀가 시간도 늦어지시고 불량한 남자와 자주 어울리셨습니다. 무라타, 야마모토라는 남자 이름으로 전화가 걸려 온 적도 있었는데 누군지는 모르겠네요. 아, 그리고 이와시게라는 사람도 자주 전화를 걸었습니다."

"이와시게?"

센이치로는 예리하게 되물었다. 흔하지 않은 이름이기에 그의 신경을 찌릿하게 울렸다.

아야코를 경찰서에서 조사한 인물도 분명 이와시게라는 경관이었다. 그리고 그의 손으로 작성된 자백 조서의 존재를 아야코는 줄곧 부인해왔다.

"예, 왜 그러세요?"

하루에는 놀란 듯이 센이치로의 얼굴을 들여다보며 물었다.

"그 사람이 뭐하는 사람인지는 모르시고요?"

"예……."

"그래서 스미에 씨가 경찰서 신세를 진 적은 없었습니까?"

"있었습니다. 본인 잘못은 아닙니다만, 어울리던 친구들이 말썽을 부려 참고인으로 조사를 받았다고 하네요. 한번은 상해 사건, 한번은 자기집에서 돈을 빼돌린 어떤 남자랑 함께 있다가 걸렸다고 한 것 같은데."

어울려 다니는 상대가 불량스러운 인종이라면 사건에 휘말려 안 좋은 꼴을 당할 만도 하다.

그때 다키타 서무과장이 이와시게 형사를 알게 됐고, 그걸 계기로 교섭이 시작되었다고 볼 수도 있다.

"스미에 씨와 전화를 걸어온 남자들 관계가 얼마나 진행됐는지는 모르시겠지요?"

"예, 알지 못합니다."

"딸의 변화를 보고 가와세 씨나 아야코 씨는 어떻게 하셨습니까?"

"사모님께서도 무척이나 걱정하는 눈치셨는데, 친자식도 아니고 자칫 주의를 줬다가는 오히려 반항심만 부추길 수 있으니 그대로 놔두신 게 아닐까요? 사장님께서도 매우 가슴 아파하시는 듯 보였지만, 딱히 나무라지는 않으신 것 같습니다."

"자유방임주의가 가와세가의 교육 방침이라고 해도 경찰서를 두 번이나 드나든 딸에게 아무런 주의도 주지 않았다는 건 도가 지나친 것 같군요."

센이치로도 살짝 고개를 갸웃했다. 하루에는 재차 못을 박았다.

"이건 제가 느낀 인상인데, 스미에 님의 태도에 사장님과 사모님을 비꼬는 듯한 기색이 엿보였습니다. 언젠가 술에 취해 돌아와서 '내가 이런 꼴이 된 건 다 당신들 때문이야' 하고 소리친 적이 있었거든요."

"부모 때문에 타락했다는 겁니까?"

센이치로는 그 말뜻을 잘 이해할 수 없었다.

생모를 잃고 계모를 맞이한 사춘기 딸이 새어머니에게 반항을 하는 건 세상에 얼마든지 예가 있다.

'부모 때문이다'라는 말도 반항심의 발로라 여긴다면 별일 아니겠지만, 센이치로는 이 말 속에 좀더 크고 깊은 비밀이 숨겨져 있을 것만 같았다.

그 뒤로 센이치로는 여러 각도에서 이 문제를 파고들어봤지만 이렇다 할 사실은 하나도 건질 수 없었다.

센이치로가 어떻게 질문을 할지 망설이며 입을 다물자 안도 센키치는 그의 얼굴을 살피며 다시 입을 열었다.

"사토 씨, 당신은 아까 소노코 씨와 관련한 이상한 얘기가 있었다고 하셨죠. 그걸 말해보는 게 어떨까요?"

"예……. 근데, 확실한 얘긴지 아닌지 모르겠네요. 저도 어떤 사람에게서 들은 얘기라……."

"그건 걱정하실 필요 없습니다. 여긴 법정이 아니니 증거로서 확실한지는 아닌지는 문제가 안 됩니다. 당신이 대수롭지 않게 여긴 일이 저에게는 큰 힌트가 될지도 모르니까요."

"그럼 말씀드리겠습니다. 사장님께서 소노코 씨에게 돌아갈 재산을 횡령했다는 소문이 돌았습니다."

"뭐라고요?"

"소노코 님의 아버님께서는 상당한 지주셨다고 합니다. 뭐, 패전 직후에 돌아가셨을 때는 소노코 님은 아직 초등학교에도 들어가지 않은 어린애였으니 사장님께서 후견인이 되어 재산을 관리하는 것도 당연하다고 할 수 있겠죠. 이케부쿠로 인근에 땅 삼백 평, 그 외에 여러 곳에 많은 땅이 있었으니 현재 시세로 따지자면 몇억 엔은 족히 나갈 거예요. 그게 거의 남아 있지 않다고 하더라고요."

센이치로는 한숨을 내쉬었다. 제법 개연성 있는 이야기였다.

가와세 유조도 처음에는 큰 악의 없이 사업 자금을 마련하고자 그 일부를 팔았다가, 기왕 나쁜 일을 시작한 바에는 끝까지 가자 하는 마음을 뒤늦게 먹었을 수도 있다. 소노코가 그 얘기를 들었다면 화가 치밀었을 것이다.

그렇지만 지금껏 부모 대신에 키워준 숙부에게 횡령죄 고소 같은 법률적 수단을 쓸 수는 없었으리라.

억압된 분노가 독살이라는 형태로 표출되었다고 해도 부자연스럽지는 않다.

"그 사실을 소노코 씨는 압니까?"

"글쎄요, 잘 모르겠지만 어쩐지 알고 계시지 않을까 싶어요. 언젠가 이케부쿠로에 있는 병원으로 모시고 갈 때, 자동차 안에서 '이 주변은 우리 아버지 땅이었어' 하고 서운한 듯 말씀하셨거든요."

가족 구성이 복잡한 집안에서는 복잡한 감정의 응어리가 있게 마련이다. 가와세 집안에 괴어 있던 어둠은 센이치로의 상상을 훌쩍 뛰어넘었다. 진범은 집안사람 중 한 사람임이 틀림없을 테지만 그중에 누가 범인이어도 이상하지 않을 것 같은 느낌마저 들었다.

004
☆☆☆

안도의 집에서 나와 집으로 돌아가는 자동차 안에서도 아키코는 거의 입을 열지 않았다.

집에 도착해 거실에 앉아 뜨거운 커피를 마시고 겨우 기운을 되찾았는지 아키코는 큰 눈을 번뜩이며 한숨 섞인 말을 꺼냈다.

"그 사람 얘기를 듣고 있으니 점점 그 집이 기이하게 느껴졌어요. 나도 그 독기를 쐰 것 같아."

"진짜 그래. 밖에서 볼 때는 몰랐는데, 이렇게 내부 사람의 말을 들으니 내막이 점점 분명해지고 있어. 그 집은 썩었어. 고였던 고름이 터져 나온 게 이번 사건이라 생각해도 되겠지."

"당신은 누가 범인인지 짐작이 가요?"

"아직 거기까지는 모르겠어. 하지만 이만큼이나 정황이 확실해 졌으니 다음에 가와세가 사람들이 증인으로 나온다면 꽤 많은 걸 캐물을 수 있을 것 같은데."

"그러다가 숨통을 끊어버리는 거예요."

아키코는 타고난 승부사의 혼을 폭발시키듯이 말했다.

"나도 그렇고 싶어. 방법이 문제지. 사건의 배경이나 가족 분위 기 같은 건 도우미의 얘기를 듣고 파악했어. 하지만 결정타가 될 만 한 건 하나도 없었지."

"그걸 이제부터 찾는 거예요."

아키코의 목소리는 마치 남자 같았다.

"첫 번째 문제는 스미에 씨가 타락한 원인이에요. 숨겨진 남자 말이에요. 이상한 남자에게 폭행 같은 일을 당하고 하루 사이에 인 생관이 확 바뀌었다는 생각밖에 안 들어요."

"그 남자도 세쓰코가 아는 상대겠지. 쓰다라는 남자일까?"

"글쎄요······. 만약에 그 남자였다면 스미에 씨가 사랑한 사람이 잖아요? 요즘 젊은 사람은 혼전 성관계를 크게 죄악시하지 않아요. 그쪽도 조사할 필요는 있을 테죠. 의외로 그 남자 입에서 진상을 알 아낼 수 있을지도 모르지만······."

이 부분은 센이치로도 사설탐정에게 조사를 맡겨야겠다고 벼르 던 참이었다.

하지만 그가 결혼할 의지도 없이 스미에를 갖고 놀다가 버렸다면 솔직하게 말하지는 않으리라.

이 조사가 얼마나 실효를 거둘지는 알 수 없다.

"가능하다면 딴 남자들도 살펴봐야 돼요. 이제 스미에 씨 역시 집에 얌전히 있지는 않을 거예요. 행선지를 미행하다 보면 사귀는 남자가 누군지 알아낼 수도 있겠죠. 어쩌면 그 남자에게서 뭔가 캐낼 수 있을지도 몰라요."

"으음……. 그녀에게 차인 남자 쪽이 좋을 것 같은데. 사람마다 다르겠지만 하찮은 남자는 전 애인을 마구 험담하는 법이지. 그 얘기 속에 뭔가 비밀이 숨겨져 있을 수도 있어."

"그런 사람이 두어 명 있지 않겠어요."

아키코는 잠시 뜸을 들인 뒤 말을 꺼냈다.

"다음은 소노코 씨 재산 문제네요. 아버지가 재산을 얼마나 남겼는지 조사할 수 있을까요?"

"글쎄……. 전쟁중의 일이라서."

센이치로는 한숨을 내쉬었다.

"요즘 상식으로는 이해할 수 없는 이상한 시기였어. 그러니 상속 문제를 속이려고 마음먹으면 얼마든지 속여넘길 수 있었겠지. 관련 서류가 공습을 받아 불타버렸을지도 몰라. 그 문제를 다뤄본 적이 있는 변호사나 공증인을 찾는다면 어느 정도 알아낼 수 있을지도 모르지만 거의 불가능하다고 봐야 할 거야."

"후지코시 선생님과 관계가 있지 않을까요? 그분에게 물어보면 알아낼 수 있을 것도 같은데."

"뭐, 헛걸음하는 셈치고 물어보지. 어차피 여기까지 왔는데 수고를 아낄 수야 없지. 다음 포인트는?"

"난 고이치 씨 마음을 생각하면 어쩐지 무서워져요."

아키코는 심각한 말투로 말을 이었다.

"그리스비극이 떠오르거든요. 그리스비극은 인간의 마음속 비밀을 예리하게 파헤쳤다는 점에서 세계 최고의 문학이라고 학교에서 배웠어요. 예컨대 존속살해라든지, 근친상간이라든지, 계모를 향한 연정이라든지, 더할 나위 없이 무서운 문제를 주제로 다뤘다고 하더라고요."

"과연, 좋은 발상이야."

센이치로는 감탄했다.

부부는 일심동체라는 말이 있다. 자신이 눈치챈 동시에 아키코도 알아차릴 줄이야. 센이치로는 신기하다는 생각이 들었다.

"그 사람도 아야코 씨를 사랑했을지도 몰라요. 인간의 잠재의식 문제이고, 안도 씨 앞에서 설마 그런 말을 할 수야 없었겠지만."

"잠재의식?"

센이치로는 숨을 삼켰다. 이 심리학 용어와 그리스비극이 그의 머릿속에 어떤 생각을 번뜩이게 했다.

무서운 생각이었다. 하지만 견해에 따라서는 아주 합리적인 생각이기도 했다. 어쩌면 실마리 하나 없는 살인 사건의 수수께끼를 단번에 풀어버릴지도 모를 발상이었다.

"여보, 왜 그래요?"

센이치로의 표정 변화가 심상치 않았던 모양인지 아키코는 부드러운 눈썹을 찡그리며 걱정스레 물어 왔다.

"희망이 생겼어. 이 재판에……."

센이치로는 컵에 든 물을 벌컥 마셔버리고는 말했다.

"가와세 씨가 남다른 호색한이었다는 건 잘 알 거야. 그는 언제나 동시에 여러 여자와 관계를 맺었어. 이건 사실이야. 법정에서도 밝혀진 점이고."

"그래서요?"

"이게 이번 살인 사건의 원인, 범인의 가장 큰 동기로 작용한 게 아닐까? 그렇게 생각하면 오늘 도우미의 증언이 전부 이해가 돼. 뿔뿔이 흩어져 있던 진실의 파편이 전부 하나로 맞춰지지."

"당신이 무슨 소리를 하는지 모르겠어요."

"모르는 것도 당연하지. 이건 아주 무서운 생각이거든."

센이치로는 감정을 억누르고 억지로 방긋 웃었다.

"뭐, 좀더 구체적인 증거를 확보할 때까지 기다려봐. 재판에서 상상은 아무런 도움도 안 돼. 증거, 증거, 오로지 증거뿐이야."

다음날, 센이치로는 도쿄 지방 재판소 지하에 있는 서류 열람실에 가서 이번 사건과 관련된 서류 전부를 눈으로 훑었다.

지금까지 나온 모든 자료는 복사를 해놨지만, 원본을 보고 싶었다.

문제의 자백 조서를 살펴보던 센이치로의 눈에 한 부분이 확 꽂혔다.

"설마, 이런 일이 지금 일본에서 벌어지다니."

눈을 의심하듯이 센이치로는 중얼거렸다. 누차 다시 살펴봤지만 결코 착각이 아니었다.

상식으로는 생각할 수 없는 이상한 점이 서류에 존재했다.

센이치로는 비로소 승리를 확신했다.

진범의 정체를 완전히 알아냈다. 동기까지도…….

시라사카 목사가 세쓰코의 자살 미수 사건을 잘 살펴보라 조언해줬던 진짜 이유도 깨달았다.

자살 미수 사건은 가와세 유조의 독살 사건과 떼려야 뗄 수 없는 관계였다.

이제는 증거로 자신의 추리와 상상을 뒷받침하기만 하면 된다.

그는 서류를 담당 직원에게 돌려준 뒤 자신감과 희망으로 가득 찬 발걸음으로 계단을 올랐다.

불꽃

001
☆☆☆

오늘 재판에서 첫 번째로 증인대에 오른 사람은 가와세 세쓰코였다.

센이치로의 건강도 완전히 회복됐다. 마지막 결정타가 될 중요한 포인트를 증거 서류 안에서 발견했고, 탐정사 쪽 조사를 통해 도움이 될 만한 단서도 몇 개 모아뒀다. 이번에야말로 후회 없는 싸움을 할 수 있을 듯했다.

세쓰코 역시 긴장하고 있었다. 이렇듯 법정에 나왔으니 타고난 히스테리 기질이 반드시 드러나리라. 그녀는 두 손으로 손수건을 꽉 쥐고 있었는데, 마치 찢어버리려는 모습처럼 보였다.

아마노 검사는 우선 형식적인 신문을 한 뒤 차츰 사건의 핵심으로 들어갔다.

"당신은 이 사건이 벌어지기 며칠 전에 가와세 유조 씨와 피고인 사이에서 격렬한 다툼이 벌어졌다는 사실을 알고 있습니까?"

"예……."

"그 부분을 말씀해주시죠."

"예. 마침 복도를 걷다가 아버지 방 앞을 지나갔어요. 갑자기 문이 스르르 열리더니 꽤 큰 소리로 싸우는 목소리가 들렸습니다. 옳지 않다는 걸 알면서도 전 그 자리에 가만히 서서 얘기를 전부 들었습니다."

세쓰코는 뭐라 형언할 수 없는 악의가 느껴지는 눈으로 피고인석에 앉아 있는 아야코를 힐끔 쳐다봤다. 그러고는 어조를 높여 말하기 시작했다.

"아버지는 조금 취해 계신 게 분명했어요. 하지만 제정신을 잃을 만큼 취하시지는 않았어요. 아버지는 술에 취하면 금세 주무시는 버릇이 있으니까요. 제 귀에 들어온 첫마디는 '네가 그 그림쟁이랑 뒹굴었다는 걸 똑똑히 알고 있다'라는 아버지의 말이었습니다."

방청석에 앉아 있는 안도 센키치는 얼굴을 새빨갛게 물들이고 온몸을 부들부들 떨고 있었다. 무릎 위에 놓아둔 베레모를 잡아 찢어버릴 듯이 움켜쥐며 아니라고 외치고 싶은 마음을 필사적으로 억누르는 듯했다.

"저 여자는 시치미를 뚝 떼며 '그건 엉터리 소리예요. 나와 그 사람은 아무 관계도 아니에요. 하지만 설령 내가 그런 잘못을 저질렀다고 쳐도 당신에게 나무랄 자격은 없잖아요' 하고 대답했습니다. 그러자 아버지 목소리가 점점 격해지더니 곧이어 **뺨**을 때리는 소리가 들렸습니다. 그때, 저 여자는 '이 짐승! 죽여버릴 거야!' 하고 소리질렀어요······."

물론 폭력을 당해 한때의 격정을 못 이긴 아내가 그런 말을 내뱉을 수 있다. 부자연스러운 일은 아니라고 말할 수도 있으리라.

하지만 실제로 벌어진 살인 사건을 판단하는 법정에서 나온 증인의 발언에는 무서운 심리적 효과가 따라온다. 대부분의 방청인들은 아야코가 이때부터 남편에 대한 살의를 굳혔다고 느끼리라.

이러한 일종의 심리적인 분위기는 반드시 재판관에게도 전해진다. 물리적 증거 이외에 판결의 기초가 되는 '심증'은 이런 분위기에서 생기는 경우가 많다. 아마노 검사는 그 효과를 노리고 세쓰코에게 그런 발언을 유도했음에 의심할 여지가 없었다.

"아버지는 그길로 방을 뛰쳐나갔습니다. 전 황급히 숨으려고 했지만 결국 들키고 말았죠. 아버지는 저를 보고 아무 말도 하지 않은 채 집을 나갔고, 그날 밤에는 돌아오지 않았습니다."

"그후로 가와세 유조 씨와 증인 사이에 무슨 일이 벌어졌습니까?"

"아버지도 제가 그 말다툼을 들었다는 걸 무척이나 신경쓰는 눈치였어요. 다음날 저녁에 전 아버지의 호출을 받고 밖에서 밥을 먹었어요. 집안에서 그런 얘기를 하고 싶지 않았겠죠. 아버지의 이혼 문제는 그때 처음으로 들었습니다."

"당신을 일부러 불러내어 그런 얘기를 했다는 건 아버님도 각오를 굳히셨다는 뜻이겠군요."

"예. 무슨 말을 해도 들으실 것 같지 않았어요. 아버지는 언제나 마음을 정하면 다른 사람 얘기는 일절 듣지 않거든요."

"그래서 증인은 어떻게 했습니까?"

"설마 이런 사건이 벌어질 줄은 몰랐으니 어머니…… 아니, 저 여자가 불쌍하다고 생각했습니다. 그래서 되도록 생각을 고쳐달라고 부탁했어요."

"가와세 씨의 마음이 조금은 움직인 듯했습니까?"

"아뇨, 오히려 조목조목 따지면서 이혼을 결심한 이유를 들려줬어요. 저도 저 여자를 변호할 마음이 싹 가셨을 정도였죠."

"그 이유를 간단하게 말씀해주시죠."

"예, 첫 번째는 성격 차이였습니다. 아버지는 이것을 표면적인 이유로 내세울 작정이었을 뿐 가장 큰 원인이라 생각하지 않는 것 같았어요. 물론 어떤 부부든 어느 정도 성격 차이는 있을 테고, 사이가 나빠졌을 때 그 차이가 커다란 골이 되기도 하지만……."

"감상은 말 안 하셔도 괜찮습니다. 가와세 씨의 얘기를 요점만 말씀해주시죠."

"예. 두 번째 이유는 화가인 안도 센키치라는 사람과 육체관계를 맺었다는 겁니다. 이건 사설탐정의 조사로 사실이 밝혀졌는데, 두 사람이 끌어안고 키스를 하는 장면을 어떤 사람이 목격했다고 합니다."

"거짓말!"

방청석에 앉아 있던 안도 센키치는 완전히 제정신을 잃었는지 벌떡 일어서 외쳤다.

재판장은 날카로운 시선으로 그를 노려보며 단호한 말투로 명령했다.

"법정에서 방청인이 발언하는 것은 금지되어 있습니다. 특히 이런 종류의 발언은 증인을 동요시킬 우려가 있으니 퇴장을 명합니다."

안도 센키치는 벌컥 고개를 숙였다. 그러고는 베레모를 움켜쥔 뒤 법정 안의 시선을 받으며 뒤에 있는 방청인 출입구로 나가버렸다.

센이치로가 예술가답게 격분하는 화가의 모습을 보고 한숨을 내쉬는 사이에 아마노 검사는 신문을 재개했다.

"목격했다는 사람이 누군지 모릅니까?"

"예, 아버지도 '어떤 사람'이라고 말했을 뿐 이름까지는 거론하지 않았거든요."

"괜찮습니다. 말씀 계속하시죠."

"그리고 이건 이혼이 성립되었다면 표면에 드러나지 않았을 이유인데, 당신께서 살해당할지도 모른다고 하셨어요. 저도 처음에는 설마 싶었지만, 아버지 얘기를 듣다 보니 점점 무서워졌어요……."

다음 말이 나오기까지 한순간 틈이 있었다. 녹음기 테이프가 돌아가는 소리, 서기가 타자기를 치는 소리 말고는 아무것도 들리지 않았다. 세쓰코는 갑자기 목소리를 높여 말했다.

"아버지는 저 여자가 개를 죽였다는 증거를 잡았다고 하셨어요."

002
☆☆☆

애완견을 죽이는 건 잔인한 행위지만 법적으로 대수로운 일은 아니다. 자기집 개를 죽였다면 죄를 물을 수조차 없다.

하지만 이것이 이번 살인 사건의 전제라고 생각하기에는 충분했다. 동물의 죽음이라 쉬이 치부할 수 있는 문제는 아니다.

"그건 무슨 소리입니까?"

"저 여자는 개를 싫어해요. 집에 처음 왔을 때는 내숭을 떨며 귀여워하는 척을 했지만 본심이 아니라는 걸 다들 알았죠. 특히 요즘 들어 두드러졌어요. 전혀 돌보지 않았죠. 그런데 아버지 말로는 저 여자 평상복에 개털이 묻어 있었대요. 더구나 개가 죽은 전날 밤에 저 여자가 개집 앞에 쪼그리고 앉아 뭔가 하는 모습을 본 사람도 있다고 했고요."

또 '어떤 사람'이 등장했다. 이렇게 제삼자를 통해 전해 들은 말을 전문증거라 하는데, 증거로서 효력이 약하다. 하지만 쌓이고 쌓이면 재판관들의 마음에 상당한 무게로 다가온다. 특히 전문 지식이 부족한 일반 방청인들 귀에는 이 증언이 숨통을 끊는 일격처럼 들렸으리라.

아야코를 향한 세쓰코의 적의는 대단했다. 센이치로는 세쓰코의 증언을 상세히 적바림을 하며 시라사카 목사의 말을 가슴 먹먹하게 떠올렸다.

"그뿐입니까?"

"아뇨, 저 여자가 전前 어머니도 죽였을 가능성이 짙다고 확실하게 말씀하셨어요."

방청석이 수런거렸다. 아마노 검사는 더욱 거세게 추궁했다.

"그건 단순한 상상이었습니까? 아버님께서 어떤 구체적인 이유는 들지 않았습니까?"

"이제 와 생각해보니 이상한 점이 여럿 있다고 하셨어요. 누군가를 사랑할 때는 장님이 되었다가도 애정이 식으면 자그마한 상처나 결함까지 보이는 법이니까요. 그러니 아버지도 몇 년이 지나서야 진상을 눈치채지 않았을까 생각합니다만……."

세쓰코는 다시 악마 같은 눈으로 피고인석에 앉아 있는 아야코를 바라보며 말을 이었다.

"아버지는 근거를 들어 말씀하셨어요. 전前 주치의였던 요시토모 선생과 저 여자 사이에 육체관계가 있었을 거다. 그래서 전 어머니가 항상 복용하던 약에 독을 넣을 기회가 있었을 거다. 전 어머니가 돌아가셨을 때 자살인지 타살인지 가리지 않고 심장마비 진단서를 쓰는 게 좋겠다고 먼저 권한 건 요시토모 선생이었다."

기분 탓인지 검사석에 서서 센이치로 쪽을 쳐다보는 아마노 검사의 입가에 희미한 웃음이 떠오른 듯했다. 이 문제를 먼저 끄집어 낸 건 바로 너다, 하지만 오히려 역효과였다고 무언으로 말하는 듯했다.

"하지만 요시토모 박사는 이미 죽은 사람이지요. 법정에 불러내 증언을 구할 수도 없습니다. 박사가 먼저 그런 말을 꺼냈다는 사실을 증언해줄 만한 사람이 달리 없습니까?"

"우리 집안사람이라면 저 여자 빼고는 다 알 겁니다."

"그럼 피고인과 요시토모 박사의 육체관계를 증명해줄 증인은 있습니까?"

"회사 사람인 다키타 씨라면 당연히 알겠죠. 전에 증인으로 출석했을 때 그 얘기를 언급하지 않았다면 검사님의 신문 요령이 부족했던 탓이 아닐까요?"

"재판장님과 변호인의 이의가 없다면 향후에 다키타 씨를 다시 증인으로 신청하도록 하지요. 그런데 피고인과 요시토모 박사의 관계는 그저 상상에 불과한 겁니까?"

"그런 비밀스러운 관계를 공공연하게 과시하는 건 스스로를 끝장내는 일이에요. 하지만 똑같은 상상이더라도 근거 없는 상상과 추리라 할 만한 논리가 담긴 상상이 있지 않겠어요?"

"그렇다면 평범한 사람이라면 두 사람 사이에 무슨 관계가 있으리라 여길 만한 사건이 있었던 거군요."

"있었어요. 비취 목걸이 사건이에요."

"어떤 사건인지요?"

"아버지가 저 여자에게 사준 수십만 엔짜리 목걸이가 없어진 적이 있었어요. 뭐, 가느다란 금사슬로 엮어놓은 거니 어쩌다가 사슬이 끊어지거나 보석이 빠질 수도 있죠. 저 여자도 그때는 그렇게 변명했는데, 나중에 요시토모 선생의 딸이 그 목걸이를 하고 있는 걸 제 눈으로 봤어요. 분명 같은 목걸이였죠……. 보석에 특별한 무늬가 들어가 있어 조사해보면 알 수 있을 거예요. 딸에게 목걸이가 어디서 난 거냐고 물었더니 아버지 유품이라고 하더군요."

세쓰코는 그쯤에서 말을 끊고 한숨을 돌렸다. 그러고는 피고석에 앉아 있는 아야코를 쳐다보고 툭 내던지듯 말을 이었다.

"그게 흔하디흔한 싸구려라면 어떤 감사의 표시로 줄 수도 있겠죠. 하지만 수십만 엔이나 나가는 보석을, 더구나 아버지의 애정이 담긴 선물을 아무 관계도 없는 사람에게 준다는 건 여자로서 절대 말이 안 돼요. 이 정도면 추리라 할 만하지 않나요? 이래도 증거가 안 되나요?"

세쓰코의 격렬한 어조에 아마노 검사도 기가 눌렸는지 잠시 틈을 두고 다음 질문으로 옮겼다.

"다른 질문을 하겠습니다. 당신은 자살을 기도한 적이 있습니까?"

"예······."

"원인이 뭐였습니까?"

"실연을 당해서요. 그 사람 이름까지는 말씀드리고 싶지 않습니다만······."

세쓰코의 격렬했던 어조가 수그러들었다.

"그때 먹었던 독약은 어디서 구했습니까?"

"백화점에서 포충병捕虫瓶을 사 와 그 안에 든 약을 썼습니다. 근데 약이 변질됐는지 효과가 없었습니다. 한번 자살에 실패하니 산다는 게 얼마나 감사한 일인지 깨달았어요. 두 번 다시 그런 멍청한 짓은 하지 않을 거예요."

"그건 피고인의 행동과 어떠한 관계도 없습니까?"

"저 여자와 매일 같은 집에서 얼굴을 마주하는 건 분명 싫었습니다만 그 정도로 자살을 떠올리는 건 말이 안 되죠."

"알겠습니다."

그후 아마노 검사는 사건 당일 상황과 그 앞뒤로 아야코와 가족들의 행동이 어땠는지 보충 신문을 계속했지만 크게 중요한 사실은 드러나지 않았다.

하지만 아야코를 향한 세쓰코의 적의는 얘기 곳곳에서 드러났다. 불난 집에 기름을 들이붓는 꼴이었지만 세쓰코는 태도를 감추려 하지 않았다.

센이치로 앞 피고인석에 앉아 있는 아야코는 얼굴을 손수건에 묻고 흐느꼈다.

센이치로에게는 예전에 시라사카 목사가 말했던 것처럼 믿어서는 안 될 사람을 믿었다가 완전히 배신을 당한 통한의 눈물로 느껴졌지만, 재판관과 방청인에게는 과거의 죄가 속속 까발려지는 공포에서 비롯된 눈물로 보일지도 모른다.

검사 측 신문이 끝나자 센이치로는 휴정을 요청했다. 방금 세쓰코의 발언에는 처음 듣는 사실이 있었고, 그 점을 아야코에게 확인해서 반대신문을 준비할 필요가 있었다.

그의 온몸에서 불 같은 분노가 타올랐다. 아야코라는 여성은 가와세가의 희생양에 불과했다.

세쓰코라는 여자가 어금니를 드러내며 양을 덮치는 피에 굶주린 늑대로 보였다.

재판이 재개되고 센이치로는 반대신문 벽두부터 허세를 부리듯
억지 전법으로 나왔다.

"재판장님, 증인을 신문하기에 앞서 감정을 신청하겠습니다."

"어떤 감정입니까?"

재판에서 증거를 전문적 과학적으로 자세하게 검토해야 할 필
요가 있는 경우에 재판소에서는 감정인을 임명하고 감정 보고를 증
거로 채택한다.

그래서 재판장도 별생각 없이 물어본 것인데, 센이치로는 증인
대에 선 세쓰코를 날카롭게 노려보며 말했다.

"본 증인, 가와세 세쓰코의 정신감정입니다."

방청석은 동요했다. 지금껏 잠을 자듯 눈을 감고 있었던 아마노
검사도 의자를 박차듯이 벌떡 일어나 항의했다.

"이의를 제기합니다! 방금 변호인의 신청은 증인에 대한 모독으
로 받아들일 수 있습니다. 법정에서 증인의 인격을 부당하게 폄훼
하는 발언은 용납할 수 없습니다."

"이유가 있습니다."

센이치로가 틈을 주지 않고 반박했다.

"저번에 나왔던 모리나가 박사의 증언에 따르면 본 증인은 우울
증이라 일컬을 만한 상태입니다. 물론 모리나가 박사는 신경정신

과 전문의가 아니며 전문적인 검사는 하지 않은 모양입니다. 하지만 문제가 됐던 자살 미수 사건 직후에 고도의 의학적 지식을 가진 의사로서 내린 내과적인 진단, 그리고 치료 경과를 미루어 볼 때 그 의견은 존중할 만합니다. 따라서 이 신청에 타당한 이유가 있다고 믿습니다."

"변호인, 감정을 하는 목적이 뭡니까?"

표정이 굳어진 재판장이 몸을 약간 앞으로 내밀며 물었다.

"본 증인의 증언은 거의 대부분 확인할 수 없는 사실에 근거하고 있습니다. 예를 들어 가와세 유조 씨의 발언도 그렇고, 요시토모 선생의 행위도 그렇습니다. 당사자들은 이미 세상을 떠났기에 본 법정에 출두시켜 진위를 가려낼 수가 없습니다. 극단적으로 말하자면 본 증인의 증언은 이처럼 추궁할 수 없는 사실을 쌓아 올린 일종의 창작이라 여길 만한 점도 있습니다. 이러한 증언으로 말미암아 피고인에 대한 재판부의 심증이 굳어질 우려가 있으니, 과연 이 증인이 진실을 말한 것인지 과학적으로 확인할 필요가 있으리라 믿습니다."

요시오카 재판장은 좌우 판사와 무언가 속닥거린 뒤 말했다.

"재판부는 감정 신청 결정을 보류합니다. 우선 반대신문을 진행하십시오."

센이치로는 바로 제2탄을 터뜨렸다.

"그럼 반대신문에 들어가겠습니다. 증인은 살인 사건의 진범이

다른 사람임을 알면서도 피고인에게 누명을 뒤집어씌우려는 게 아닙니까?"

"이의를 제기합니다!"

아마노 검사가 분연한 말투로 항의했다.

"방금 변호인의 발언은 반대신문의 범위에서 일탈했을 뿐만 아니라, 극단적으로 말하자면 일종의 협박 행위입니다. 질문의 철회를 요구합니다."

"검사 측 이의를 인정합니다."

요시오카 재판장은 이번에는 양옆에 있는 판사들과 의논하지도 않고 바로 통보했다. 센이치로는 살짝 고개를 숙인 뒤 신문을 진행했다.

"그럼 다른 걸 묻겠습니다. 증인과 헤어졌다는 상대는 누굽니까?"

세쓰코는 핏발이 선 눈으로 센이치로를 노려보며 대답했다.

"말씀드릴 수 없습니다."

"증인에게는 그럴 권리가 없습니다. 당신은 방금, 형사소추를 당할 우려가 있는 문제가 아닌 한 진실만을 말하겠다고 선서했습니다. 남녀 간의 연애가 무슨 형사 문제에 저촉된다는 겁니까?"

"이의를 제기합니다. 증인의 사생활은 법정에서도 존중받아야 합니다. 본 증인의 옛 연인이 이번 살인 사건에 직접적인, 혹은 중요한 관계가 없는 한 이 질문은 명백하게 증인의 인격을 상하게 하는 내용이라고 생각합니다."

세쓰코가 대답을 할 여유조차 없을 정도였다. 증인을 제쳐두고 변호인과 검사가 직접 언쟁을 벌이는 듯했다. 이번에도 재판장은 검사 측 이의를 인정했다.

방청인 눈에는 변호인이 수세에 몰린 나머지 분풀이하듯 싸움을 거는 것처럼 보였을지도 모른다. 이것은 센이치로의 작전이었다.

그는 천천히 호흡을 가다듬은 뒤 본격적으로 반대신문을 개시했다.

"당신의 아버지인 가와세 유조 씨는 이번 사건이 벌어지기 직전에 죽음의 공포에 떨고 있었습니다. 증인은 그 사실을 압니까?"

"아버지가 당신을 찾아 그런 부탁을 했을 줄은 몰랐습니다."

"틀림없는 사실입니다. 그렇다면 가와세 씨는 피고인이 자신의 목숨을 노릴지도 모른다고 생각했다는 건데, 당신은 당시 가와세 씨의 말과 행동으로 미루어 봤을 때 그 말이 맞다고 생각합니까?"

"예, 아버지가 당신에게 사설탐정이 작성한 보고서를 맡겼다고 들었습니다. 더구나 저 여자도 경찰서에서 '임의 자백'을 했다더군요. 부부 사이이니 아버지가 자연스럽게 살의를 눈치채셨을 테고, 저도 저 여자 말고 다른 진범은 없다고 생각합니다."

임의 자백이라는 법률 용어가 툭 튀어나온 걸 봐서는 주도면밀하게 준비를 한 모양이다. 당연히 이 집안에서도 수완 좋은 변호사에게 상담을 받아 분명 작전을 짰을 것이다.

"그럼 다음 질문을 하겠습니다. 가와세 유조 씨의 여성 관계가 어땠는지 당신은 대강 알고 있습니까?"

"예……."

"당신의 친어머니가 살아 계셨을 때, 가와세 씨는 둘째 부인이 었던 도키에 씨와 밀접하게 지내셨지요. 도키에 씨가 본처가 된 뒤에는 여기 있는 아야코 씨와 관계를 맺었습니다. 이처럼 계속된 이 중생활을 여자로서 어떻게 생각합니까?"

"개인적으로는 싫습니다. 하지만 사람에게는 여러 사정이 있으니 아버지의 행동을 나무랄 수는 없습니다."

"요시나카 기미코라는 사람을 아시지요? 아야코 씨와 결혼 생활을 하는 동안에 가와세 씨는 또 이 여성과 관계를 맺었더군요."

"예……."

"그렇다면 항상 둘 이상의 여성이 있어야만 욕망을 채울 수 있을 만큼 가와세 씨의 성욕이 남다르게 강했음을 당신은 알겠군요?"

"사실이니까 인정하지 않을 수가 없네요. 아버지는 어떤 의미에서 여자 운이 나빴다고 생각합니다."

"가와세 씨가, 예컨대 도우미에게까지 손을 댄 적은 없었습니까?"

세쓰코의 몸이 팽팽한 실이 진동하듯이 떨렸다. 이 물음이 어떤 형태로든 가와세 집안의 급소를 건드렸음은 확실한 듯했다. 하지만 금세 세쓰코는 떨리는 몸을 억지로 억누르며 대답했다.

"제가 아는 한 그런 적은 없었습니다. 아버지는 분명 호색한이었지만 집안에서 그런 짓을 할 만큼 분별없는 사람은 아닙니다."

"당신이 자살을 기도한 직접적인 원인은 실연의 고통이 아니라 가와세 씨의 부정한 품행 때문이 아닙니까?"

"저는 저, 아버지는 아버지예요. 결혼을 하면 저는 집안을 떠날 몸이에요. 자신의 행복을 이제부터 차곡차곡 쌓아나갈 수 있는데, 제가 그런 이유로 자살을 기도할 것 같나요?"

"당신 여동생인 스미에 씨의 품행이 최근에 갑자기 나빠졌다고 하던데, 그건 사실임을 인정하시겠지요."

"글쎄요. 친구들이 저지른 가벼운 사건 때문에 두 번씩이나 경찰서 신세를 졌을 정도니 품행이 나쁘다고 할 수도 있겠죠. 하지만 젊은이에게 흔한 일 아닌가요? 물론 나이 차이 때문에 이해가 안 되는 부분도 여러모로 있기는 하지만……."

"그렇다면 당신은 스미에 씨가 돌변한 이유가 뭔지 전혀 짐작 가는 바가 없습니까?"

"모릅니다."

"제가 아야코 씨에게 전해 들은 바에 따르면 가와세 씨와 아타미 별장에서 하룻밤을 지낸 뒤로 스미에 씨의 행동이 변했다고 하더군요. 인정합니까?"

"글쎄요……. 아타미 별장에는 노상 누군가가 드나드니 그리 말씀을 하셔도 언제 적 얘기인지 잘 모르겠습니다."

"당신이 자살을 시도하기 직전 말입니다. 이렇게 말하면 아시겠지요."

세쓰코의 몸이 크게 떨렸다. 얼굴도 새파랗게 질렸다. 지병 같은 히스테리 발작이 당장에라도 폭발하는 게 아닌가 싶었다.

"기억에 없습니다……."

"하지만 당신은 그때, 스미에 씨와 둘이서 밀담을 나눈 뒤에 '이제 사람이란 존재를 못 믿겠어' 하고 비장한 말을 내뱉지 않았습니까? 그건 사실이지요?"

"예……."

"무슨 뜻입니까? 설명해주십시오."

"그건…… 실연의 상처로 괴로워하던 차에 여동생까지 같은 꼴을 당했다고 고백을 하기에 무심코 흘러나온 말이었습니다……. 나중에는 이것도 인생이라는 깨달음을 얻었습니다."

"당신은 스미에 씨의 품행이 문란해진 것도 실연이 원인이었다고 생각하는 거군요?"

"예."

"이쯤에서 반대신문을 마치겠습니다."

센이치로는 판사석을 향해 살짝 고개를 숙이고 자리에 앉았다.

그날 오후 재판에 사건 당시 현장에 함께 있었던 노무라 히로시와 사사키 도쿠이치, 두 사람이 증인대에 올랐다. 그들의 증언에도 이렇다 할 내용은 없었다. 센이치로도 가와세 유조의 여자 관계를 적당히 추궁했을 뿐 반대신문을 혹독하게 하지는 않았다.

남은 일정에 따르면 다음 재판에는 스미에와 아야코를 조사했던 이와시게 형사부장의 증인 신문, 그 뒤에는 아야코의 신문으로 이어질 예정이었다.

그리고 아마 한 차례로 끝나지는 않겠지만 이후에는 변호인 측 증인이 출석할 차례다.

하지만 센이치로는 아직 증인을 한 명도 신청하지 않았다. 이날도 공판이 끝난 뒤에 판사실로 불려가 증인 신청 수속을 밟으라는 얘기를 들었지만, 아직 준비가 덜 됐다는 말만 하고 그대로 재판소를 나왔다.

히비야 공원 인근의 레스토랑에서 아키코와 안도 센키치가 기다리고 있었다. 아키코도 오늘이 고비라는 걸 알았기에 온종일 방청석에 앉아 있었다. 안도 센키치는 아키코의 입을 통해 재판 진행 상황을 듣고 절망의 늪에 빠져버린 듯했다. 그는 센이치로의 얼굴을 보자마자 울먹거리며 말했다.

"선생님, 수고 많으셨습니다. 이제 틀린 거겠죠……. 그 사람은 무슨 짓을 해도 구제할 수 없겠지요."

"재판이라는 건 전쟁과 비슷합니다. 도중에 국지전에서 패배도 하기 마련이죠. 하지만 마지막에 이긴다면 목적은 달성하는 겁니다."

"이런 말씀을 드리기 뭐하지만, 선생님께서는 반드시 이길 수 있다는 자신이 있으신 거군요? 요컨대 그 사람이 무죄를 받을 수만 있다면……. 아니, 설령 유죄를 받더라도 사형만 면할 수 있다면 저는 몇 년이라도 기다릴 작정입니다……."

"이번 재판에서 유죄판결이 내려지면 이겼다고 할 수가 없지요. 다행히도 형사 제4부 판사님들은 하나같이 유능하고, 정의감으로 똘똘 뭉친 분들입니다. 제가 어떤 비밀을 폭로해 그 안에 감춰진 진실을 파헤친다면 반드시 무죄판결을 받아낼 수 있을 겁니다."

안도 센키치는 약간 안심한 듯 한숨을 내쉬며 말했다.

"그렇게 된다면 모두 선생님 덕분입니다. 뭐라 감사의 인사를 드려야 좋을지……."

"그렇지 않습니다. 만에 하나의 경우입니다만, 사실 형사사건에서 이러한 원죄 문제가 발생하면 변호사 한 사람의 힘으로 승리를 거두는 건 지극히 어렵습니다. 거의 불가능하다고 할 수 있죠. 다행히 이번 사건에서는 세상 모든 사람이 등을 돌린 아야코 씨에게 당신 같은, 제 몸을 전부 던지면서까지 헌신적인 애정을 바친 사람이 있고…… 이런 사건에서는 보기 드물 만큼 엄청난 수임료 덕분에 저도 사설탐정을 마음껏 부려 조사를 할 수 있었습니다. 그게 이번 사건의 동아줄이었죠."

안도 센키치도 가슴속에 무언가 치밀어 오르는지 입을 다물었다.

센이치로도 아키코도 잠시 말없이 시선을 주고받았다.

"선생님, 이상한 질문으로 들리실지 모르겠습니다만, 목걸이 건은 어떻게 됐습니까? 부인의 말씀으로는 그 증언이 판사님들의 마음을 꽤 흔들었던 듯하고, 선생님도 딱히 반대신문을 하지 않았다고……"

"그건 저도 미처 준비를 못 했습니다. 솔직히 말씀드리면 허를 찔렸습니다. 휴정하는 동안에 아야코 씨에게 사정을 물어봤지만 확실한 반박거리를 얻지 못했습니다. 그래서 자칫 반대신문을 했다가는 역효과만 날까 싶어 거론하지 않았는데……. 뭐, 다른 부분에서 이기기만 하면 이 건은 별문제가 안 되겠지요……. 너무 걱정하실 필요 없습니다."

센이치로가 말하는 사이에 아키코는 일어나서 전화를 걸고 있었다. 두 사람 모두 하루 종일 집을 비웠기에 무슨 연락이 없었는지 확인하는 것이리라. 자리로 돌아온 그녀의 얼굴이 밝았다.

"여보, 방금 시마 씨에게서 연락이 왔다는데, 요긴한 정보를 잡았대요. 지금 사무실에 있는 것 같은데……."

"내가 걸게."

센이치로는 일어나서 도쿄비밀탐정사에 전화를 걸어 시마 겐시로를 불러냈다.

"선생, 아주 중요한 걸 알아냈습니다."

그의 목소리는 평소의 냉정함과 어울리지 않게 떨리고 있었다.

"뭡니까? 자세한 내용은 나중에 듣고, 일단 요점만 말해주시죠."

"그럼 결론부터 먼저 들려드리죠. 스미에라는 아가씨가 타락한 최대의 이유는 역시 뜻밖의 남자에게 처녀를 빼앗겼기 때문이었습니다. 상대는……."

시마 겐시로가 목소리를 낮춰 속닥거린 이름은 역시 센이치로의 예상대로였다.

"그 정보를 어디서 알아냈습니까?"

"그녀의 전前 연인의 친구에게서 알아냈습니다. 전화로 상세한 얘기는 좀……."

"그럼 집으로 와주시죠. 지금 히비노에 있는데 바로 가겠습니다."

센이치로는 수화기를 내려놓고 자리에 돌아와 선 채로 아키코와 센키치의 얼굴을 쳐다봤다.

"아무래도 이 재판은 다음 공판에서 확실히 판가름이 날 것 같군요."

지문과 원

001
☆☆☆

그로부터 일주일 뒤, 재판 날 하늘은 금방이라도 비가 쏟아질 것처럼 먹구름으로 가득했다.

하지만 법정에는 창문이 하나도 없다. 인공조명과 환기장치가 돌아가는 방이지만, 날씨 때문인지 아니면 검사와 변호사 모두 오늘 공판에서 완전히 승부를 지을 생각이어서인지 법정의 공기는 처음부터 숨막힐 만큼 무거웠다.

변호인석에 앉은 센이치로는 천천히 방청석을 둘러봤다.

구석에 세쓰코와 스미에가 굳은 얼굴로 앉아 있다.

반대쪽에는 안도 센키치가 당장에라도 눈물을 터뜨릴 것만 같은 얼굴로 앉아 있었다. 센이치로는 그쪽을 향해 살짝 고개를 끄덕였다.

호송 아래 아야코가 법정 안으로 들어오고, 재판관들이 검은 법복을 휘날리며 입장하면서 오늘 공판이 시작됐다.

증인대에 오른 이와시게 도쿠조 형사부장은 옹골차고 남자다운 용모의 소유자였다.

경찰관으로서 유도나 검도로 단련한 것일 테지만, 다부진 체격과 사나운 풍모는 현역에서 막 은퇴한 프로야구 선수를 떠올리게 했다.

절차대로 선서를 끝마치자 아마노 검사는 바로 일어서서 신문을 시작했다.

처음에는 정석대로 별다를 거 없이 경력 등을 물었다.

이와시게 형사는 담담하게 질문에 대답했다. 하지만 신문이 점점 핵심에 접어들자 센이치로 역시 손바닥에 땀을 쥐었다.

"증인은 이번 사건에서 피고인 가와세 아야코 씨를 취조하고 조서를 꾸몄겠군요?"

"예, 조서 전부는 아닙니다만, 다섯 차례쯤 취조를 했고 세 통의 조서를 꾸몄습니다."

"피고인에게 고문이라 여겨질 만한 강압적인 조사를 한 적은 없겠지요?"

"누가 그런 말을 합니까?"

그는 버럭 대답했다.

"아무리 살인 사건 용의자라고 해도 판결이 내려질 때까지 인권은 존중받아 마땅하다고 뼈에 사무칠 만큼 주입받았습니다. 특히 이번 사건 용의자는 여성입니다. 그래서 심야 신문을 피한다든가, 험한 말을 쓰지 않는다든가, 나름 신경을 썼습니다. 그 점은 피고인에게 물어보면 확실하게 밝혀지리라 생각합니다."

"좋습니다. 유치 기간 중에 피고인의 정신 상태는 어땠습니까?"

"누구든 유치장에 갇혀 자유를 속박당하며 매일 오랜 시간 취조를 받으면 초췌해지는 게 당연하지요. 피고인도 잠을 잘 자지 못한 것처럼 보였고 눈은 항상 뻘겋게 충혈되어 있었습니다. 하지만 질문에 언제나 조리 있게 대답했고 이성을 잃은 적은 없었습니다."

"취조할 때 살인 사실을 고백했던 피고인이 그 뒤에는 말을 바꿔 줄곧 자백을 부인하고 있는데, 어떻게 생각합니까?"

"이런 일은 흔합니다."

이와시게 형사는 조금의 미동도 없었다.

"범죄자의 심리는 평범한 사람이 이해하기 어려울 만큼 끊임없이 동요하는 법입니다. 예컨대 어제 울고불고하며 자신의 죄를 고백했던 사람이 오늘 천연덕스레 부정하는 일도 결코 없다고 할 수 없습니다. 이것은 본인의 심경이 변해서 그렇기도 하고, 같은 유치장 수감자가 꼬드기는 경우도 있고, 면회를 온 변호사 같은 사람이 이상한 조언을 하기도 해서 그렇습니다. 원인이 뭔지는 쉽게 말할 수 없지만, 어쨌든 범죄자의 마음은 어린애처럼 암시에 걸리기 쉽습니다. 이 피고인도 어디서 어떤 이유 때문에 심경이 달라진 것 같은데 원인이 뭔지는 저도 뭐라 드릴 말씀이 없습니다."

"그럼 피고인이 어째서 증인에게만 진상을 털어놓았다고 생각하십니까?"

"이의를 제기합니다."

센이치로는 벌떡 일어나 항의했다.

"피고인이 이번 사건의 진범인지 아닌지 아직 밝혀지지 않았습니다. 따라서 방금 검사가 꺼낸 진상이라는 단어는 부당합니다. 다른 적당한 단어로 대체하기를 희망합니다."

"알겠습니다."

아마노 검사는 재판장의 말도 기다리지 않고 수긍했다.

"그럼 이렇게 묻도록 하죠. 피고인이 이번 사건은 자기가 저질렀다고 증인에게 고백한 이유는 뭐라고 생각합니까?"

이의가 받아들여지자 센이치로는 의자에 앉았다. 바로 그때, 이와시게 형사는 무시무시한 눈으로 피고석에 앉은 아야코와 그 뒤에 있는 센이치로를 힐끔 노려봤다.

"그때 아야코 씨 모습을 떠올려보면 마음의 구원을 갈구한 것 같다는 생각이 듭니다……. 더욱이 제가 부드럽게 다독이는 듯한 태도로 조사를 시작하니 덜컥 비밀을 털어놓을 마음을 먹었는지도 모르지요. 심약해져서 마음의 빗장을 열었다고 할까요. 하지만 피고인은 금세 자기가 실수했음을 깨달았고 그 뒤로 죄를 완강하게 부정했다고 생각하면 부자연스럽지 않은 것 같습니다. 이런 일은 비일비재하지 않습니까?"

"요컨대 증인 앞에서 털어놓은 피고인의 자백은 '임의의 자유에서 비롯된 것'이라는 뜻이군요."

"맞습니다."

아마노 검사가 평소답지 않게 이 점에 유독 신경쓰고 있음을 센이치로도 잘 알고 있었다.

원죄나 오판 때문에 추후에 문제가 불거졌던 재판들을 보면 물적 증거를 거의 확보하지 못한 검사가 자백 조서 몇 통에 모든 것을 거는 경우가 대부분이었다.

이번 사건도 비슷했다. 아마노 검사도 나중에 비난을 듣지 않도록 신중을 기하는 것이리라. 하지만 센이치로는 아마노 검사의 태도를 조금도 신경쓰지 않았다.

002
☆☆☆

이만한 밑 준비를 끝낸 뒤 아마노 검사는 조서 내용을 재확인하는 신문으로 들어갔다.

"증인에게 묻겠습니다. 피고인은 옛날에 오빠가 맡긴 청산가리 병에서 작은 병 하나 분량을 덜어내 줄곧 소지해왔다고 자백했지요?"

"예, 그렇습니다. 조서에서 자질구레한 줄거리는 보통 생략되기 마련인데 그때 피고인은 그렇게 말했습니다. 극단적인 염세감에 휩싸여 죽고 싶었던 적이 지금껏 여러 번 있었다, 그럴 때 이것만 있으면 수면제 따위와 달리 확실하게 목숨을 끊을 수가 있다, 그럴 목적으로 소지했던 독극물로, 애초부터 살인에 쓰려는 의지는 없었다고 말입니다. 그 점은 저도 납득이 가더군요."

"그리고 가와세 유조 씨를 살해한 방법 말입니다만, 한 통의 조서에만 늘 복용하던 정력제 캡슐 안에 넣었다고 적혀 있군요. 조금 더 자세하게 말씀해주실 수 없겠습니까?"

"예, 그건 마지막 조서였을 겁니다……. 피고인은 살해 사실을 인정하면서도 살해 방법은 얼버무리며 대답하지 않았습니다. 제가 거듭 그 문제를 추궁하자 비로소 입을 열었는데, 그 말을 하더군요. 즉, 최근에 정력 감퇴를 느낀 고 가와세 씨는 주치의가 처방한 약 말고도 시판되는 여러 약을 복용해왔던 듯합니다. 그 캡슐 약도 아침 점심 저녁 하루 세 번 복용하는 습관이 있었다고 하는데, 얘기를 듣고 고개가 끄덕여지더군요. 현장에 물컵이나 약포지 같은 것이 남아 있지 않았다고 하던데, 이 방법이라면 캡슐이 위에서 녹을 때까지 독극물도 작용하지 않았을 겁니다. 전문가가 아니라서 캡슐이

녹기까지 얼마나 시간이 걸리는지는 모르겠습니다만 상식적으로 몇 분 이상의 여유는 있었을 테지요. 따라서 피해자는 그사이에 자유롭게 돌아다녔을 테니 약을 먹은 장소와 쓰러진 장소가 다른 것도 전혀 부자연스럽지 않다고 생각했습니다."

"그럼 피고인은 병에 든 수많은 정력제 캡슐 중에 딱 하나에만 독을 섞었다고 진술했겠군요?"

"말씀대롭니다. 피해자가 언제 독이 든 캡슐을 입에 넣을지 전혀 짐작할 수 없었겠지요. 이런 의미에서 그날 그 시간에 사건이 벌어진 건 우연이라 할 수 있을 겁니다. 하지만 이렇게 밑 준비를 해두면 언젠가는 반드시 목적을 달성할 수 있습니다. 그런 의미에서 피고인의 행위에는 충분한 살의와 계획성이 있었다고 볼 수 있습니다."

"살인 동기 말입니다만, 피고인은 유산이 목적이었다고 진술했다지요?"

"그렇습니다. 처음부터 돈을 보고 결혼했다, 이렇게 복잡한 집안에 애정이 생길 리가 없다, 하지만 당연히 남편은 자기보다 먼저 죽을 테니 상속 재산을 챙겨 집에서 나와 그걸 밑바탕으로 인생의 행복을 다시금 꿈꿔볼 작정이었다고 진술했습니다. 하나 불륜이 폭로되면서 아내의 자리가 위태로워지자 이혼 문제가 불거지기 전에 행동에 옮겼다고 진술했습니다."

방청석에서 일제히 한숨이 새어 나왔다. 현역 경찰관이, 더구나 취조를 맡았던 장본인이 엄격한 선서를 하고 이런 증언을 했다. 피고인이 더이상 부인해봤자 소용이 없다. 이 재판은 승부가 났다고 여기고 있으리라.

"이 조서에 따르면 증인은 재차 범행 여부를 확인한 듯하군요. 이런 범죄를 저지르고도 발각되지 않을 줄 알았느냐고 물었는데, 그 점을 조금 자세하게 말씀해주십시오."

"예. 그 질문을 하는 건 경찰관으로서의 기본입니다. 이 피고인뿐만이 아니라 범죄를 인정한 용의자에게 반드시 물어보는 질문입니다."

이와시게 형사는 목소리를 더욱 높였다.

"이번 사건과 같은 중죄가 아니라면 잘못을 뉘우치고 앞으로 다시 사회에 나가 같은 범죄를 저지르지 말라는 경고의 의미도 담겨 있습니다. 혹은 두 번 다시 사회에 나갈 수 없을 만한 중죄를 저지른 사람에게도 진심으로 죄를 자각시켜 추후에 이어질 취조, 혹은 앞으로 내려질 형벌에 순순히 따르게 하기 위해서라도 반드시 필요한 다짐입니다. 예전에 상사에게 그리 배웠습니다."

현역 경찰관이라서인지 그 말은 마치 설교하는 것처럼 들렸다. 그때 재판장이 가볍게 기침을 했다. 이와시게 형사는 그것이 자신을 향한 무언의 경고라 여긴 듯하다.

"그런 의미에서 피고인에게도 관례대로 질문을 했습니다. 하지만 범죄자에게 흔히 보이는 심리인데, 피고인은 죄가 발각될 줄은 꿈에도 생각 못 했다고 하더군요. 아마도 자살로 처리될 것이다. 혹은 의사와 적당히 말을 맞춰두면 심장마비나 뇌출혈 같은 갑작스러운 자연사로 진단서를 끊어줄 것이다. 가족들도 집안의 체면을 생각해 더이상 긁어 부스럼을 만들지 않을 거라고 생각했답니다."

방청석은 물을 끼얹은 것처럼 조용해졌다.

공포.

센이치로가 지금 보고 들은 이 장면과 딱 맞는 심리였다.

이게 사실이라면 신문이나 주간지에서 나온 '마녀'라는 말도 결코 과장된 표현이라 할 수 없었다.

"피고인은 이런 말도 하더군요. 설령 자살이나 자연사로 사건을 흐지부지하게 매듭짓는 공작이 실패하더라도 집안에서 똑같이 청산가리로 자살을 기도한 사건도 벌어진 적이 있다. 그쪽은 본인이 분명하게 인정을 했으니 이번 사건도 자살 미수 사건의 여파라 여기리라. 그러니 자신이 맨 먼저 의심을 받을 일은 없을 거라고 계산했답니다."

"그때 증인은 피고인을 어떻게 생각했습니까?"

"가엾다는 마음이 들지 않은 건 아닙니다. 범죄자란 끊임없이 제멋대로, 제 입맛에 맞는 계산만 하는 존재입니다. 반면에 초등학생도 알 만한 간단한 상식에는 눈을 감아버리지요. 억지로 눈을 감는 건지 아니면 진짜 보이지 않는 건지 저는 알지 못합니다. 하지만 살인 사건을 저지른 범인의 95퍼센트 이상이 체포되어 실형을 사는 현실만 봐도 그 생각은 어리석은 자기만족에 불과하다고 할 수 있 겠지요."

"제가 묻고 싶은 것은 그런 일반론보다는 증인이 피고인에게 어 떤 감정을 느꼈느냐는 겁니다."

"알겠습니다. 설령 아무리 큰 죄를 저지른 용의자일지라도 눈물 을 흘리며 죄를 고백하면 우리 경찰관은 사사로운 증오를 거의 느 끼지 않습니다. 가벼운 범죄나 초범인 경우에는 저 사람이 이번에 죄를 참회하고 훌륭하게 갱생해줬으면 좋겠다는 마음이 강하게 듭 니다. 하지만 저 피고인은……."

그는 피고인석에 앉아 있는 아야코를 곁눈질로 매섭게 노려봤다.

"피고인은 죄를 후회하고 솔직하게 자백을 했는데도, 나중에 태 도를 백팔십도 바꿔 완강하게 부인하고 있습니다. 마치 제가 심신 이 견뎌낼 수 없는 고문이나 강압을 가했다고 여길 수도 있겠지요. 물론 그러한 사실은 절대로 없었고 저에게 향했던 이상한 의혹도 말끔히 씻어진 듯하지만, 찜찜한 기분을 지울 수가 없습니다. 그런 의미에서도 저는 피고인을 희대의 마녀라고 생각합니다. 냉혹하고 잔인하고, 거기에다가 대담하고 완강한 살인범이라고 믿습니다."

"이것으로 본 증인에 대한 신문을 마치겠습니다."

아마노 검사는 그렇게 말을 마치고 센이치로 쪽을 지그시 쳐다 봤다. 그의 눈동자에서는 충분한 자신감이 흘러넘쳤다.

이걸로 이 재판은 결판이 났다. 판을 뒤집을 여지는 어디에도 없다고 소리 없이 말하는 듯한 낯빛이었다.

003
☆☆☆

이어서 센이치로가 반대신문에 들어갔다.

"우선 증인의 가정 상황을 묻겠습니다. 가족 관계는 어떻게 됩니까?"

아마노 검사가 눈을 크게 떴다.

센이치로가 어떤 목적으로 그런 걸 묻는 건지 짐작도 못 하겠다는 표정이다.

살짝 엉덩이를 들려는 느낌이었지만, 굳이 이의를 제기할 만한 일이 아니라고 여겼는지 다시 앉아 책상 위에 놓인 서류를 만지작거렸다.

"아내와 유치원에 다니는 아들놈뿐입니다."

"경찰관으로서 십이 년 동안 경력을 쌓아오셨군요. 결혼은 재직 중에 했겠군요."

"그렇습니다."

증인 자신도 이 질문이 무얼 노리는 건지 짐작을 하지 못했으리라.

모든 것을 경계하듯 짧게 대답을 던졌다.

"가정은 원만합니까?"

"예, 박봉이라 물질적으로 충분히 누리게 해주지도 못하고, 일이 일인지라 귀가 시간도 늦고, 또 며칠씩 집을 비우는 일도 있습니다. 하지만 아내는 제 일을 충분히 이해해주고 있어서 가정에 풍파가 인 적은 없습니다."

"알았습니다. 그럼 본론으로 들어가겠습니다. 증인은 이번 사건이 벌어지기 전에 가와세가, 또는 가와세 산업의 사원 누군가와 개인적으로 접촉하거나 교제를 한 적이 없습니까?"

"서무과장인 다키타 세이스케 씨는 잘 압니다. 동향이고 초등학교 선배이기도 합니다. 제 형이 다키타 씨와 같은 반 친구였던지라 알게 됐습니다."

"알고 지낸 지는 오래됐습니까?"

"글쎄요, 그럭저럭 십 년쯤 됐을까요. 정확한 햇수는 잘 모르겠습니다."

"그동안에 다키타 씨의 부탁을 받고, 사사로이 편의를 봐줬던 적은 없었습니까?"

"그게 경찰 내부에서 소위 말하는 '뒤봐주기' 문제가 될 만한 사건을 무마해준 적이 있느냐는 질문이라면 기억이 없습니다. 개인적인 교제는 교제, 공무는 공무. 그 사이를 혼동해선 안 된다는 게 제 신념입니다."

아마노 검사의 입가에 냉소 같은 것이 희미하게 번졌다.

경찰관이 도로교통법 위반 같은 문제를 눈감아달라는 지인의 부탁을 받고 선처를 해주는 일은 얼마든지 있으리라. 하지만 공판장에서 이런 질문을 받았을 때 그런 적이 있다고 대답할 경찰관은 없을 것이다.

검사는 그런 질문을 하는 걸 보니 몹시도 질문거리가 없구나, 하고 생각했으리라.

센이치로는 그런 검사의 생각 따윈 조금도 신경쓰지 않았다.

"그럼 가와세 스미에 씨하고 공적이든 사적이든 접촉한 적이 없습니까?"

"있었습니다. 롯폰기의 몬이라는 찻집에서 작은 상해 사건이 벌어진 적이 있었습니다. 가해자의 이름은 무라타 도시미쓰, 피해자는 야마모토 다메오였습니다. 등산용 칼을 맞아 상처가 났는데, 전치 이 주 정도였습니다. 가와세 스미에 씨는 두 사람의 친구로 우연히 그 자리에 동석하고 있었고 참고인으로서 경찰서까지 동행해 사정을 물어봤습니다."

"그렇다면 그 사건은 친구끼리의 다툼쯤으로 볼 수 있겠군요. 원인은 뭐였습니까?"

"대단한 이유는 아니었습니다. 무라타라는 남자가 주정이 심한데, 술을 마시면 금세 화를 내는 나쁜 버릇이 있었던 듯합니다. 그때도 거의 만취 상태였는데 시시콜콜한 시비가 붙는 바람에 발끈하고 만 모양입니다. 나중에 본인도 무슨 짓을 했는지 전혀 기억하지 못했을 정도였습니다."

"시비가 붙은 원인이 가와세 스미에를 둘러싼 쟁탈전, 치정 싸움 같은 게 아니었습니까?"

"어떤 근거로 그렇게 묻는지는 모르겠습니다만, 전혀 사실무근입니다. 그런 말을 들은 기억도 없습니다."

"그 뒤에도 가와세 스미에는 다시 경찰서 신세를 진 걸로 되어 있군요. 그때는 어떤 사건이었습니까?"

"무라타 도시미쓰가 아버지 돈을 훔쳐서 집을 나왔습니다. 백만 엔쯤으로 기억이 납니다. 원래는 경찰이 나설 일이 아니라 집안에서 해결을 할 만한 문제였지만, 그 아버지도 아들의 최근 행실에 정나미가 떨어졌는지 아니면 더이상 잘못을 저지르게 내버려둘 수 없었던 건지 경찰에 신고를 했습니다. 그래서 우리가 관여하게 됐지요."

"그때 가와세 스미에는 어떻게 연루가 됐지요?"

"둘이서 이틀쯤 온천 여행을 떠났다고 했습니다. 아버지 돈을 빼 오라고 꾀지는 않았더라도 일단 참고인으로서 조사를 하는 건 당연하지요. 인권 문제에 저촉될 일은 전혀 없다고 생각합니다. 뭐, 남자 쪽 아버지도 아들이 붙잡히고 나니 안심했는지 집안에서 처리하고 싶다고 하더군요. 신고자가 그리 나오면 경찰로서도 일을 복잡하게 만들 필요가 없지요. 둘 다 그대로 석방했습니다."

"하지만 최근에 상해 사건을 저지르고 나중에는 아무리 아버지 돈이라도 그토록 큰돈을 훔쳐서 가출한 걸 보니 무라타라는 남자도 꽤 불량스럽군요. 증인은 그 남자를 조사할 때 그런 인상은 못 느꼈습니까?"

"예, 집안은 훌륭했습니다만, 그 남자는 세상의 기준에서 봤을 때 그런 취급을 받아도 별수없다고 생각했습니다."

"그렇다면 불량하다는 걸 알면서도 그 남자와 육체관계를 맺었으리라 추정되는 가와세 스미에도 세상의 기준에서 봤을 때 불량한 부류에 속한다고 볼 수밖에 없겠군요."

"저도 그리 생각합니다."

"증인은 가와세 스미에를 취조하던 중에 어째서 그녀가 비행을 저질렀는지 이유를 물어본 적은 없었습니까?"

"있었습니다. 가정불화 때문이라고 했습니다. 이른바 비행 청소년의 대부분은 가정 문제 때문에 타락의 길에 빠집니다. 특히 가와세 스미에는 살인을 저지를 만한 냉혹한 여자를 의붓어머니로 두고 있었습니다. 이만한 가벼운 비행쯤은 오히려 동정해야 하겠지요."

"그럼 증인은 가와세 스미에와는 딱 두 번 얼굴을 마주했겠군요. 물론 한 사건이라도 취조는 며칠 동안 이루어집니다만……. 그후로 오늘껏 증인은 가와세 스미에와 얼굴을 마주한 적이 없었습니까?"

"없었습니다."

"근데 이번 사건이 벌어지기 전에 이와시게라는 남자가 가끔 가와세가에 전화를 걸어 스미에 씨를 불러달라 청했다고 하더군요."

"기억이 없습니다. 만약에 그런 전화가 정말 있었다고 해도 그건 동명이인이나 혹은 그녀가 제 이름을 애인의 가명으로 써먹었던 거겠지요. 예컨대 가족들에게 애인의 본명을 알리고 싶지 않을 때, 두 사람이 가명을 정해 전화나 편지에서 쓰는 건 흔한 수법입니다."

마지막 추궁에 들어가기 전에 센이치로는 숨을 돌리며 반대쪽에 앉아 있는 아마노 검사를 쳐다봤다.

검사는 어느샌가 책상 앞으로 몸을 내밀고 있었다. 좀 전에 사람을 멍청이 바라보듯 하던 표정은 사라지고, 그 얼굴에는 의혹과 불안의 그림자마저 느껴졌다.

004
☆☆☆

"다음 질문으로 넘어가겠습니다. 증인은 센다가야의 마쓰카제장이라는 여관을 압니까?"

센이치로가 물었을 때, 이와시게 형사의 몸은 순간 경직된 것 같았다.

그는 잠깐 뜸을 들이더니 대답했다.

"압니다……. 어떤 사건 조사차 근처에 간 적이 있었습니다. 외관에 꽤 공을 들였다는 생각을 문득 했지요."

"수사 때문이라도 그 여관에 발을 들인 적은 지금껏 한 번도 없었다는 거군요.”

“없습니다.”

“그럼 그저께 오후 8시부터 11시 사이에 증인이 무엇을 했는지 설명해주시지요.”

“재판장님!”

아마노 검사가 의자를 박차고 일어섰다.

“이의를 제기합니다. 방금 전 변호인의 질문은 본건 심리와 매우 동떨어져 있습니다. 본 증인은 그저 피고인을 신문했던 한 경찰관에 불과합니다. 또한 본 사건이 벌어지고 꽤 시일이 지난 그저께 밤에 개인적이든 공적이든 증인이 무엇을 했는지는 본건과 아무런 관계가 없습니다. 아무 의미도 관계도 없는 질문이라 생각합니다.”

“무의미하지도 무관계하지도 않습니다.”

센이치로는 검사를 향해 쏘아붙이듯이 반박했다.

“증인은 그저께 그 시간 그 여관에서 어떤 여성과 함께 있지 않았습니까?”

이와시게 형사의 목덜미에 잘은 식은땀이 가득 번져 나왔다.

하지만 검사가 이의를 제기하는 짧은 시간에 필사적으로 답을 마련한 모양인지 낯빛을 싹 바꿔 답변했다.

“예……. 윤락행위등방지법에 위반되는 일인지도 모릅니다만 그건 분명 사실입니다……. 신주쿠를 걷다가 어떤 여성이 제게 말을 걸었습니다. 무심코 은근한 마음이 일었는데, 이제 와 생각하니 실수였습니다……. 오히려 경찰수첩이라도 내밀어 여자를 인근 파출소로 연행하는 게 당연한데……. 아내가 최근에 병치레가 잦아 부부관계도 그다지 없어서 묘한 색욕이 솟은 게 문제였습니다."

"모르는 여자, 지금껏 한 번도 본 적이 없는 여자, 어디 사는 누군지도 모르는 여자였다는 거군요."

"예."

"그 여자, 가와세 스미에가 아닙니까?"

방청석이 수런거렸다. 소리 없는 외침이 한순간에 폭발한 듯한 느낌이었다. 아닙니다, 라는 증인의 나지막한 부정도, 검사의 이의 제기도 소용돌이 속에 휩쓸린 듯했다.

재판장은 검사의 이의를 인정하지 않았다.

이 재판은 이제 완전히 센이치로가 의도한 궤도 위로 올라간 듯했다.

"방금 무슨 대답을 하셨는지 잘 못 들었습니다. 그 상대 여자가 가와세 스미에가 아니었습니까?"

센이치로는 다시 한번 증인에게 질문했다.

"아닙니다. 거리에서 우연히 스친 여자입니다. 대체 어떤 근거로 그런 말을 하는 겁니까?"

증인도 필사적이었다.

"요 일주일 동안 당신과 스미에 씨 뒤에는 제가 특별히 의뢰를 넣은 사설탐정이 따라다녔습니다. 공판이 다가오면 뒤가 켕기는 사람은 동요한다……. 분명 어딘가에서 만나 철저하게 대책을 세우리라 생각했기 때문이지요. 제 노림수는 확실하게 적중했습니다. 증인은 최근에 만난 적 없는 가와세 스미에 씨와 함께, 한 번도 발걸음을 한 적이 없는 여관에서 몇 시간씩이나 있었습니다."

"거짓말입니다……. 저를 미행했다는 탐정은 돈을 받았으니 뭐라도 보고하지 않으면 면목이 서질 않았을 겁니다. 책상 앞에 앉아 허무맹랑한 보고를 날조한 거겠지요."

이와시게 형사도 강경했다. 마비되어버린 머릿속에서 경찰관의 권위로 그딴 증인쯤은 굴복시키겠노라는 생각이 번뜩였는지도 모른다.

센이치로는 느닷없이 질문의 방향을 바꾸었다.

"다음으로 증인에게 묻겠습니다. 살인죄를 고백했다는 피고인 가와세 아야코의 자백 조서 말입니다. 증인은 조서에 아무런 조작도 가하지 않았겠지요?"

"당연합니다. 조서는 피의자의 말을 토씨 하나도 빼놓지 않고 그대로 베끼는 것이 아닙니다. 요점만을 적당히 정리해 꾸미는 겁니다. 그 뒤에 피의자에게 읽어준 뒤에 서명과 지장을 받습니다. 그러니 문장의 사소한 표현에 약간 의심이 든다고 그걸 가지고 조작이 아니냐고 따진다면 도무지 해명할 길이 없지요. 하지만 다른 점에 관한 한 절대로 조작한 적이 없습니다."

센이치로는 잠깐 숨을 고른 뒤 한층 목소리를 높여 외쳤다.

"재판장님, 본 증인 이와시게 도쿠조를 형법 제156조 허위공문서작성죄로 고발합니다."

방청인들이 벌떡 일어났다.

증인으로 출석한 현역 경찰관을 변호사가 법정에서 고발하는 사건이 느닷없이 벌어졌는데 흥분하지 말라는 편이 무리한 요구다.

"조용히…… 조용히들 하시오!"

요시오카 재판장은 한 손을 들어 방청인들을 제지하고서 센이치로를 날카롭게 쳐다보며 물었다.

"변호인, 방금 그 고발의 근거는?"

"재판장님 바로 앞에 놓인 서류 안에 철해진 자백 조서 원본, 그것이 명백한 증거입니다."

아마노 검사에게도 이 일격은 전혀 예상치 못한 기습임이 틀림없다. 망연자실한 표정을 보니 이의를 제기할 여유도 사라진 듯했다.

"이 서류에 어디 문제라도?"

요시오카 재판장은 눈썹을 찌푸리며 물었다.

"조서 마지막 부분을 봐주십시오. 가와세 아야코라는 서명과 그 아래에 지장이 찍혀 있는데, 붉은 지문 안에 하얀 원 같은 것이 보이실 겁니다. 뭘까요?"

세 재판관들은 머리를 맞대고 그 서류를 들여다봤다.

"제가 느낀 인상으로는 그건 붓대 끝 자국이 아닐까 싶습니다. 여러 장의 조서를 철할 때 경찰에서는 붓대 끝에 인주를 묻혀 할인•

처럼 찍습니다. 이 흔적이 인주 쪽에 남아 있었고, 거기에 손가락을 댔기에 지문에 하얀 원이 뚫렸다고 생각하지 않으십니까?"

"과연, 그런 느낌이 듭니다만, 우연히 일어날 수도 있는 일 아닙니까. 이것만으로 조서가 위조되었다고 추론할 수는 없습니다."

"옳은 말씀입니다. 실은 저도 재판소 열람실에서 조서 원본을 검토하다가 비밀을 알아차리고는 경악했습니다. 조서 한 통에만 그런 지장이 찍혀 있다면 우연이라는 단어로 치부해버릴 수 있겠지요. 하지만 다른 날에 꾸며진 세 통의 조서에도 똑같은 위치에 하얀 고리가 뚫려 있었습니다. 그리고 다른 서류에 있는 피고인의 지장에는 그런 특징이 전혀 보이질 않았습니다. 설령 같은 인주가 같은 곳에 놓여 있었더라도 두 번이나 같은 부분에 한 치의 오차도 없이 손가락을 대는 건 복권에 당첨될 확률입니다. 하물며 연이어 세 번씩이나 같은 부분에 하얀 고리가 나타나도록 손가락을 인주에 대는 건 노리지 않는 한 천문학적인 숫자에 가까운 확률일 겁니다. 현실에서 이런 우연은 생각할 수 없습니다. 그렇다면 자연스럽게 떠오르는 해답은 단 하나. 피고인이 모르는 사이에 손가락에 인주를 묻혀 한 번에 세 장의 조서 용지에 지장을 찍었다는 소리입니다. 그리 생각하면 가와세 아야코라는 서명 역시 부자연스러운 느낌이 듭니다. 이건 필체 감정 전문가의 판단을 기다려야겠지만, 이러한 악질적인 날조 공작을 발견한 이상 변호인으로서 못 본 체할 수는 없습니다. 이 조서를 제외하고 피고인의 죄를 입증할 수 있는 흔적은 어

● **할인** _ 割印. 서로 관련된 사실을 증명하기 위하여 도장 하나를 두 장의 서류에 걸쳐 찍음.

디에도 없습니다. 더욱이 저 증인은 가와세가의 한 여성과 아주 최근까지 정교情交를 맺어온 것으로 볼 수 있는 근거도 있습니다. 이러한 증거들이 있으니 방금 전의 제 고발은 당연한, 아니 신성한 의무라고 믿습니다.”

피의 공포

001
☆☆☆

법정 안이 요동쳤다. 방청인 대부분이 정숙해야 한다는 규정을 잊고 소리를 질렀다. 그 안에서 여성의 새된 비명소리가 들렸다. 센이치로는 선 채로 방청석을 힐끔 쳐다봤다. 구석에서 스미에가 찢어버릴 듯이 손수건을 꽉 움켜쥔 채로 장승처럼 서 있었다. 방금 절규는 저 여자의 입에서 나온 것이 분명했다.

"조용히! 조용히들 하시오!"

두 손을 들고 방청석의 흥분을 가라앉힌 재판장은 검사석을 향해 말했다.

"검사, 방금 전 고발을 어떻게 생각하시오? 의견이 있다면 말해보시오."

"의견을 보류하겠습니다. 다만 예상치 못하게 사건이 진전됐으니 오늘 공판은 이쯤에서 폐정해주실 수 없겠습니까?"

"변호인, 방금 전 검사 측 발언에 대해 어떻게 생각하시오?"

"재판장님의 명령이라면 따를 수밖에 없지만 저로서는 동의할수 없습니다. 본 증인을 고발 처분하는 것은 보류해도 좋으나 신문만큼은 속행하길 바랍니다."

세 재판관들은 이마를 맞대고 속닥거렸다. 그러는 동안에 센이치로는 방청석을 지그시 쳐다봤다. 가와세 스미에는 핏기 하나 없는 얼굴로 의자에 앉은 채 몸을 부들부들 떨고 있었다.

"변호인의 이의를 받아들여 재판을 속행하겠습니다. 변호인은 신문을 계속하십시오."

재판장의 말에 고개를 끄덕인 센이치로는 날카로운 질문을 재개했다. 대부분 사설탐정의 보고를 기초로 한, 사실에 근거한 내용뿐이었다. 하지만 이와시게 도쿠조는 짧은 시간 동안에 마음의 태세를 다시 굳혔는지 계속 강경하게 부정했다.

처음부터 각오한 일이었다. 경찰은 신이 아닌 사람의 집단이기에 수많은 경찰관 중에 신성한 직무를 망각하고 범죄에 관여하는 자가 한 명도 없다고 단언할 수 없다. 하지만 그런 인간일수록 적반하장이라는 말처럼 막다른 골목에 내몰리기 전까지는 자신의 권력을 믿고 시치미를 떼려고 한다.

센이치로는 이 인간에게 죄를 물으려는 것보다 공개 석상에서 죄를 폭로해 또 하나의 효과를 노리고자 했다.

아마노 검사의 반대신문도 사태가 뜻밖의 방향으로 나아간 탓에 전혀 박력이 없었다. 적어도 제삼자의 눈에는 지금 변호인 측이 압도적으로 승리한 것으로 비칠 틀림없다.

검사의 반대신문이 끝나자마자 센이치로는 다시 일어섰다.

"재판장님, 본 증인의 증언은 시종 비양심적인 허위로 가득합니다. 하지만 그것을 직접 신문으로 입증하는 건 무척이나 어려우므로 고발 근거를 더욱 뒷받침하기 위해 재정증인을 신청하는 바입니다."

재정증인이란 현재 방청석에 있는 사람을 그 자리에서 증인으로 부르는 것이다.

원래 증인이란 미리 재판소에서 본인에게 정식으로 서류를 보낸 뒤에 공판으로 부르는 것인데, 이 경우에는 관계자의 동의만 있다면 그런 수속을 일체 생략할 수 있다. 센이치로가 미리 준비해뒀던 비장의 패였다.

"증인은?"

요시오카 재판장은 몸을 앞으로 내밀며 물었다.

"신일본 조선사*의 사원인 쓰다 도시히코, 가와세 스미에의 첫 애인입니다."

"그 증인을 신문하려는 취지가 뭡니까?"

"말할 것도 없이 본 증인 이와시게 도쿠조의 증언에 드러난 수많은 허위를 입증하기 위해서입니다."

검사가 이의를 제기했지만 재판장은 그것을 기각하고 센이치로의 증인 신청을 받아들였다.

그가 방청석에서 나와 증인대에 섰을 때, 센이치로는 날카롭게 방청석을 노려봤다.

스미에가 더이상 배겨내지 못하고 복도로 뛰쳐나갈 줄 알았는데 아직도 방청석에 남아 있었다.

허탈 상태에 빠져 움직이려 해도 움직일 수 없는 것인지 아니면 증인이 자신에게 유리한 증언을 하도록 만들 힘이 자기 존재 안에 있다고 과신하는 것인지, 센이치로도 알 수 없었다.

절차대로 주소, 이름 확인이 끝나고 선서를 끝마치자마자 센이치로는 바로 직접 신문을 시작했다.

"당신은 어떤 심경으로 지금 이 증인대에 서 있습니까?"

"이건 저에게도 몹시 괴로운 일입니다."

긴장감이 넘쳐흐르는 창백한 얼굴로 도시히코는 대답했다.

"본디 남자가 사랑했던 여자의 험담을 공개 석상에서 내뱉는 건 배덕 행위입니다. 저도 이번 사건만 벌어지지 않았다면 죽을 때까지 비밀을 발설하지 않았을 테죠."

한 마디 한 마디, 뱃속에서 쥐어짜내는 말에는 피를 토해내는 듯한 비장감마저 감돌았다.

"하지만 저 한 사람의 감정 때문에 무고한 사람을 살인죄로 교도소에 보내는 건 그 이상의 죄악입니다. 내가 진상을 밝히면 죄 없는 사람을 구제할 수 있다. 그리 생각했기에 저는 감정을 죽이고 오늘 이 법정에 나온 것입니다."

"알겠습니다. 그렇다면 당신은 양심에 맹세코 진실만을 말씀해주시겠군요. 어떠한 괴로운 내용일지라도."

"예."

"우선 당신과 가와세 집안의 관계를 묻겠습니다."

"제 아버지는 이번 사건의 피해자인 가와세 유조와 친구 관계로, 저는 학창 시절부터 자주 그 집을 드나들었습니다. 홋카이도에서 상경해 이쪽 학교에 입학했는데 혼자 있다 보니 가정적인 분위기가 그리웠지요."

"집을 드나드는 동안에 가와세 스미에와의 사이에서 애정 같은 감정이 싹튼 겁니까?"

"예……."

"그건 플라토닉한 수준이었습니까? 육체관계까지 맺었습니까?"

"서로 마음을 터놓고 정을 주고받았습니다. 하지만 입맞춤조차 한 적 없습니다."

"하지만 두 사람은 장래에 결혼하자는 약속을 했지요. 정식으로

예물을 교환하거나 반지를 주고받는 단계까지는 아니더라도."

"예……."

"그런데 당신은 어째서 결혼을 실행에 옮기지 않았습니까?"

"그건 제 잘못이었는지도 모릅니다. 제가 그때 모든 걸 받아들였다면 살인 사건이 벌어지지 않았을지도 모릅니다. 저도 오늘 이곳에서 이토록 괴로운 고백을 하지 않아도 됐을 테고요……."

도시히코의 이마와 목덜미에 땀이 흠뻑 배어 나왔다. 마치 눈물을 훔치듯이 그는 하얀 손수건으로 얼굴을 닦았다.

조용한 방청석에서 한 여성이 일어났다. 스미에였다. 그녀는 마치 혼이 나간 듯한 눈동자로 센이치로와 피고인석의 아야코, 그리고 증인대에 서 있는 도시히코를 쳐다보더니 그대로 복도로 나가버렸다.

002
☆☆☆

"분명하게 말씀해주십시오. 당신은 어째서 결혼을 단행하지 않았습니까?"

"그녀, 그리고 가와세 집안이 싫어졌기 때문입니다."

"그 이유는?"

"그녀가 처녀를 잃었다고 울며 저에게 고백했습니다."

"그건 세상에 종종 있는 일 아닙니까?"

"맞습니다. 만약에 상대가 딴 남자였다면 저도 아무 말 없이 과거를 잊고 그녀를 품었을 겁니다."

"상대는 누굽니까?"

대답이 나오기까지 몇 초의 시간이 흘렀다. 도시히코의 얼굴도 시뻘겋게 달아올랐다. 청년으로서의 순정이 아직 남아 있는 그의 마음속에 당시 느꼈던 격렬한 분노가 고통스러울 만큼 되살아났으리라.

"가와세 유조. 살해당한, 그녀의 아버지였습니다."

방청석은 다시금 세차게 요동쳤다. 부녀상간父女相姦의 비밀이 딸의 옛 애인의 입에서 폭로되었다. 흥분하지 않는 것이 오히려 이상하리라.

"가와세 스미에는 가와세 유조의 피가 섞인 친자식이 아니라고 하더군요. 혈액형 검사 같은 의학적인 방법으로 증명이 된 모양인데, 당신은 그 사실을 알고 있었습니까?"

"예……. 그렇기에 가와세 유조는 호적에 자기 딸로 오른 여성을 범할 마음을 먹었겠지요. 그녀는 죽은 친어머니와 아주 똑 닮았습니다. 저도 사진을 보고…… 그런 인상을 받은 적이 있었습니다……."

도시히코의 목소리는 눈물로 얼룩졌다. 아무것도 모르는 사람이 이 순간 방청석에 들어왔다면 자신의 죄를 울며 참회하는 피고인이라 오해했을지도 모를 장면이었다.

"아마 가와세 유조는 그녀에게서 전부인의 자취를 찾아냈던 거겠지요……. 그녀는 가와세 유조를 아버지로만 여겼지만, 그는 어느새 그녀 안에 있는 여성을 갈구하게 됐습니다……. 아버지와 딸이 별장에서 하룻밤을 묵는다. 아무도 수상쩍게 여기지 않을 테지요. 하지만 남자가 술이라도 취해 짐승으로 돌변했다면……. 무서운 결과가 벌어집니다. 그녀에게는 일어나지 말았어야 할 일이 일어났습니다……."

"증인은 고백을 듣고 크게 동요했겠군요?"

"그렇습니다. 저도 고통스러웠습니다. 사실을 알고 나니 그 남자를 도저히 장인이라 부를 수 없었습니다. 그 집안이 그토록 타락했을 줄은 생각도 못 했습니다. 때마침 다른 곳에서 들어온 혼담을 승낙하고 지금의 아내와 결혼한 건 그 사건의 반동이었습니다."

"가와세 스미에에게는 또 다른 충격으로 다가왔겠군요. 그녀가 타락한 건 그 때문이라고 생각하십니까?"

"책임의 절반은 분명 저에게 있습니다. 하지만 제가 이런 행동을 한 이유는 지금껏 말씀드렸던 증언으로 아시리라 믿습니다."

"그녀의 비행을 당신도 들었습니까?"

"남몰래 들었습니다. 그 사람에게 미안한 감정도 솟더군요. 하지만 어떤 의미에서 내가 그 사람과 결혼을 했더라도 비극은 어차피 일어나지 않았을까, 라는 생각도 들었습니다. 상상이야 얼마든

지 할 수 있고, 이기적인 소리로 들릴지도 모르겠습니다만, 역시 그
녀와 결혼하지 않는 편이 나았다고 생각합니다."

"그후로 그녀를 만난 적이 있었습니까?"

"두 번 있었습니다. 한 번은 우연히 스쳐지나간 정도였고, 한 번
은 차를 마시며 얘기를 했습니다."

"당시 상황을 말씀해주십시오."

"예, 처음은 어느 날 밤 친구 차를 함께 타고 센다가야를 지났
을 때였습니다. 친구는 엔진 상태가 이상하다며 차를 세우고 보닛
을 열어 안을 살펴보고 있었지요. 저는 차 안에 남아 있었는데, 그
때 도로 반대쪽에 있는 오시도리라는 여인숙에서 그녀가 어떤 남자
와 함께 나오는 걸 봤습니다."

"당신은 전에 나왔던 증인, 이와시게 도쿠조의 얼굴을 보셨을
테지요. 여인숙에서 함께 나왔다는 남자 말입니다. 이와시게 아니
었습니까?"

"분명 그랬을 겁니다. 하지만 가까이 다가가서 얘기를 한 건 아
니니 단언할 수는 없습니다만."

"그럼 두 번째는 어떻게 만나게 됐습니까?"

"그때는 우연히 긴자에 있다가 정면에서 딱 맞닥뜨리는 바람에
피차 피할 수가 없었습니다. 가만히 서서 두어 마디 안부를 묻다가
그녀 쪽에서 상담하고 싶은 게 있다고 말을 꺼내더군요. 찻집에서
얘기하는 정도는 설령 지인이 보더라도 책잡힐 일은 아니겠다 싶어

근처 가게에 들어갔습니다."

"그때, 그녀의 인상은 어땠습니까?"

"사람이 이렇게 짧은 시간에 이토록 바뀔 수 있다니 하고 놀랐을 정도였습니다. 얼굴이 망가져 어두운 그늘이 졌다고 할까, 저승사자가 붙어 있다고 해야 할까, 살기가 느껴진다고 해야 할까. 뭐, 그런 인상은 미묘하기 짝이 없으니 말로 표현하는 건 무척 어렵습니다만."

"그건 언제였습니까?"

"글쎄요, 정확한 날짜는 기억나지 않습니다."

"가와세 유조 씨가 살해되기 전이었는지 후였는지 그것만이라도 괜찮습니다."

"사건이 벌어진 뒤에 만난 건 분명합니다. 사건이 벌어지고 장례식을 치를 즈음 저는 나가사키에 있는 제철소에 출장을 나가 있었습니다. 그래서 장례식에도 참석하지 못했습니다."

"알겠습니다. 그때 어떤 얘기가 오갔습니까?"

"순서대로 말씀드리자면 우선 제가 회한을 토로했습니다. 전에 무슨 일이 있었든 죽었다면 죄를 비난하지 않는 게 인지상정이고, 저 역시 이 문제 때문에 마음에 응어리가 졌지만 옛날에 도움을 받은 것도 사실이고⋯⋯."

"그 말을 들은 스미에의 반응은 어땠습니까?"

"왠지 겁을 먹은 듯했습니다. 물론 아버지를 여읜 딸, 더욱이 그렇게 살해된 직후이니 태연하게 있을 수 없는 게 당연합니다. 하지만 그 사람은 어딘가 이상했습니다.”

“어떤 식으로 이상하다는 말씀인지요?”

“한마디로 말씀드릴 수는 없습니다. 아니, 말로 설명하기 어렵다는 표현이 맞을지도 모르겠군요. 그런 남자는 죽는 게 당연하다는 감정을 노골적으로 풍겼다고 할까요?”

“당신은 그것이 부자연스럽다고 느끼지 않았습니까?”

“옛날 일을 몰랐다면야 깜짝 놀랐겠지요. 비밀을 알고 있으니 아직 마음의 상처가 다 낫지 않았구나 생각했습니다.”

“당연히 당시부터 범인으로 지목됐던 피고인 쪽으로 얘기가 흘렀겠군요.”

“예……”

“피고인에 대해 스미에는 뭐라 말하던가요?”

“난 그 사람이 범인이 아니라는 걸 알아. 다른 사람도 어렴풋이 짐작하고 있겠지. 하지만 그 사람이 범인으로 교도소에 들어가주는 편이 모두를 위해서도 좋아……. 그런 말이, 뭔가에 홀린 것처럼 그녀의 입에서 튀어나왔습니다.”

003

☆☆☆

법정은 아무도 없는 것처럼 고요했다. 모든 방청인들이 숨을 죽이고 증언에 귀를 기울이고 있는 듯했다. 이 사람들이 방금 전까지 그토록 흥분했던 사람들이 맞는지 의심스러울 정도였다.

"증인은 그 말을 듣고 어떻게 생각했습니까?"

"저도 가와세가의 집안 사정이나 가족 구성을 대강은 알고 있습니다. 예컨대 유산 배분 문제 하나만 놓고 봐도 선악의 문제를 떠나서 그녀의 말에도 일리가 있다고 생각했습니다."

"그다음에는 무슨 이야기를 했습니까?"

"이상한 표현입니다만, 그녀가 저를 은근하게 유혹했습니다. 물론 이미 남자를 겪어봐서 그렇겠지만, 예전에는 제가 입맞춤 한번 하려고 해도 따끔하게 퇴짜를 놓던 사람이 이제는 당신이 딴 여자와 결혼을 했어도 당신을 잊을 수가 없다. 지금 부인과 헤어지라는 말은 하지 않을 테니 제발 한 번만이라도 하며 자꾸 요구하더군요. 눈동자가 마치 미친 사람처럼 활활 타올라 왠지 그녀가 무서워졌습니다."

"그래서 당신은 그녀와 찻집에서 헤어졌습니까?"

"그렇습니다. 저도 남잡니다. 특히 상대는 예전에 결혼하려 마음을 먹었던 여성입니다. 그런 유혹을 받으면 마음이 동하는 것도 자연스러운 일이겠지요. 하지만 저는 그녀를 뿌리치고 헤어졌습니다⋯⋯."

"그것은, 당신의 도덕관념이라 할 만한 규범에서 비롯된 행동입
니까?"

"꼭 그렇다고 할 수는 없습니다. 솔직히 전에 센다가야에서 그
런 장면을 목격하지 않았다면 실수를 저질렀을지도 모르지요⋯⋯."

"그때 그녀가 뭐라고 하던가요?"

도시히코는 잠깐 침묵했다. 마지막 비밀을 털어놓으려니 역시
망설임이 앞서는 모양이었다.

이내 그는 손수건으로 이마의 땀을 훔치고는 얼음장처럼 차가
운 말을 내뱉었다.

"그녀는 그때 이렇게 말했습니다. '당신은 내가 아버지를 죽였
다고 생각하는 거죠? 무시무시한 여자라 싫어진 거죠?' 저는 그때,
소름이 돋았습니다. 온몸에 얼음물을 뒤집어쓴 듯한 느낌이 들었습
니다. 저는 그 순간까지 꿈에도 생각하지 못했습니다. 하지만 그 말
을 들은 순간 진범이 이 여자라는 걸 깨달았습니다⋯⋯."

시계가 딱 12시를 가리켰다.

재판장은 오전 심리를 여기까지 하자고 제안했다. 센이치로도
아마노 검사도 그 점에 아무 이의도 없었다.

피고인석에 앉아 있던 아야코는 평소처럼 수갑이 채워져 끌려
나갔지만, 눈물이 그렁그렁한 눈에는 기쁨과 감사의 빛이 흘러넘치
는 듯했다.

센이치로가 복도로 나오자 안도 센키치는 얼른 달려들어 손을 잡고 울먹이는 목소리로 말했다.

"선생님, 선생님……. 고맙습니다. 이걸로 그 사람의 무고함은 증명된 거나 마찬가지입니다……. 다 선생님 덕분입니다……."

신문기자들이 몰려왔다. 어떻게든 석간 마감 시간에 맞추려는 듯 다급해 보였다. 속사포처럼 질문을 쏟아냈다.

기자들을 상대한 센이치로는 센키치와 함께 변호사 회관 식당으로 향했다.

그는 녹초가 됐다. 식욕도 전혀 솟지 않아서 커피 한 잔만 주문했다.

"선생님……. 이제 그 사람은 괜찮은 거겠죠?"

걱정이 가시지 않았는지 센키치는 탁자 위로 몸을 내밀며 물어왔다.

"이제 안심해도 될 겁니다. 문제는 자백 조서에 있었으니 말입니다. 피고인에게 불리한 증거가 자백뿐인 경우에는 유죄판결을 내릴 수 없는 법이지만, 실제 재판은 생각대로 흘러가지 않습니다. 이번 사건만 놓고 봐도 귀에 걸면 귀걸이 코에 걸면 코걸이 같은 물증뿐이었고 재판관도 신이 아니니……."

센이치로가 거기까지 말했을 때, 식당 입구에서 도토 신문 법정 기자인 하시모토 요스케가 나타났다.

그는 곧장 센이치로 옆으로 다가와 목소리를 낮춰 속닥거렸다.

"선생, 큰일났습니다."

"대체 무슨 일이죠?"

"이건, 오늘 다른 신문사에는 함구해주십시오. 우리 신문사 특종이라서."

"약속드리지요."

"가와세 스미에가 자수를 하기로 마음을 굳혔답니다. 우리 여성부 기자인 도미사와 도시코가 스미에의 학창 시절 친구인데, 방금 스미에가 그녀를 찾아가서는 모든 것을 고백하고 함께 경찰서에 가주지 않겠느냐고 부탁을 했다고 합니다. 자세한 내용은 아직 모르겠습니다만 방금 본사에 연락을 넣어보니 그런 얘기가 있어서 일단 선생에게 말해둬야겠구나 싶어 온 겁니다."

센이치로는 숨조차 내쉴 수 없는 기분이었다.

머릿속에서 커다란 종이 울리기 시작한 느낌이었다.

이와시게 형사와의 관계가 폭로되고 위조된 조서의 비밀이 발각되면서 그녀는 절벽에 내몰린 듯한 격심한 절망감에 사로잡혔으리라. 그리고 마지막으로 옛 연인 쓰다 도시히코가 증인으로 출석한 것이 그녀를 벼랑 밖으로 떠밀어버린 것이 분명했다.

센이치로도 오늘로서 승부가 날 것이라 믿었다. 하지만 전문가 입장에서 재판 자체는 아직 끝나지 않았다고 여겼다.

조서 감정 문제도 남아 있고, 가와세 스미에를 증인대에 세운 뒤에도 검사와 치열하게 논쟁을 벌이지 않으면 안 되리라 각오한

만큼 온몸의 힘이 쭉 빠져 승리를 기뻐할 마음도 들지 않았다.

"선생님!"

안도 센키치는 타고난 예술가적 순수함을 다시금 폭발시켰다. 주변에 많은 사람이 있음을 잊은 듯이 탁자 위에 쓰러져 얼굴을 두 손에 묻고 엉엉 울었다.

"선생, 감상은?"

하시모토 요스케는 귀신이라 불리는 기자답게 센이치로를 쳐다 보며 물었다.

"감개무량하다고 할 수 있겠지요. 한마디로 말하자면……."

센이치로도 눈시울이 뜨거워지는 걸 느끼며 말을 이었다.

"역시 정의는 승리하는군요. 한편 이번 범죄의 동기가 피의 공 포에서 비롯됐음을 생각하니 왠지 모르게 섬뜩해집니다."

004

☆☆☆

그날 오후 재판은 거의 진행되지 않았다. 센이치로는 오전을 끝 으로 직접 신문을 마쳤고, 아마노 검사는 준비가 안 됐다는 이유로 다음 공판까지 반대신문을 연기하겠다고 신청했다.

재판은 이십 분도 지나지 않아 끝났다. 다음날 도토 신문에는 가와세 스미에의 고백이 대서특필되었다.

다다음날에는 아야코의 석방이 허가됐다. 형식적인 재판은 검사가 공소를 취하하지 않는 한 이어질 테지만, 진범이 자수를 했으니 그것도 시간과 절차 문제였다. 무죄판결을 받아낸 것과 같은 결과였다.

구치소에서 아야코를 데리고 나온 센키치는 바로 햐쿠타니의 집을 찾았다. 센이치로는 아키코와 함께 맥주를 따고 승리를 축하하는 건배를 했다.

"축하합니다."

"선생님 덕분…… 다 선생님 덕분입니다. 정말이지 선생님께서 안 계셨다면 어떻게 됐을지…….."

아야코는 맥주를 한 모금 마시자마자 손수건으로 얼굴을 가리며 흐느껴 울었다. 옆에 있는 아키코도 따라서 우는 건지 얼굴을 옆으로 돌리고 눈가를 닦고 있었다. 남자보다 나은 여장부라는 평판을 받으면서도 아키코에게는 눈물이 많은 구석이 있다.

"선생님, 뭐라 감사의 인사를 드려야 할지 모르겠어요. 다른 변호사였다면 그토록 혼신의 힘을 다해 도와주지 않았겠지요……. 사형은 면했을지도 모르지만, 몇 년이나 교도소에서 썩게 됐을까요? 십 년, 이십 년……. 저지른 적도 없는 죄 때문에……."

"분명 그럴 뻔도 했습니다. 제가 조서의 위조를 알아차린 건 운이 좋았다는 한마디로 갈음할 수 있겠지요. 말을 바꾸자면 신의 가호 덕분인지도 모릅니다."

학생 시절에는 완전한 무신론자였던 센이치로도 요즘에는 인간의 힘을 초월한 신이라는 존재를 믿게 됐다. 물론 그것은 기독교의 신이나 일본 신도(神道)에서 말하는 신처럼 한정된 대상은 아니지만…….

양심을 지키며 변호사 활동을 이어나가는 데 개인의 힘만으로는 한계가 있다. 센이치로는 어느새 그 사실을 깨달았다. 그것이 마음속에서 신앙적인 신념으로 화했고, 열매를 맺었다.

"그나저나 당신은 스미에가 이번 사건의 진범임을 알아차리지 못했습니까?"

센이치로는 새삼스레 아야코에게 물어봤다.

"예……. 품행이 문란하다는 건 알았습니다만. 그래도 그 사람은 저에게 상냥했어요. 제가 체포되고 구치소에 있을 때, 집안 식구들 중 면회를 온 건 그 사람뿐이었거든요. 그것도 이제 와 돌이켜보니 양심의 가책을 느꼈기 때문인지도 모르겠지만……."

"그럴지도 모르겠군요. 제가 느낀 인상으로도 그 사람은 천생 악인은 아닌 것 같았습니다. 아버지로 존경했던 한 남자가 짐승으로 돌변해 자신의 인생을 엉망진창으로 만들어버렸다. 그 분노가 마음을 완전히 일그러뜨린 거지요. 그 저주가 결국에는 살인이라는 형태로 나타났다……. 만약 당신에게 누명을 뒤집어씌우지만 않았어도 변호사로서 변호를 맡았을 겁니다. 존속살해임은 틀림없지만, 그 동기에는 분명 동정할 만한 점이 있었으니 말입니다."

"저는 아타미 별장에서 그런 사건이 벌어졌다는 걸 전혀 몰랐어요. 어머니로서 소홀하지 않았느냐고 비난한다면 뭐라 할 말이 없지만, 계모에게 이런 민감한 문제를 상담할 수는 없었을 거예요. 더욱이 가해자인 남편도 숨기기에만 급급할 뿐 털어놓는 건 상상도 않았을 테고요."

"하지만 세쓰코 씨에게는 털어놓은 게 아닌가 싶더군요. 뭔가 심각한 상담을 하다가 '짐승! 이제 사람이란 존재를 못 믿겠어!' 하고 소리지르는 걸 들은 사람도 있었고요. 그런 관계를 전제로 생각해보면 왜 그런 말이 나왔는지 수긍이 갑니다."

"그 사람이 자살을 기도한 것도 그게 원인이었겠군요. 저도 무척 걱정이 돼서 여러모로 살펴봤지만, 도저히 진상을 알아낼 수 없었습니다……."

"어쨌든 비뚤어진 집안이었습니다. 아무리 돈이 많아도 행복할 수 없다는 걸 깨닫게 해준 사건이었지요. 당신도 무척 험한 꼴을 겪었지만, 이걸로 그 집안의 정체도 확실하게 알았으니 이번을 계기로 새로운 인생을 내디딘다면 전화위복이 되지 않겠습니까?"

"저도 그리 믿습니다. 억울하게 죄를 뒤집어쓰고 교도소 안에서 몇 년씩이나 고통을 겪었을지도 모른다고 생각하니 설령 날품팔이를 하며 입에 풀칠을 하더라도 자유의 몸이 얼마나 행복한지 깨달았습니다. 더구나 여기에……."

아야코는 옆에 앉아 있는 센키치를 바라보며 방긋 웃었다. 야

원 얼굴에 드러난 미소는 예전과 조금도 변함이 없었다. 센이치로는 예전에 저 웃음을 어떻게 '마녀의 미소'라고 폄훼할 수 있었을까 자신의 감각이 의아했다.

"선생님. 여기까지 왔으니 더 말할 필요는 없겠지만, 재판이란 게 참 무섭구나 싶더군요. 세상에는 이 사람처럼 억울한 사람이 아직도 많을 겁니다. 선생님 같은 분을 만나지 못해 교도소 안에서 피눈물을 흘리며 무고함을 호소하는 사람도 결코 적지 않을 테지요."

"분명 있을 겁니다. 원죄에는 여러 사례가 있는데, 이번 사건처럼 경찰관 안에 악마 같은 인간이 섞여 있고 그가 사사로운 감정으로 권력을 남용한다면 상식적으로 수긍할 수 없는 원죄, 오판이 발생할 수도 있지요. 더구나 일단 판결이 내려지면 검사는 고집을 부립니다. 공정해야 할 재판소에서조차 체면에 구애되어 명백한 정의 앞에서 눈을 감아버리는 일도 벌어집니다."

"그런 재난은 피할 수 없는 겁니까?"

"세상을 떠난 제 아버지가 예전에 이런 말씀을 하셨습니다. 억울하게 죄를 뒤집어쓰는 사람은 대개 제 몸처럼 자신을 걱정해줄 친구가 없다. 그리고 증인으로 나올 만한 주변 사람들 중에 진정 정의감이 넘치는 사람은 아무도 없다. 그리고 마지막으로 재난의 싹이 아직 자그마할 때 제거하지 않고 어떻게든 되리라고 지나치게 낙관한다. 그것이 일을 그르친 것이다."

센이치로는 한숨 돌리고 말을 이었다.

"이번 사건은 그런 의미에서 당신 같은 헌신적인 분이 나타났다는 것이 첫 번째 희망이었습니다. 그리고 쓰다 씨가 제 예상보다 훨씬 정의감이 넘치는 분이었고, 또 용감하게 나서준 게 두 번째 희망이었지요. 부인, 당신은 운을 타고 났군요."

"저도 그리 생각해요. 분명 하나님 덕분입니다."

아야코는 차분하게 대답하고 고개를 숙였다.

"남은 건 가와세가의 유산 문제인데. 청천백일靑天白日의 몸이 되셨으니 당연히 유산 일부를 상속받을 수 있는 권리도 부활할 겁니다. 하지만 이제 와서 직접 교섭에 나서는 건 싫으실 테니 누군가 마땅한 변호사를 대리로 내세워야겠군요. 전 원칙적으로 민사사건은 맡지 않으니 친구 중에 적당한 사람을 소개시켜드리겠습니다."

"전 이제 그 집안의 돈 따윈 한 푼도 원하지 않습니다……."

아야코는 어느새 센키치의 손을 꼭 쥐고 있었다.

그 장면을 보고 센이치로도 웃으며 말했다.

"자, 다시 한번 건배하시죠. 이걸로 제 할 일은 완전히 끝난 듯하군요. 앞으로 두 분이 행복하기를 기원하며……."

작 가
정 보

●
다카기 아키미쓰
高木彬光

다카기 아키미쓰는 1920년 일본 아오모리 현에서 태어났다. 4대째 이어져오던 의사 가문 출신으로 교토 제국 대학 의학부 약학과에 진학했지만 이윽고 공학부로 전과한다. 1943년, 나카지마 비행기에 입사하였고 한 달 뒤에 입영하였으나 지병으로 조기 귀향한다.

그는 『문신 살인 사건刺靑殺人事件』을 에도가와 란포에게 직접 보내 인정을 받으며 화려하게 데뷔한다. 1948년에 데뷔한 이후, 미스터리를 중심으로 약 이백여 권에 달하는 작품을 발표하였으며, 요코미조 세이시와 더불어 일본 본격 미스터리의 거장으로 불린다.

가 미 즈   교 스 케   시 리 즈 와   본 격   미 스 터 리

초기에는 법의학 조교수 가미즈 교스케를 주인공으로 한 본격 미스터리

시리즈를 중심으로 집필 활동을 했다. 탐정작가클럽(현재의 추리작가협회)의 신년회에서 낭독된 후더닛 중편 소설「요부의 집妖婦の宿」,「그림자 없는 여자影なき女」, 신흥 종교에 얽힌 연쇄 살인 사건의 전말을 그린 장편 소설『주박의 집呪縛の家』등을 문예 잡지《호세키宝石》에 연재해 본격 미스터리 대형 신인으로 강렬한 인상을 남겼다. 1950년에는 작가 자신을 작중 인물로 등장시킨『노멘 살인 사건能面殺人事件』으로 제3회 탐정작가클럽상(현재의 추리 작가 협회상)을 수상했고 1955년에는『인형은 왜 살해되는가人形はなぜ殺される』를 발표했다.

사 회 파   미 스 터 리 의   대 두

1957년, 본격 미스터리가 주류를 이루던 일본 미스터리계를 뒤흔든 마쓰모토 세이초의『점과 선点と線』의 연재가 시작된다.『점과 선』은 이듬해 단행본으로 출간되어 베스트셀러가 되었고, 이는 사회파 추리 소설이 대두되는 결과를 낳았다.

같은 해, 다카기는 요코미조 세이시, 시마다 가즈오와 번갈아가며 한 단편 연재에서 사립 탐정 오마에다 에이사쿠를 처음 선보였으며, 1960년대에 들어서면서『인간 개미人蟻』를 발표해 변호사 탐정 햐쿠타니 센이치로를 데뷔시킨다. 또한 검사 지카마쓰 시게미치 시리즈 첫 번째 작품인「회색으로 보이는 고양이灰色に見える猫」를 연재하고, 64년에는『검사 기리시마 사부로検事霧島三郎』를 발표함으로써 법조가 삼대 탐정을 완성한다. 시리즈들 대다수의 작품은 1959년에 론칭된 고분샤의 갓파 노벨스로 간

행되었다. 갓파 노벨스는 마쓰모토 세이초의 작품 위주로 당시 사회파 추리소설을 선두에서 이끌었다는 인상이 강한데, 다카기는 이 브랜드에서 발표한 법조가 삼대 탐정 시리즈들을 통해 이후의 본격 미스터리에 대한 방향성을 모색해나가게 된다.

법조가 삼대 탐정 중 하나인 햐쿠타니 센이치로 변호사 시리즈는 그런 작가의 고민이 잘 드러나 있는 시리즈라 할 수 있다. 특히 시리즈 세 번째 작품인 『유괴』는 실제 사건을 바탕으로 그려내 사회파적 성격이 뚜렷한 법정 미스터리에 본격 미스터리 요소를 적절하게 가미한 작품이다. 작가 후기에서 밝혔듯이 본격 미스터리니 사회파 미스터리니 하는 장르적 분류에 의문을 느끼던 그는 『유괴』를 통해 본격 미스터리로서뿐 아니라 사회파 소설로도 논픽션 소설로도 높은 완성도를 자랑하는 범죄 소설을 완성했다.

다카기는 본격 미스터리를 지향하며 시리즈를 중심으로 집필을 했지만, 역사 추리 소설이나 사회파적 성향이 강한 논시리즈로도 많은 호평을 얻었다. 조세핀 테이의 『시간의 딸』에 영향을 받아 쓴 역사 추리소설 『칭기즈 칸의 비밀成吉思汗の秘密』과 악한을 주인공으로 한 『대낮의 사각』 등을 대표작으로 꼽을 수 있다.

신본격 추리소설과 본격 탐정 소설로의 회귀

이 시기에 본격 미스터리를 둘러싼 동향으로 주목할 만한 것은 '신본격 추리소설'의 등장이다. 요미우리 신문사에서 출간된 신본격 추리소설 전

집에 수록된 지카마쓰 시리즈 장편 『흑백의 미끼黑白の囮』를 통해 다카기는 독자를 향한 도전장을 던진다. 그는 햐쿠타니 시리즈 『협박脅迫』에 실은 작가의 말을 통해 "수수께끼 풀이와 논리의 짜임을 기조로 한 이른바 본격 추리소설에 사회파적인 소재를 더하거나 문학적인 수법을 더해 소설로서 깊이와 재미를 배가시키려 한 새로운 풍조"라고 정의했다. 스릴과 서스펜스를 기조로 한 기리시마 사부로 시리즈 역시 다카기식 신본격 추리 소설로서의 완성도를 잘 보여 주고 있다.

한편으로 밀실 트릭을 다룬 『잿빛 여자灰の女』에서 딕슨 카의 『황제의 코담뱃갑』을 언급했고, 고전적인 아마추어 탐정 스미노 로진을 주인공으로 한 『황금 열쇠黃金の鑰』에서는 오구리 가미노스케의 황금 전설에 얽힌 연쇄 살인 사건의 전말을 그려 본격 탐정 소설로 성공적으로 돌아온다.

본 격   미 스 터 리 의   부 활

1970년대에 들어서면서 일본 미스터리계는 다시 한번 커다란 변화가 일어난다. 68년부터 전개된 일본 작가 부활 붐에 의한 고전적인 탐정 소설에 대한 수요 증가와 요코미조 세이시 붐으로 말미암은 본격 미스터리의 부활인데, 이로써 다카기 아키미쓰도 다시금 주목을 받게 된다. 그런 와중에 다카기는 『대동경 요쓰야 괴담大東京四谷怪談』과 오마에다와 가미즈가 함께 등장하는 『고독한 밀실狐の密室』을 발표했지만, 79년에 뇌경색으로 쓰러져 불가피하게 집필을 쉴 수밖에 없었다.

70년대에 시작된 요코미조 세이시 붐은 80년대의 시마다 소지, 아야쓰지 유키토로 이어지는 신본격 운동으로 이어진다.

87년 이후의 신본격 운동하에서 주로 가미즈 교스케 시리즈가 복간되면서 작품 성향이 지나치게 편중된 감은 있지만, 다카기 아키미쓰는 시대의 흐름에 유연하게 대처한 작가였다. 사회파 소설이 주를 이루던 시기에 본격의 고전적인 색을 고집하기보다는 시대의 요구에 맞춰 작품의 색을 바꿔 나가면서도 잊지 않고 본격의 재미를 전해 온 그야말로 진정한 본격 미스터리 작가라 할 수 있다.

사 생 활 은 점 술 과 함 께

다카기 아키미쓰는 미스터리 소설 외에도 교양서나 기행문을 발표하기도 했는데, 대부분이 점술 관련 서적이라는 것이 흥미로운 점이다. 점술가의 권유로 데뷔작인 『문신 살인 사건』을 집필했을 정도였고 집안의 온갖 대소사며, 일이나 여행까지 점을 보고 결정했다고 하니 소설을 쓰기 전부터 점술에 심취해 있었다는 이야기는 어느 정도 사실일 것이다. 심지어 아내와 결혼한 것은 태양선에 반했기 때문이라고 공공연하게 이야기하고 다니기도 했다.

그만큼 집에 드나드는 점술가도 많았고, 집으로 걸려오는 전화나 배달되어오는 편지들은 그의 소설보다 점술에 관련된 내용이 많았다. 도쿄에 큰 지진이 온다는 점괘 때문에 지반이 단단한 아오우메로 한 달이나 피난했다거나 점괘를 쫓아 금광을 찾아다녔다는 것도 점에 관련된 재미있는 에피소드다.

/

다카기 아키미쓰의 주요 장편 목록

가미즈 교스케 시리즈

刺青殺人事件(1949) – 『문신 살인사건』 (시공사, 2015)

呪縛の家(1949)

魔弾の射手(1950)

地獄の舞姫(1950)

わが一高時代の犯罪(1951)

白妖鬼(1952)

輓歌(1952)

悪魔の嘲笑(1955)

人形はなぜ殺される(1955) – 『인형은 왜 살해되는가』 (시공사, 2013)

死を開く扉(1957)

成吉思汗の秘密(1958)

白魔の歌(1958)

火車と死者(1959)

死神の座(1970)

邪馬台国の秘密(1973)

狐の密室(1977)

古代天皇の秘密(1986)

七福神殺人事件(1987)

오마에다 에이사쿠 시리즈

黒魔王(1957)

悪魔の火祭(1958)

断層(1959)

狐の密室(1977)

하쿠타니 센이치로 시리즈

人蟻(1959)

破戒裁判(1961) — 『파계재판』(시공사, 2014)

誘拐(1961)

追跡(1962)

失踪(1963)

法廷の魔女(1963)

脅迫(1964)

지카마쓰 시게미치 시리즈

黒白の虹(1963)

黒白の囮(1967)

霧の罠(1968)

追われる刑事(1969)

기리시마 사부로 시리즈

検事 霧島三郎(1964)

密告者(1965)

ゼロの蜜月(1965)

都会の狼(1966)

炎の女(1967)

灰の女(1970)

幻の悪魔(1974)

스미노 로진 시리즈

黄金の鍵(1970)

一、二、三──死(1974)

大東京四谷怪談(1976)

現代夜討曾我(1987)

仮面よ、さらば(1988)

그 외

能面殺人事件(1949) – 제3회 탐정작가클럽 장편상 수상(현 추리작가협회상)

神秘の扉(1955)

ハスキル人(1958)

羽衣の女(1958)

樹のごときもの歩く(1958)

白昼の死角(1960) – 『대낮의 사각』 1, 2 (시공사, 2014)

肌色の仮面(1962)

裂けた視覚(1969)

女か虎か(1970)

連合艦隊ついに勝つ(1971)

帝国の死角(1972)

神曲地獄篇(1973)

법정의 마녀
法廷の魔女
/

초판 발행 2017년 7월 14일

지은이 다카기 아키미쓰 / **옮긴이** 박춘상 / **펴낸이** 염현숙

책임편집 지혜림 / **편집** 임지호 이송 / **아트디렉팅** 이혜경 / **본문조판** 이정민 / **그림** 신은정
저작권 한문숙 김지영 / **마케팅** 우영희 정진아 김혜연 / **홍보** 김희숙 김상만 이천희
제작 강신은 김동욱 임현식 / **제작처** 영신사

펴낸곳 (주)문학동네 / **출판등록** 1993년 10월 22일 제406-2003-000045호 / **임프린트** 엘릭시르

주소 10881 경기도 파주시 회동길 210
문의 031-955-1901(편집) 031-955-8896(마케팅) 031-955-8855(팩스)
전자우편 editor@elmys.co.kr / **홈페이지** www.elmys.co.kr

ISBN 978-89-546-4608-6 (03830)

엘릭시르는 출판그룹 문학동네의 임프린트입니다.